MAARTEN 'T HART

Gott fährt Fahrrad

Zu diesem Buch

Maarten 't Hart zeichnet voller Liebe das Porträt seines Vaters, eines wortkargen Mannes, der als Totengräber auf dem Friedhof seine Lebensaufgabe gefunden hat. Er ist ebenso fromm wie kauzig, ebenso bibelfest wie schlitzohrig. Die Allgegenwart des Todes prägt die Kindheit des Erzählers. Und so ist dieses heiter-melancholische Erinnerungsbuch ein befreiender und zugleich trauriger Versuch, einigen Wahrheiten auf den Grund zu kommen.
»Der Niederländer Maarten 't Hart ist ein phantastischer Erzähler.« *Deutsches Allgemeines Sonntagsblatt*

MAARTEN 'T HART wurde 1944 in Maassluis als Sohn eines Totengräbers geboren. Studium der Biologie in Leiden und dort Dozent für Tierethologie. Nach seinen Jugenderinnerungen »Ein Schwarm Regenbrachvögel« erschien 1997 auf deutsch sein Roman »Das Wüten der ganzen Welt« und wurde zu einem überragenden Erfolg mit vielen Auszeichnungen. Es folgten die Bestseller »Die Netzflickerin«, »Die schwarzen Vögel«, »Bach und ich«, »Gott fährt Fahrrad«, »Die Sonnenuhr oder Das geheime Leben meiner Freundin Roos«, »Das Pferd, das den Bussard jagte«, »In unnütz toller Wut« und zuletzt »Die Jakobsleiter«. Maarten 't Hart lebt heute in Warmond bei Leiden.

MAARTEN 'T HART

Gott fährt Fahrrad

oder: Die wunderliche Welt meines Vaters

Aus dem Niederländischen von
Marianne Holberg

Piper
München Zürich

Die Originalausgabe erschien 1979 unter dem Titel
»De aansprekers« im Verlag Uitgeverij De Arbeiderspers, Amsterdam.
Die deutsche Übersetzung erschien erstmals 2000
im Arche Verlag AG, Zürich/Hamburg, mit freundlicher Unterstützung
des Nederlands Literair Produktie- en Vertalingenfonds, Amsterdam.

Von Maarten 't Hart liegen im Piper Verlag außerdem vor:

Bach und ich (mit CD)
Das Pferd, das den Bussard jagte
Das Wüten der ganzen Welt
Die Jakobsleiter
Die Netzflickerin
Die schwarzen Vögel
Die Sonnenuhr
Ein Schwarm Regenbrachvögel
In unnütz toller Wut
Mozart und ich (mit CD)

ISBN-13: 978-3-492-04901-6
ISBN-10: 3-492-04901-X
Sonderausgabe 2006

Umschlag und Konzeption: R.M.E
Roland Eschlbeck und Rosemarie Kreuzer
Umschlagabbildung: Claude Monet
(»Champs de fleurs e moulins près de Leyde«, 1886, Ausschnitt)
Satz: Greiner & Reichel, Köln
Druck und Bindung: GGP Media GmbH, Pößneck
Printed in Germany

www.piper.de

Inhalt

Auf dem Hafenkai 11
Besuchszeit 32
Gefurchte Wege 59
Die dunklen Abende 81
Im Haus für die Totenbahren 102
Der Zwischenfall und der Traum 125
Das himmlische Magazin 151
Der Hubschrauber 185
Die Räumung 197
Die Flucht vor dem dritten Oktober 216
Henoch 238
Der Monitor 283

Gott fährt Fahrrad
oder
Die wunderliche Welt meines Vaters

Du wanderst lange durch die Stadt allein,
Blickst auf zu stillen Dächern in den Straßen,
Am Himmel kannst du gleich die Sterne fassen.
Da ist's für einen Augenblick: Das Sein,
Als käme niemals jener eine Tag,
An dem du stiller sein wirst als im Schlaf.
Doch Vögel rauschen auf die Dächer nieder,
Und um die Ecke kommt ein alter Mann.

Auf dem Hafenkai

Während der Feiertage im Dezember begann ich, von Schiffen zu träumen, die sich lautlos vom Kai entfernten, bevor ich hätte an Bord gehen können. Wenn ich aufwachte, wußte ich, daß mit mir irgend etwas nicht stimmte, aber was es war, konnte ich nicht sagen. Jeden Abend, kurz nach acht, wurde ich unruhig, und die Schiffe trieben mich auf die Straße, wo ich dann mindestens eine Stunde lang herumlief. Dieses Herumlaufen brachte weder Klarheit darüber, was mich beschäftigen mochte, noch die geringste Vorstellung dessen, was mir fehlte. Ich hatte das absurde Gefühl, daß ich es nur herausbekommen könnte, wenn ich, mit dem Geruch von Mehl und Teeröl in der Nase, wieder einen Hafenkai entlanggehen würde.

Einen Tag nach dem Jahreswechsel besuchte ich meine Mutter, um ihr ein gutes neues Jahr zu wünschen. Ich kam am späten Nachmittag bei ihr an, aß mit ihr und wunderte mich über das nagende Glücksgefühl. Alles schien unverändert, das machte mich glücklich, die Uhr tickte mit derselben Nachdrücklichkeit wie früher, und jeden Augenblick konnte die Tür aufgehen, um meinen Vater hereinzulassen. Beim Eintreten würde er sagen: »Alldieweil wir in diesem Zustand leben ...«

Er hatte diesen Satz nie zu Ende gesprochen, und ich hatte auch nie nach dem Schluß gefragt, nicht weil ich nicht neugierig darauf gewesen wäre, sondern weil ich meinte, daß ich ihn im voraus sagen konnte: Alldieweil wir in diesem Zustand leben, müssen wir uns in das Unvermeidliche fügen. Das Wort »leben« hatte er gebraucht. Daß er tot war, daran konnte ich mich einfach nicht gewöhnen.

»Ich will noch mal eben nach draußen«, sagte ich nach dem Essen.

»Bei diesem Wetter?« fragte meine Mutter.

»Es ist trocken«, sagte ich.

»Ja, aber es ist furchtbar kalt.«

Doch sie hielt mir schon die Tür auf, sie winkte mir sogar nach, obwohl ich am selben Abend zurückkehren würde, und ich war mutterseelenallein auf der Straße, an einem Sonntagabend. Der Tag nach Neujahr wurde von vielen Leuten anscheinend noch als Feiertag angesehen, denn in den Häusern sah ich Menschen um festlich gedeckte Tische sitzen, auf denen sich das Kerzenlicht im Silberbesteck spiegelte. Schon nachdem ich an drei solchen Häusern vorbeigekommen war, spürte ich, wie meine Stimmung sich besserte. Wenn ich an 365 Häusern vorbeiginge, in denen so gefeiert wurde, bestand die Aussicht, daß ich ein ganzes Jahr lang verschont bleiben würde von Träumen, in denen Schiffe ohne mich wegfuhren, vor allem wenn ich über diesen Häusern den Turm der Grote Kerk sehen konnte. Die Turmuhr schlug ruhig und gleichmäßig, während ich auf dem Deich entlangging, und es kam mir vor, als könnte ich jeden einzelnen Schlag riechen. Das lag vielleicht nur daran, daß ich bei jedem Schlag tief einatmete. Schon hier hing der Geruch von Mehl und Teeröl in der Luft, gleich, auf dem Hafenkai, würde ich ihn geradezu fühlen können.

Eines der Häuser auf dem Deich war mit Lämpchen rund um den Fensterrahmen geschmückt; zwischen den Lichtern hindurch blickte ich in ein Zimmer, in dem nur ein junger Mann und ein junges Mädchen zu sehen waren, obwohl der Tisch für mehrere gedeckt war. Das Mädchen trug ein rotes Kleid, das ihr bis zu den Füßen reichte. Sie stand auf Armeslänge entfernt von dem Jungen, ihre Hände ruhten auf seinen Schultern, und abgesehen davon, daß sie ihn mit ihren Händen berührte, blickten sie sich nur an, beide so ineinander versunken, daß ich fast melancholisch davon wurde. Es sah aus, als sei sie in dem roten Kleid größer als er, und doch war es umgekehrt.

»Als ob sie aus dem Himmel herabgekommen wäre«, murmelte ich beim Weitergehen, und Schauer liefen mir über den Rücken, weil ich noch immer diese zarten, warmen Blicke vor mir sah.

»So sollten sie nun für immer stehenbleiben«, sagte ich leise, »vielleicht gelingt es ihnen dann, immer glücklich zu sein.« Sagte ich das, weil ich am Haus von Thijs Loosjes vorbeiging? Daran dachte ich aber gar nicht; mir wurde erst bewußt, daß ich gerade an seinem Haus vorbeiging, als er in der offenen Tür erschien und mich sofort erkannte.

»Gratuliere mir«, sagte er. »Heute ist es fünfzig Jahre her, daß ich ihr den Ring an den Finger gesteckt habe. Ich bin auf dem Weg zu ihr. Das wird gefeiert heute abend, du verstehst, so zu zweit.«

Ich schüttelte ihm die Hand und fragte: »Warum zu zweit? Kommt niemand aus der Familie?«

»Alle tot, wir sind noch die einzigen, weil ...«

»Ja, ja«, unterbrach ich ihn, »ich verstehe«, denn ich wollte nicht hören, was er sagen wollte, und lief weiter, während er seine Haustür abschloß.

Ich beschleunigte meinen Schritt. Was schon den ganzen Tag über gedroht hatte, passierte merkwürdigerweise, als ich den Hafen erreichte. Es begann, leicht zu regnen. Aber ich lief ruhig weiter, ohne mir irgendeiner Gefahr bewußt zu sein. Ich ging zur Mitte des Hafenkais, der abschüssig angelegt war, damit das Wasser, das bei Flut manchmal hinaufkroch, von selbst zurückfloß, wenn der Mond anderswo Flut verursachte.

Hier war jetzt Flut, das sah ich, aber das Wasser würde heute nicht weiter steigen. Zwischen dem Rand des Kais und der Wasseroberfläche waren bestimmt noch anderthalb Meter. Ich ging unbekümmert weiter, obwohl ich merkte, daß das Gehen schwieriger wurde, weil der Regen auf den Steinen gefror. Ich mußte allmählich immer langsamer gehen, um nicht auszurutschen. Das störte mich nicht, denn weit und breit war kein Mensch zu sehen. Der Hafenkai gehörte mir allein, und das würde bei Glatteis auch so bleiben. Kein Mensch würde sich jetzt noch hinauswagen. Dieser Gedanke machte mich auf einmal so glücklich, daß ich einen Hüpfschritt probierte, dort, mitten auf dem Kai. In diesem einen so kurzen Augenblick, in dem ich keinen Boden mehr unter den Füßen hatte, wußte ich schon, daß ich einen Fehler gemacht hatte, und bereitete mich auf einen gefährlichen Sturz vor. Alle meine Muskeln spannten sich; ich hob meine Arme, aber ich stürzte nicht, als ich den Boden wieder berührte, ich schwankte nur merkwürdig mit dem ganzen Körper, so daß jedes Bewußtsein dafür, wohin Glieder und Kopf normalerweise gehören, für ein paar Sekunden verlorenging. Als ich wieder einigermaßen wußte, wo mein Kopf war, merkte ich, daß ich noch immer aufrecht stand, jedoch auf dem Kai in Richtung Wasser glitt. Das war ein ganz angenehmes Gefühl, vor allem weil es so langsam ging. Es mußte jetzt spiegelglatt sein. Ich hob einen Fuß, um einen Schritt zu tun, aber dadurch machte mein Körper eine erneute Bewegung, die schon fast ein Fallen war. »Du lieber Himmel«, murmelte ich.

Ich glitt weiter auf das Wasser zu und mußte nun wohl wirklich etwas unternehmen, sonst würde ich wahrhaftig in dem kalten, stinkenden Maaswasser verschwinden. Ich wagte noch einmal den Ansatz zu einem Schritt, hob dabei meinen rechten Fuß sowenig wie möglich, stellte aber sofort fest, daß dies schlichtweg unmöglich war. Ich versuchte, mich zu retten, indem ich mich weiterschob, und das gelang auch, ich kam vorwärts, glitt aber gleichzeitig schneller auf den Rand des Kais zu.

In diesem Augenblick kam zum erstenmal so etwas wie Panik in mir auf; mir wurde klar, daß ich ganz einfach dazu verurteilt war, ins Wasser zu gleiten, und daß ich nichts mehr dagegen tun konnte. Ich wies diesen Gedanken sofort von mir; das wäre doch zu verrückt, ich war mitten auf dem Hafenkai und glitt zwar langsam abwärts, aber ich mußte doch wohl noch in der Lage sein, mich aus dem Bann der spiegelglatten Oberfläche der Straße zu lösen.

Während ich noch darüber nachdachte, hörte ich plötzlich das Geräusch eines fallenden Körpers. Ich sah auf der anderen Seite des Wassers eine dunkle Gestalt auf der Straße liegen. Er – oder war es eine Sie, ich konnte es nicht erkennen – versuchte aufzustehen und fiel wieder hin. Die Bewegungen hatten etwas Possierliches, etwas, das zum Lachen einlud, aber ich konnte dieses Lachen nicht zustande bringen, ich war eigentlich nur neidisch, weil die Gestalt dort lag, dort, wo der Hafenkai nicht so abfiel wie hier. Dennoch brachte sie mich auf eine Idee. Wenn ich mich jetzt auch einfach fallen ließe oder mich, besser gesagt, auf die Steine setzte, würde ich dadurch womöglich vermeiden, weiter abzurutschen? Vielleicht könnte ich sogar auf Händen und Füßen zum Bürgersteig vor den Häusern kriechen, wo ich weitgehend in Sicherheit wäre. Ich könnte mich dort jederzeit an einem Fenstersims festhalten, ich würde vielleicht sogar gehen können. Aber schnell wurde deutlich, daß ich mich nicht einmal auf das Pflaster setzen konnte, und außerdem stellte ich fest, daß jede Bewegung, die ich machte, lediglich bewirkte, daß ich schneller auf das Wasser zuglitt.

Dennoch war ich noch nicht wirklich beunruhigt, schon deshalb, weil das Gleiten, wenn ich mich nicht bewegte, so langsam geschah, daß es kaum zu spüren war. Ich hatte den Eindruck, daß ich länger als eine Minute für einen Pflasterstein brauchte, und es waren noch so viele Pflastersteine zwischen mir und dem Rand des Kais, daß ich noch Meere von Zeit zu haben schien. Genug Zeit jedenfalls, um in Ruhe darüber nachzudenken, wie ich mich aus diesem doch recht unangenehmen Zustand befreien konnte.

»Ach, natürlich nicht allzu unangenehm«, sagte ich halblaut, aber ich schluckte die letzten Worte hastig herunter, denn sogar das Sprechen erhöhte die Geschwindigkeit des Gleitens. Bevor ich endgültig im Wasser verschwand, würde doch bestimmt jemand kommen, um mir zu helfen, oder jemand würde aus einem der erleuchteten Fenster wenigstens einen Blick nach draußen werfen. Genug Häuser hier und viele, viele Fenster. Hinter diesen Fenstern wurde gefeiert, und ich konnte mich plötzlich nicht mehr darüber freuen, daß ich nicht dabei war. Es kam mir vor, als sei alles besser als dieses unvermeidliche Gleiten, sogar ein Essen mit vielen Menschen und Gelächter und Geplauder, sogar mit Ansprachen. Aber worüber regte ich mich auf? Bevor ich im Wasser landete, würde bestimmt eine Unebenheit im Pflaster oder ein rauher Stein kommen, der das Gleiten bremste. Und fiele ich auch ins Wasser: Na, wenn schon. Ich konnte doch schwimmen.

Ich blickte aufs Wasser; Ölflecken zwinkerten mir zu. Das wirkte keineswegs beruhigend auf mich. Es mochte zwar Flut sein, dennoch würde ich nicht so einfach aus dem Wasser wieder auf den Kai gelangen können, da der Abstand zwischen Wasseroberfläche und Kai zu groß war. Und wenn es doch glücken sollte, würde ich wieder mit dem spiegelglatten Kai konfrontiert werden. Natürlich könnte ich zur gegenüberliegenden Seite schwimmen, aber dort war der Kai mindestens einen Meter höher, dort würde ich schon gar nicht hochklettern können.

Aufs neue überfiel mich Panik, und ich zitterte plötzlich. Nur daß das Gleiten so ungeheuer langsam vor sich ging, hielt mich noch auf den Beinen, und die Panik wich einer merkwürdigen, fast glückseligen Klarheit in meinem Kopf, die jeden Augenblick – das war mir sehr wohl bewußt – in tiefste Verzweiflung umschlagen konnte. Aber nein, das war doch zu verrückt, das konnte doch nicht sein, außerdem hatte ich noch nie so etwas gehört: Mann gleitet von Kai und ertrinkt in eiskaltem Wasser. Wenn ich in einem Auto säße, wäre es etwas anderes, aber das hier gab es wirklich nicht, das wäre ungerecht. Ich war nur ein Spaziergänger, der sich kurz die Füße hatte vertreten wollen, ein Grübler, der mit einem kleinen Spaziergang seinem Sinnieren ein Ende hatte machen wollen.

Ich war jetzt drei Steine weiter auf das Wasser zugerutscht, und mir schien, daß die Turmuhr auf der anderen Seite schneller lief, als ich glitt. Auch die dunkle Gestalt bemühte sich noch immer aufzustehen, und ein ganzes Stück weiter, auf der Höhe der Brücke über den Hafen, war eine andere Gestalt auf dem Pflaster zu sehen. Kroch sie? Oder lag sie nur da? Sie war weit weg, und es war dunkel, so daß ich es nicht erkennen konnte. Zudem wurde meine Aufmerksamkeit von dem hellen Licht angezogen, das plötzlich aus einem gar nicht so weit von mir entfernten Fenster kam. Ich meinte eine Gestalt am Fenster zu sehen, die aufmerksam in meine Richtung blickte. Jetzt würde sicher bald Hilfe kommen. Und wenn ich um Hilfe rufen würde? Ich öffnete schon den Mund und atmete tief ein, merkte aber plötzlich, daß ich dadurch noch schneller glitt, und schloß meinen Mund daraufhin so vorsichtig wie möglich. Außerdem wollte ich auch gar nicht um Hilfe rufen, sonst würde es noch so aussehen, als sei etwas nicht in Ordnung. Ich glitt nur so dahin, und zwar so langsam, daß es Stunden oder, na ja, Minuten dauern würde, bis ich im Wasser verschwände.

Daß jetzt aber auch niemand, niemand auftauchte, um mir zu helfen. Ich habe den ganzen Hafenkai für mich allein, dachte ich bitter. Es wurde Zeit, daß etwas geschah, die Kälte machte mir zu schaffen. Vor allem war mein bloßer Kopf durch den Regen, der auf meinem üppigen Haar zu Eis geworden war, so kalt geworden, daß es schmerzte. Außerdem schlugen mir seit einiger Zeit die Zähne aufeinander.

Wieder wurde die Klarheit in meinem Kopf von einem Gefühl der Verzweiflung getrübt. Und wieder vermochte ich, die Panik durch eine Sturzflut von Gedanken zu beschwören, worin Erinnerungen einen immer größeren Teil einnahmen. Es fehlte nur noch, daß ich mein Leben wie einen Film an mir vorüberziehen sah. So weit würde es natürlich nicht kommen.

Ich blickte wieder über den Kai, ich blickte wieder auf die Ölflecken, die mir zulachten und so seltsam schön in dem spärlichen Schein der Straßenlaternen aufleuchteten, ich blickte wieder zu den Gestalten auf der anderen Seite, die sich jetzt tatsächlich beide bewegten und unendlich langsam aufeinander zugingen, so langsam, daß man sie für eine der Duckdalben halten konnte, die hier und auf der anderen Seite in regelmäßigen Abständen entlang der Kaimauer aus dem Wasser ragten.

Duckdalben! Das war es. Warum hatte ich daran nicht eher gedacht? Ich konnte mich doch ganz vorsichtig vorwärtsschieben. Ich tat das sofort, noch bevor meine Gedanken an einem Punkt angekommen waren, der Problemlösung genannt werden konnte. Ich ließ mich sogar absichtlich schneller hinabgleiten, um so schnell wie möglich zu der Duckdalbe zu gelangen, die am nächsten stand. Ich schob mich vorwärts, so schnell, daß ich die Zeiger der Turmuhr einholte und sie plötzlich aus meinem Gesichtsfeld verschwanden, weil meine Beine fort waren und meine Hände das Pflaster berührten und entsetzlich weh taten. Ich fiel und glitt gleichzeitig ziemlich schnell auf das Wasser zu, schaffte es aber, meine Bewegung noch etwas abzubremsen und sogar ein wenig zu korrigieren, so daß ich schließlich genau bei der Duckdalbe landete. Meine Füße kamen, gegen den Pfahl gedrückt, zum Stillstand, mein Hinterteil nahm die gemauerte Kante des Kais in Besitz, nur meine Hände waren noch hinter mir. Ich wagte nicht, sie nach vorn zu holen, denn ich nahm an, daß sie bluteten. Allerdings hob ich sie etwas hoch, und so saß ich da, heftig zitternd und noch immer mit den Zähnen klappernd.

Ja, ich war unbestritten etwas besser dran, aber es schien, als könne ich nichts tun außer weinen. Doch das ließ sich gerade noch vermeiden, ich fühlte nur ein schmerzhaftes Prickeln in den Augenwinkeln, ich schluckte kurz und riß mich zusammen. Ich richtete mich auf. Ich drückte meine Fußsohlen fest gegen die Duckdalbe, und ich hatte das Gefühl, daß ich meine Füße nie mehr von diesem Platz würde fortnehmen können.

Was konnte ich jetzt noch tun? Ich wußte es nicht. Aufstehen konnte ich nicht, das war sicher. Ich mußte wohl so sitzen bleiben, auch wenn ich einen Krampf in den Waden bekam und auch wenn mein Hinterteil auf dem Kai festfror. Aufgetautes Wasser drang in meine Hose und stieg hoch, als es sich erwärmte. Meine Zähne klapperten so laut, daß ich erwartete, die beiden Leute auf der anderen Seite würden zu mir herübersehen. Die Turmuhr schlug einmal, halb acht, und in der gähnenden Lücke zwischen den Häusern gegenüber, einer Straße, näherte sich ein Auto, das fast lautlos und unbarmherzig langsam heranglitt. Die beiden Scheinwerfer waren genau auf mich gerichtet, aber ich konnte mich hinter der Duckdalbe verstecken, so daß der Lichtstrahl sich links und rechts von mir teilte. Auch auf der Brücke ging jemand, das sah ich, und er ging, als sei nichts los.

Fürchtete ich mich jetzt, oder würde ich meine Angst umgehen können, indem ich auf sie wartete?

Auf jeden Fall war ich plötzlich wütend auf mich selbst. Was war das für eine lächerliche Mystik zu meinen, ich könnte hier auf diesem Hafenkai eine Lösung für meine Probleme finden? Dadurch wäre ich beinahe in dem eiskalten Wasser bis auf die Haut naß geworden. Würde ich denn niemals klüger werden? Ich hatte überhaupt keinen Grund gehabt, auf diesem spiegelglatten Kai spazierenzugehen, das stand fest, aber inzwischen saß ich zitternd auf der Kaikante und wußte nicht, was tun. Vielleicht war es sogar möglich, aufzustehen und wegzugehen, aber ich traute mich nicht mehr. Tatsächlich zeigte sich jetzt doch, daß das Gleiten, gegen das ich nichts hatte tun können, mich zu Tode erschreckt hatte. Ich war vollkommen machtlos gewesen, und wenn da keine Duckdalbe gestanden hätte, läge ich jetzt in diesem eiskalten Wasser zwischen den lächelnden Ölflecken. Auf einmal hatte ich das Gefühl, daß alles miteinander zusammenhing, die Schiffe, die Machtlosigkeit und die Duckdalbe; ja, ich würde jetzt bald aufwachen. Ich hatte eine Decke zuwenig, und deshalb zitterte ich so. Ach, solange ich zitterte, war ja noch alles in Ordnung. Wenn man zittert, produziert der Körper Wärme, um die Körpertemperatur konstant zu halten. Wenn das Zittern aufhört, spürt man plötzlich keine Kälte mehr, man döst ein, und die eigene Temperatur sinkt, bis man tot ist.

Wenn ich nun tatsächlich auf diese Weise umkäme? Ich mußte plötzlich an eine Krankenschwester denken, der ich vor kurzem begegnet war. Sie hatte mir erzählt, daß Menschen, die im Sterben liegen, oft desillusioniert sind und fragen: War das nun alles? War das nun das Leben? Da hatte ich gedacht, vage noch, daß man eigentlich nur Dinge tun müßte, von denen man in dem Augenblick, da man stirbt, würde sagen können: Das ist der Mühe wert gewesen. Aber so konnte man nicht leben, und doch zeigte sich nun, daß der Gedanke nicht falsch war. Nein, Todesangst war es sicher nicht gewesen, aber doch ein Schock, der dazu führte, daß ich wieder einmal aufzählte, welche Dinge mir in meinem Leben etwas wert gewesen waren. Verrückt, so vieles war geschehen, soviel wunderbare Musik hatte ich gehört, so viele Bücher hatte ich gelesen, aber das bedeutete alles nichts, verglichen mit dem, worauf es offenbar allein ankam und das sich zusammensetzte aus weißen Wolken, die hoch über mir an einem strahlendblauen Himmel dahinsegelten, und einer niedrigstehenden Sonne über dem Fluß und dem Sirren sich drehender Fahrradreifen und der Stimme meines Vaters hinter mir, während ich auf dem kleinen Brett saß, das er eigens für mich an der Stange seines Fahrrads befestigt hatte. Und was es nun zu etwas so Besonderem machte, mehr als alles andere, kann ich nicht sagen, vielleicht war es die Bewegung, vielleicht der Duft des Sommerabends, vielleicht das glückselige Gefühl völliger Sicherheit, weil mein Vater mich mit seinem riesigen Körper beschützte, vielleicht weil ich die Illusion hatte zu lenken, denn ich durfte den Fahrradlenker festhalten, auf jeden Fall aber seine Stimme, mit der er lauthals sang: »Ach Väterchen, ach Väterchen, kommst du wieder nach Haus.«

Angenommen, es gäbe doch einen Himmel. Gott, würde ich dann fragen, wenn ich dorthin käme, darf ich wieder und bis in alle Ewigkeit vorn bei meinem Vater auf dem Fahrrad sitzen und auf dem Deich fahren? Aber wenn mein Vater nun etwas ganz anderes im Himmel tun wollte? Ach nein, das ist nicht möglich, er müßte auch davon überzeugt sein, daß dies das Wichtigste in seinem und meinem Leben gewesen ist. Man konnte es nie wieder zurückholen oder vielleicht doch, aber dann in einer Art, bei der die Rollen vertauscht sind: nicht ich vorn, sondern mein Sohn vorn und ich dahinter. Es schien auf einmal, als könnte ich die wegfahrenden Schiffe in diesem Bild mit unterbringen, aber nein, das war nicht möglich, denn der Deich war nun von hohen Wohnhäusern gesäumt, so daß die niedrigstehende Sonne über dem Fluß von dort aus nicht mehr zu sehen war, und wenn es sich nicht genauso wiederholen ließe, hatte es keinen Sinn. Außerdem: Warum sich nach einem Sohn sehnen? Warum sollte ich jemanden diesem Leben aussetzen, dem man ohnmächtig ausgeliefert war, um das man nicht gebeten hatte, das einem vielmehr geschah? »Und eines Abends bist du da, denn eine Frau ließ dich entgleiten ihrem müden Schoß.« Aber gegen einige Dinge konnte man sich wehren, nein, nicht gegen das Ende, das war immer dasselbe: »Und eines Abends bist du nicht mehr da«, aber gegen alles, was dazwischen lag. Man mußte immer wieder versuchen, das Schicksal selbst in die Hand zu nehmen oder es in der Hand zu behalten, mußte immer wieder vermeiden, daß man geschoben, manipuliert, gelenkt wurde. Es reichte vielleicht schon, die Illusion zu haben, man könne selbst lenken.

Ich zitterte noch immer. Aber die Kälte machte mir nicht mehr viel aus. Zwar spürte ich, wie angespannt meine Muskeln noch immer waren, wie trocken meine Kehle war. Nachher im Bett würde ich bestimmt merken, wie furchtbar ich mich erschrocken hatte, aber darum brauchte ich mir jetzt keine Sorgen zu machen, ich sollte jetzt erst einmal versuchen, dieses Bett zu erreichen. Ich betastete den Boden. Noch immer spiegelglatt. Natürlich: Die ganze Zeit über war kein Mensch vorbeigekommen, ein sicherer Beweis, daß der Hafenkai völlig unbegehbar war, falls ich den Beweis überhaupt brauchte. Aber ich spürte, daß ich ihn brauchte, weil ich mich sonst für einen Schwächling gehalten hätte, einen Angsthasen, der nichts wagt und sich nichts zutraut. Das Auto auf der gegenüberliegenden Seite hatte ja auch angehalten, mitten auf dem Kai. Die Scheinwerfer waren ausgeschaltet, und in dem Wagen saßen sicher Leute und warteten auf bessere Wetterverhältnisse. Plötzlich erinnerte ich mich, daß mein Vater einmal mit dem Streufahrzeug der Gemeinde, das bei Glätte eingesetzt wurde, von demselben Kai ins Wasser gerutscht war. Er hatte herunterspringen können, natürlich, ihm konnte nichts passieren, aber der Fahrer war ertrunken.

Ich beugte mich nach vorn. Ich blickte ins Wasser, als erwartete ich, daß ich das Streufahrzeug noch sehen könnte. Aber ich sah nichts anderes als die unvermeidlichen Ölflecken, die ich jetzt haßte, wie schön ich sie auch fand. Wie farbenfroh waren diese Flecken, wie glänzten sie in ihrer fließenden Bewegung! Sie lagen jetzt tiefer, denn das Wasser sank. Ja, es stand schon viel niedriger, und ich beugte mich weiter vor, um besser sehen zu können. Es konnte in einer halben Stunde noch nicht so tief gesunken sein, es mußte die ganze Zeit schon niedriger gestanden haben, ich sah es jetzt nur genauer, weil ich näher war. Da gab es etwas Wichtiges zu sehen, aber was? Nein, nicht diese Flecken, nicht diese Duckdalbe, die so dunkel aus dem Wasser aufragte, nicht die feucht glänzende Kaimauer, nicht das Schiff, das weiter hinten vertäut lag. Aber was war denn sonst da? Könnte ich nur näher herankommen! Aber das war unmöglich. Die Duckdalben waren durch Querbalken verbunden, die jetzt freilagen, weil das Wasser gesunken war. Ich könnte mich, genau wie früher als Kind, herunterlassen, bis ich auf dem Querbalken stünde. Und das tat ich jetzt auch, nicht weil ich das Spiel aus meiner Kinderzeit wiederholen wollte: über den Querbalken zu laufen, weil es so gruselig war, sondern weil ich wissen wollte, was da zu sehen war und was mein Gehirn sich weigerte zu registrieren.

Als ich auf dem Querbalken stand, stellte ich, für einen Augenblick unendlich glücklich, fest, daß ich wieder sicheren Boden unter den Füßen hatte, denn die rauhen Balken überfroren nicht so leicht, und außerdem lag eine dünne Salzschicht darauf, die aus dem Maaswasser stammen mußte. Darauf zu stehen war einfach herrlich. Daß Stehen, einfach zu stehen, so schön sein konnte – warum hatte ich das noch nie gemerkt? Aber ich wußte immer noch nicht, was da nun so bedeutsam sein sollte. Ich stand auf dem Balken, und ich konnte sogar einen Schritt tun, ich konnte zwei Schritte tun, unglaublich, was für eine Sensation, ich konnte mich wieder fortbewegen, und das tat ich auch. Ich ging wie früher über den Balken und hielt mich an der eiskalten Kante des Kais fest. Manchmal rutschten meine Hände ab, aber das machte nichts, weil ich mich an die Kaimauer anlehnen konnte. Ich ging bedächtig über den Balken, bis ich die nächste Duckdalbe erreicht hatte. Dort ruhte ich mich einen Augenblick aus. Ich schaute aufs Wasser, wobei ich meinen Kopf drehte, denn ich hatte ihn beim Gehen der

Kaimauer zugewendet. Was konnte es nur sein, das ich gesehen und nicht zu erfassen vermocht hatte? Aber auch hier sah ich nichts anderes als diese verhaßten Ölflecken. Ich wußte nicht, was ich gerade eben gesehen hatte, ich sah es jetzt auch nicht mehr.

Ich ging Schritt für Schritt über den Querbalken bis zur nächsten Duckdalbe. Kurz bevor ich sie erreichte, wurden die Scheinwerfer des Autos auf der gegenüberliegenden Seite wieder eingeschaltet. Ich hatte das Gefühl, daß sie auf mich gerichtet waren, aber das war natürlich unmöglich, denn das Auto stand. Ein Mann stieg aus, er blickte zu mir herüber, das war unverkennbar. Er sagte nichts, er stand nur da, hinter seiner geöffneten Wagentür, als wollte er sich schützen. Ich ruhte mich wieder hinter der Duckdalbe aus, die mich gleichzeitig gegen das Scheinwerferlicht abschirmte. Dann ging ich wieder weiter, jetzt etwas weniger vorsichtig, denn ich wollte nicht im Scheinwerferlicht gehen, und bei der nächsten Duckdalbe würde ich auf jeden Fall aus dem Lichtkegel heraussein. Dort angelangt, ruhte ich mich nicht aus, ich ging so schnell wie möglich weiter, gejagt von dem unbeweglichen Lichtstrahl der beiden Scheinwerfer und der reglosen Gestalt. Ja, weiter ging es, bis ich die Stelle an der Brücke erreichte, wo der Kai nicht mehr zum Wasser hin abfällt. Dort stemmte ich mich hoch, im Rücken eine Duckdalbe, für den Fall, daß ich zurückrutschen würde.

Es war immer noch glatt, stellte ich fest, sehr, sehr glatt. Aber hier machte es nichts aus, hier konnte ich mich ruhig hinsetzen und mich gleiten lassen, denn ich würde nur von der Kaikante wegrutschen. Bevor ich mich jedoch abstieß, blickte ich zurück aufs Wasser und wußte plötzlich, was ich da vorher gesehen hatte: diesen Querbalken. Mir wurde klar, daß ich mich, ohne zu wissen, was ich tat und warum ich es tat, auf diesen Querbalken gestellt hatte und über den Querbalken bis zu dieser Stelle gelaufen war, ohne Absicht, ohne Vorsatz. Ich war darüber so verblüfft, daß ich vergaß, mich abzustoßen, und langsamer, als ich wollte, glitt ich auf die Häuser zu. Wie sehr ich auch mit aller Kraft versuchte, mich dagegen zu wehren, die Angst von vorher kam doch wieder hoch, weil ich so machtlos war, so ausgeliefert diesem spiegelglatten Pflaster, das mir zwar als Rutschbahn in die richtige Richtung diente, mir aber nicht die Freiheit ließ, meine Fahrt zu verlangsamen oder zu beschleunigen, auch wenn ich mich mit den Händen von den Steinen abstieß. Denn meine Hände rutschten auch ab. Aber ach, das machte nichts. Ich erreichte die Häuser und war, indem ich mich an einer der Fassaden festhielt, wirklich imstande, mich aufzurichten. Ich stand einen Augenblick still, dicht an das Haus gepreßt. Ich hätte es umarmen mögen, wenn das möglich gewesen wäre.

Dann schob ich mich langsam bis zur Ecke, während wieder diese ruhigen Glockenschläge erklangen. Als ich gerade um die Ecke herum war, blickte ich auf. Die Straßenlaternen brannten, aber es war, als verbreiteten sie kein Licht. Und dennoch konnte ich etwas sehen, das mir fast den Atem nahm. So weit das Auge reichte, sah ich Bewegungslosigkeit: Menschen, die mitten auf der Straße standen oder auf den Bürgersteigen und sich nicht bewegten. Autos, die ebenfalls auf der Straße standen, mit aufgeblendeten Scheinwerfern, aber ohne Lebenszeichen. Es war, als sei alles vollkommen erstarrt oder als sei die Zeit in einem winzigen Augenblick angehalten worden. Doch nein, etwas wie Bewegung gab es, oben an den Kuppeln der Straßenlaternen. Lautlos liefen Regentropfen an den Lampen herunter, die beim Herabfallen kurz aufglänzten und wieder in der Nacht verschwanden, eine unhörbare Flut von Tropfen, die mir die Kraft gaben, mich weiterzuschieben, mich zu wehren gegen diesen völligen Stillstand, diese erschreckende Bewegungslosigkeit. Ich schob mich vorwärts, als einziger, der sich zu bewegen wagte, ohne Angst, dabei zu fallen.

Besuchszeit

Ich war nicht einen Augenblick auf den Gedanken gekommen, daß ich die Gardinen nicht richtig zugezogen hätte. Ich lag zufrieden und schläfrig da und schaute zu, wie sich die kaum wahrnehmbaren Sonnenflecken an der Zimmerdecke bewegten. Wenn ich die Augen fast ganz schloß, verwandelten sich die Flecken in schillernde Wassertropfen, als berührte die erste Morgensonne betaute Spinnweben. Und wenn ich meine Augen ganz schloß, war es, als hörte ich Wasser plätschern. Als ich meine Augen wieder öffnete, sah ich nicht die Sonnenflekken an der Decke, sondern einen senkrechten Lichtstreifen an der Wand, der sich bewegte. War die Gardine nicht ganz zugezogen? Oder hatte sie an einer Stelle einen Riß, so daß die Sonne durch den Spalt auf die Wand scheinen konnte? Ich würde vielleicht dahinterkommen, wenn ich die Gardine bewegte, aber dazu müßte ich über den Maulwurfshügel aus Decken hinweglangen, und dann würde sie vielleicht aufwachen. Es war besser, das friedliche blonde Lockenhaar – das einzige, was aus den Decken heraussah – in Ruhe zu lassen. Wie immer wunderte ich mich, daß sie unter den Decken nicht erstickte, daß sie nur so und nicht anders schlafen konnte. Auch wunderte ich mich, daß sie so schnell eingeschlafen war. So war es immer: Ich war hellwach und sie besonders schläfrig – gegen jede Regel. Und ebenfalls gegen die Regel war es, daß ich immer glücklich war. Nichts von der Traurigkeit, von der Aristoteles spricht und die für alle Tiere, außer für den Hahn, gelten soll. O nein, seit mindestens zwanzig Minuten war es, als seien Vergangenheit und Zukunft aufgehoben, als könnte ich auf einmal mit gereinigten Sinneswerkzeugen einer großen Misteldrossel lauschen – sie rief weit weg im Wald, viermal, immer wieder dasselbe – und die Sonnenflecken an der Decke betrachten, die sich sacht bewegten, weil die Gardine von einem Luftzug berührt wurde. Das Gewimmel dieser hellen Flecken – das ist das »sinnend zarte Spiel« aus dem Gedicht von Obe Postma, dachte ich.

Dann hörte ich, wahrscheinlich weil ich für einen Augenblick vergaß, der einsamen großen Sängerin und einem noch viel weiter entfernt klagenden Kleiber zu lauschen, das Geräusch von Schritten, und mir wurde bewußt, daß ich dieses Geräusch schon die ganze Zeit über gehört hatte. Leise, schlurfende Schritte, die man nicht hören sollte. Sie wurden durch das zarte junge Gras und durch die Tannennadeln gedämpft, sie schlichen um unser Haus, waren hinter der Diele auf dem Hof zu hören, und ich merkte, wie mein Herz, gerade zur Ruhe gekommen, wieder zu hämmern begann und wie ich tief einatmete. Wer mochte jetzt, zur Mittagszeit, ums Haus streifen? Warum sollte ich Angst haben? Nein, das Haus war nicht abgeschlossen, aber es war doch undenkbar, daß jemand hier am hellichten Tag mitten in den Wäldern der *Maatschappij van liefdadigheid*, sieben Kilometer von Vledder entfernt, das Bedürfnis hatte, einen Bauernhof, der als Zweitwohnung eingerichtet war, zu überfallen! Ich langte über den Maulwurfshügel, zog die Gardine ein wenig beiseite, setzte mich auf und schaute nach draußen. In dem sonnigen Gemüsegarten sah ich die aufmerksamen Augen eines Polizisten, die vielleicht schon lange durch die nicht richtig zugezogenen Gardinen gespäht hatten. Der Polizist hielt seine Mütze in der Hand, und er stand da, als ob er nicht nur schaute, sondern auch lauschte. Er sah mich, er mußte mich schon die ganze Zeit gesehen haben, und ich wurde rot. Ich ließ die Gardine zurückfallen, und im selben Augenblick kam Bewegung in den Maulwurfshügel. Ich sagte erschreckt und erstaunt: »Polizisten.«

»Geh doch eben und frag, was sie wollen«, sagte sie nüchtern, und ich war schon aus dem Bett, zog hastig meine Hose an und rannte barfuß zur Tür.

Als ich sie öffnete, stand dort ein anderer Polizist, der mich freundlich anlachte und sagte: »Guten Tag, Meneer, ich störe Sie wohl in Ihrem Mittagsschlaf?«

»Ich war gerade aufgewacht.«

»Na gut! Dürfen wir Sie etwas fragen?«

Der andere Polizist kam hinzu, kratzte sich hinterm Ohr und setzte seine Mütze auf, und diese beiden Gesten beruhigten mich plötzlich. Die Verlegenheit der beiden war mindestens so groß wie meine.

»Ja, wissen Sie ...«, sagte der erste Polizist und sah hilflos seinen Kollegen an.

»Meneer«, sagte der andere, »wir brauchen gar nicht mehr zu fragen, denn wenn es so wäre, hätten wir es längst gemerkt, es ist eine reine Formsache, der Ordnung halber müssen wir der Sache leider nachgehen.«

»Aber wir wissen die Antwort schon«, sagte der andere, »es sei denn, Sie hätten noch jemanden hier im Haus, der Ihnen Scherereien macht.«

»Noch jemanden hier? Nein.«

Mein Gesicht glühte, und ich war mir nur allzu bewußt, daß die Polizisten die ganze Zeit meine hochroten Wangen ansahen.

»Sie sind hier zu zweit?«

»Ja«, sagte ich.

»Schon lange?«

»Seit Sonntag.«

»Also sonst niemand im Haus? Oh, guten Tag, Mevrouw, ich hoffe, wir stören nicht zu sehr, aber dürften wir uns mal kurz umsehen?«

»Warum?« fragte Hanneke.

»Mevrouw, es ist eine reine Formsache, wir wissen es eigentlich schon, aber es wäre angenehm, wenn wir in unserem Bericht angeben könnten: Auch bei Inspektion der Wohnung hat sich kein Anhaltspunkt für die Anwesenheit des Schuldigen ergeben.«

Er sprach das Wort »Schuldigen« so feierlich aus, daß mir sofort ganz beklommen zumute wurde. Schuldig ist man ja immer – Leben ist Schuldigsein.

»Worum handelt es sich eigentlich?« fragte Hanneke ruhig.

»Mevrouw, das sag ich Ihnen gleich, wenn wir uns kurz umgeschaut haben – es ist so gut wie sicher, daß Sie nichts damit zu tun haben, aber es ist angenehm für uns, wenn wir das dem Kommissar schwarz auf weiß bestätigen können.«

»Na, dann kommen Sie kurz rein.«

Sie folgten uns in das kleine Bauernhaus. Der größere der beiden Polizisten, der Voyeur, stieß sich mit dem Kopf an einem Türpfosten und verlor dabei seine Mütze, die er zwar aufhob, aber nicht wieder aufsetzte. Sie gingen in aller Ruhe durchs Haus und betrachteten aufmerksam die Fußböden in den beiden Wohnräumen zur Straße hin. Sie inspizierten den Flur und die Küche, und auf der Diele stampften sie so laut mit ihren Stiefeln, daß sie das Gartenrotschwänzchen, das unter den Dachbalken brütete, aus seinem Nest verjagten, und dann hatten sie offenbar alles gesehen, was sie sehen wollten, und sagten: »Vielen Dank, wir gehen mal wieder.«

»Was ist überhaupt los?« fragte Hanneke eigensinnig.

»Mevrouw, es ist folgendes. Auf einer Weide hier in der Nähe sind drei Schafe und zehn Lämmer von einem Schäferhund totgebissen worden, und wir haben jetzt die Aufgabe, diesen Hund zu suchen, es ist bestimmt der Hund eines Urlaubers, aber hier ist kein Hund und war auch kein Hund, das ist wohl ganz offensichtlich. Wir entschuldigen uns für die Störung, aber wir waren dazu verpflichtet. Es passieren in diesen Wäldern manchmal so merkwürdige Dinge.«

Vor allem die letzten Worte ließen mich an ihrer Geschichte mit dem Hund zweifeln. Warum dieses hartnäckige Drängen darauf, das Haus zu inspizieren, wenn es allein um einen Schäferhund ging? Sie hätten doch, als sie um das Haus herumschlichen, sofort feststellen können, daß wir keinen Hund hatten. Jeder Hund mit einem Fünkchen Selbstachtung hätte angeschlagen.

»Ich habe eine Mordsangst vor Hunden, Meneer«, sagte ich. »Ich habe nie einen Hund gehabt und werde nie einen haben.«

Auf einmal sah ich das Mißtrauen in den Augen des großen Polizisten aufblitzen. Aber der andere lachte nur, und plötzlich liefen sie zu ihrem blauen Volkswagen, der ein Stück weiter auf dem Sandweg geparkt war. Wir kehrten ins Haus zurück, und ich zog schnell meine Schuhe an, denn nichts hatte mich während des Gesprächs mehr gestört, als daß ich barfuß war. Ich setzte mich hin, und Hanneke sagte: »Erst einmal Tee.«

»Es ging ihnen überhaupt nicht um den Hund.«

»Nein, natürlich nicht.«

»Aber um was dann?«

»Das kann uns doch egal sein, oder?«

Daß ein so unbedeutender Vorfall einen derartig aus dem Gleichgewicht bringen kann! Wir machten nach dem Tee einen Spaziergang durch den Wald, wir sahen immer wieder die weißen Schwanzspitzen der wilden Kaninchen im Unterholz aufblitzen, wir hörten das Klopfen eines Grünspechts. Am Tümpel, der so still neben dem Fahrradweg lag, entdeckten wir die Knospen duftender Waldhyazinthen und Sonnentau, der schon in Blüte stand, aber ich konnte den Gedanken nicht loswerden, daß die beiden Polizisten etwas ganz anderes gewollt hatten. Wonach hatten sie gesucht? Hatte es etwas mit dem zu tun, was sie durch die nicht richtig zugezogenen Gardinen gesehen hatten? Aber einen Mittagsschlaf zu halten – das war doch nicht strafbar?

Als wir zum Haus zurückkamen, sahen wir eine Staubwolke auf dem Sandweg entschwinden. Vor der Staubwolke brummte der Motor eines Volkswagens. Es dämmerte schon, die Luft war klar und frisch, die Amsel sang ihr Abendlied, und unbekümmerte Schäfchenwolken hielten den letzten Glanz der Sonne an ihren Rändern fest. In dem Bauernhaus ein Stück weiter wurde Licht gemacht, und der Sandweg erschien dadurch plötzlich dunkler. Lange noch konnte ich das Brummen des Volkswagens hören; sie waren also wieder dagewesen. Warum?

Im Haus klingelte das Telefon. Manchmal ist es, als könne man daran, wie der Apparat klingelt, hören, wer am anderen Ende der Leitung ist. Ich dachte: Das ist meine Mutter, und gleichzeitig dachte ich auch: Das kann gar nicht meine Mutter sein, denn sie hat die Nummer nicht. Doch sie war es, und ihre Stimme klang bedrückt und traurig: »Maarten, dein Vater ist ins Krankenhaus gekommen, übermorgen soll er operiert werden, morgen kannst du ihn noch besuchen – du kommst doch sicher, ja, denn es kann sein, daß es eine schwere Operation wird, er möchte dich vorher so gern noch einmal sehen.«

»Na, aber er wird doch nicht sterben?«

»Nein, aber doch ... man kann nie wissen.«

»Gut, ich komme, dann muß ich morgen früh mit dem Fahrrad nach Steenwijk und dort den Zug nehmen. Aber was ist denn los, so plötzlich?«

»Sein Magen – das muß jetzt operiert werden.«

Und bei diesen Worten taten sich ganze Welten auf. Ich sah weiße Lippen vor mir – Rennies – und schwarze Lippen – Lakritzdrops – und Tausende von großen Tassen mit warmer Milch, mit denen mein Vater zu ganz bestimmten Tageszeiten versorgt wurde, alles wegen seines Magens, der ihm, solange ich denken konnte, vor allem im Herbst und im Frühjahr zu schaffen machte. Aber diesmal hatte er auch im Winter immer Schmerzen gehabt, und nun lag er also schließlich, nach dreißig Jahren Magenschmerzen, im Krankenhaus.

Dennoch war es angenehm, nach dem Besuch der Polizisten einen so guten Vorwand zu haben, um das Haus zu verlassen, auch wenn es vielleicht verdächtig erschien. Wir reisten noch am selben Abend ab, weil Hannekes Vater sich sofort bereit erklärte, uns von Assen aus abzuholen. Wir konnten bei meinen Schwiegereltern übernachten; am nächsten Morgen nahm ich den Zug nach Maassluis, und abends fuhr ich mit meiner Mutter, meiner Schwester und meinem Schwager zum Krankenhaus.

Welch ein friedlicher Frühlingsabend! Die Amseln sangen auf allen Antennen; in der Luft lag diese wunderbare Schwermut – ist es ein Duft, ein Lichteffekt? –, die sich in das Bewußtsein einnistet wie der Vorbote von etwas Ungewissem, das kommen wird, ein Sehnsuchtsversprechen. Als ich in der riesigen Eingangshalle des Krankenhauses stand, schien es, als spürte ich diesen Duft, wenn es denn ein Duft war, noch immer in der Nase, und draußen sah ich den flammenden Abendhimmel. Es war noch lange nicht Nacht, aber der vielfarbige Rauch der Ölraffinerie Pernis zog über das dunkle Blau.

In der Halle standen, obwohl es erst Viertel vor sieben war und die Besuchszeit erst um sieben Uhr anfing, Dutzende von Menschen mit Blumensträußen. Ich machte mir plötzlich klar, daß in diesem Augenblick überall in den Niederlanden gesunde Menschen dastanden und auf den Beginn der Besuchszeit warteten. Es war, als sei die Menschheit in Kranke und Wartende aufgeteilt und als gehörte ich dank einer glücklichen Schicksalsfügung jetzt noch zu den Wartenden, würde aber schon bald selbst krank sein. Es schien fast, als brächte dieses deprimierende Warten, wie sehr es auch mit Narzissen verbrämt sein mochte, die Krankheit selbst näher. Da wurde ein Mann auf einer Trage vorbeigeschoben, weiß wie der ausgebreitete Flügel einer Lachmöwe, seinen Arm in dem gestreiften Pyjama hin und her schwenkend, als würde er lenken, und eine beherzte Krankenschwester in Weiß und Braun ging mit kleinen Schritten hinter der Trage her, als ob sie einen Kinderwagen schieben würde.

»Es ist noch längst nicht soweit«, rief sie, und ein ungeduldiges Murmeln antwortete ihr. Eine Oberschwester erschien am Ende eines dunklen Flurs und hob die Arme, als bereite sie sich auf eine Kreuzigung vor.

»Leute, genau um sieben Uhr könnt ihr rein, eher nicht.«

Schon war sie wieder verschwunden. Ich starrte auf die wachsende Zahl Wartender und begriff, daß sie alle zu früh da waren, weil sie, genau wie ich, nicht zu spät zu ihren kranken Angehörigen kommen wollten. Immer wieder bahnten sich ungeduldige Schwestern mit wütenden Schwimmgebärden ihren Weg durch die Menschenmenge.

Ich wunderte mich, daß draußen auf der Schnellstraße noch so viel Verkehr war. Ich stellte mir vor, daß sich jetzt jeder Niederländer in der Eingangshalle irgendeines Krankenhauses aufhalten würde, mit oder ohne Blumen oder Obst in der Hand, denn schon allein in diesem Krankenhaus standen Hunderte von Menschen. Dann hörte ich auf einmal einen tiefen Seufzer aus Tausenden von Kehlen: Der große Zeiger der Uhr in der Halle sprang auf Zwölf, und während die lauten Gespräche verstummten, erklang ein so merkwürdig dumpfes Geräusch, daß ich zuerst nicht wußte, woher es kam. Als ich mich dann selbst in Bewegung setzte, wurde mir klar, daß das Geräusch von Tausenden von Schritten auf dem Beton kam, ein Geräusch, das beim Treppensteigen lauter zu werden schien und auf den Fluren wieder abebbte. Ich ging hinter meiner Mutter her, hinter Dutzend anderen, in einen der dunklen Flure in diesem riesigen Irrgarten. Meine Mutter kannte den Weg bereits, sie hatte meinen Vater schon dreimal besucht und verlief sich daher nur zweimal. Zuerst fanden wir uns irrtümlich auf der Station für Lungenkranke wieder, und danach öffneten wir in der Annahme, wir seien beim richtigen Zimmer angelangt, einen Besenschrank, aus dem klappernd drei Eimer und zwei Schrubber herausfielen. Der

Lärm ging jedoch in dem gewitterartigen Gegrummel jener niedergedrückten Schritte unter, und wir versuchten gar nicht erst, die Besen wieder hineinzuschieben, sondern rannten so schnell wie möglich weg und stießen dabei gegen eine Trage, die im Zickzack mitten zwischen den Besuchern über den Flur geschoben wurde.

Als wir das Zimmer erreichten, in dem mein Vater lag, erkannte ich ihn nicht. Ich sah sechs Betten mit sechs Männern in sechs gestreiften Pyjamas. Ich wollte schon wieder weggehen. Solange ich denken konnte, hatte mein Vater noch nie einen Pyjama getragen, so wie er auch noch nie Käse oder Joghurt gegessen hatte. Er schlief immer in einer langen weißen Unterhose und einem alten blauen Oberhemd. Aber bevor ich weggehen konnte, rief er: »Maart, siehst du mich denn nicht?«

»Hast du einen Pyjama an?« fragte ich höchst erstaunt und sogar etwas verärgert.

»Ja, das muß man hier nun mal. Da bist du ja endlich. Wenn alles geklappt hätte, wäre ich schon tot und begraben, und du sitzt da irgendwo in Drente, und wir wissen nicht, wo, wir haben keine Adresse, keine Telefonnummer, du bist wirklich ein erstklassiger Hornochse.«

»Hannekes Eltern wußten, wo wir waren.«

»Ja, die, die natürlich, und wir natürlich nicht. Warum dürfen wir das nicht wissen? Sind wir etwa nicht gut genug? Ist dein Schwiegervater etwa krank? Na also! Deine Mutter in Angst und Sorge, niemand weiß, wo mein ältester Spitzbube ist, und ich liege hier mit sechs Flaschen Blut im Leib. Ja, gestern bin ich fast hopsgegangen, ich hätte direkt in dem Mietgrab Dritter Klasse begraben werden können, das ich vorgestern noch selbst gegraben habe. Nach dieser verflixten Untersuchung – sie haben mich völlig auseinandergenommen – ist innerlich irgendwas geplatzt, und ich bin beinah verblutet. Und du nirgends zu finden! Sechs Flaschen Blut, sechs von solchen Flaschen.«

Stolz zeigte er mit den Händen die Größe der Flaschen.

»Halbe Liter?« fragte ich.

»Mindestens! Ich glaube sogar, ganze Liter.«

»Das ist unmöglich, ein Mensch hat nicht mehr als fünf Liter Blut, dann hättest du sechs Liter Blut gekriegt.«

»Na, dann haben sie gestern mein ganzes Blut erneuert und mir auch noch etwas extra gegeben. Vom Scheitel bis zur Sohle hab ich neues Blut, und ich kann das auch fühlen, ich bin so übermütig wie ein junges Fohlen, ich hab wieder Spaß an den jungen Schwesterchen hier. Weißt du, was sie großartig finden?«

Er schob plötzlich sein Bein unter der Bettdecke hervor. Auf seinem noch jugendlichen Fuß prangte ein großer, kugelförmiger Knubbel, vor dem ich mich schon als Kind gefürchtet hatte. Rund um den

Knubbel wuchs ein doppelter Kranz kurzer Härchen, aber der Knubbel selbst war unbehaart und erinnerte an einen kleinen Schädel, der früh kahl geworden war.

»Sie wollen ihn alle sehen«, sagte mein Vater stolz, »Ärzte sind hier auch gewesen, um ihn sich anzusehen, und die Schwestern streicheln mit ihren Fingern drüber, und dann fragen sie: Woher haben Sie das? Vom Holzschuhtragen, sag ich dann und zeig ihnen dann sofort auch meinen anderen Fuß. Sie haben schon gefragt: Dürfen wir nicht ein kleines Stück zum Untersuchen davon abschneiden, und ich hab gesagt: Wenn ich hier sterbe, und das werd ich wohl, denn ihr behandelt mich hier wie ein Schwein, die erstbeste Kuh früher bei Ai Kip, und Ai Kip war doch schäbig zu seinen Tieren, wurde besser versorgt als ich hier, und sogar für die ausgedienten Ziegen hatten wir noch mehr Herz als ihr hier für eure Patienten, dürft ihr diesen Knubbel da abschneiden, und dann guckt euch an, was drin ist.«

»Du fühlst dich hier, glaube ich, recht wohl«, sagte ich.

»So, denkst du das, na, sie finden hier, daß ich ein verwöhnter Kerl bin, weil ich es zu Hause gewohnt bin, rechtzeitig meine warme Milch zu kriegen, und hier krieg ich die nicht, hier muß ich bitten und betteln um eine Tasse warme Milch, und dabei, das habe ich heute mittag noch zu so einem Schwesterchen gesagt, haben sie hier eine ganze Säuglingsstation, wo sie doch auch Milch brauchen. Und, verflixt, davon kann kein Schluck Milch genommen werden. ›Kostet es denn so viel Mühe, eine einzige Extra-Flasche zu machen?‹ hab ich heute mittag noch zur Oberschwester gesagt, ›und die hierherzubringen, den Sauger krieg ich schon noch selbst davon ab. Was macht ihr denn mit all der Milch?‹ hab ich sie gefragt. ›Habt ihr hier vielleicht eine eigene Käserei? Man sollte es meinen, wenn man all das welke Zeugs anguckt, das hier auf dem Teller beim Weißbrot liegt. Bringt mir in Gottes Namen ein bißchen warme Milch, das bin ich von zu Hause gewohnt, und wenn ich die nicht kriege, krümme ich mich vor Magenschmerzen.‹ ›Was Sie von zu Hause gewohnt sind, geht uns nichts an‹, sagte so eine kecke Schwester, ›hier müssen Sie sich nach den Regeln des Hauses richten.‹«

»Sei doch still, Pau«, sagte meine Mutter, »ich hab warme Milch für dich mitgebracht, ich werde sie dir von jetzt an jeden Mittag und Abend mitbringen.«

»Gut so, sieh mal nach (dies zu meinem Schwager), ob nicht gerade eine Schwester kommt, halt mal Wache an der Tür, wenn du sie siehst, ruf einfach Exodus 3, Vers 8, dann weiß ich Bescheid, dann stecke ich die Milch für einen Moment unter die Decke.«

Meine Mutter holte eine Thermosflasche heraus, und mein Vater trank seine für ihn so notwendige warme Milch. Als er sie getrunken hatte, fing er wieder von den sechs Flaschen Blut an.

»Meinst du, sie haben mein ganzes Blut erneuert?« fragte er.

»Sechs Flaschen, das sind drei Liter, denke ich. Nicht alles, aber das meiste schon«, sagte ich.

»Es muß das Blut von einem jungen Kerl gewesen sein, von einem feurigen Kerl, von einem, der es drauf hatte.«

»Vielleicht war es auch Frauenblut.«

»O nein, auf keinen Fall, das würde ich bestimmt merken, nein, die geben Pau 't Hart bestimmt kein Weiberblut, nein, nein, nein.«

»Also morgen wird operiert?«

»Ja, morgen um neun, ich bin der erste, der Arzt, der mich behandelt, so ein Dunkler, so ein Malaie, ist vorhin noch bei mir gewesen. ›Einen schönen Körper zum Hineinschneiden haben Sie‹, hat er zu mir gesagt. Ein netter Kerl, viel besser als der Internist, der mich untersucht hat. Was für ein Schlächter der war, mußte ich doch, krank wie ich bin, allen möglichen Dreckskram schlucken und geröntgt werden, und er stieß mir in den Magen, wie Piet van Dijk, der Tierarzt damals in Maasland, manchmal bei einer schwangeren Kuh, und meistens konnte man dann das Kalb tot herausziehen. ›Es wird wohl eine sehr schwere Operation‹, hat der Malaie zu mir gesagt, ›aber machen Sie sich keine Sorgen, Sie sind noch jung, ansonsten kerngesund, ein Herz wie ein Oldenburger und zwei Lungen wie die Blasebälge von einem Mannborg.‹«

»Hat er das wirklich gesagt?«

»Was?«

»Das mit dem Mannborg?«

»Es kann sein, daß er eine andere Harmonium-Marke genannt hat, aber das Wort ›Blasebalg‹ hat er benutzt.«

Er schwieg einen Augenblick, grinste still vor sich hin, richtete sich dann auf und schob den Vorhang neben seinem Bett beiseite.

»Sieh mal, wer hier neben mir liegt.«

Ich erspähte im Halbdunkel einen sehr alt aussehenden Mann in dem anderen Bett. Neben dem Bett saß eine alte Frau. Beide schwiegen. Sie sahen meinen Vater erwartungsvoll an.

»Erkennst du ihn nicht?« fragte mein Vater.

»Noch nicht.«

»Sieh noch mal genau hin, ja, es ist natürlich lange her, aber er ist es wirklich, wir haben damals mit ihm zusammen gemolken. Weißt du es noch immer nicht? Nun, warte, ich werde dir helfen, die Frau neben ihm, die kennst du übrigens auch, ist seine Verlobte.«

»Thijs Loosjes«, rief ich.

»Genau, schön, was? Hab ich hier doch ein bißchen Gesellschaft. Kennst du meinen Sohn noch, Thijs?«

Ich ging an das andere Bett, schüttelte vorsichtig

die Hand des alten Mannes und noch vorsichtiger die Hand der Frau, denn die sah so zerbrechlich aus, daß ich jeden Augenblick erwartete, ihre Hand lose in der meinen zu halten.

»Pau, Pau, was für ein Bursche der geworden ist.«

»Und schon verheiratet«, sagte mein Vater.

»Schon verheiratet?«

»Ja, er hat es nicht so lange aufgeschoben wie du, aber es ist noch nicht zu spät für dich, du kannst noch heiraten.«

Er wandte sich mir zu und sagte: »Wie alt, denkst du, ist Thijs jetzt?«

»Ungefähr achtzig.«

»Nicht schlecht geraten, er ist jetzt zweiundachtzig, und in anderthalb Jahren feiert er seinen fünfzigsten Verlobungstag. Er liegt jetzt wegen seines Blinddarms hier. Morgen ist er nach mir dran. Findest du es nicht ein bißchen unsinnig, Thijs, dir in deinem Alter noch den Blinddarm rausnehmen zu lassen? Du hast ein so schönes Häuschen am Deich, solltest du jetzt nicht einem anderen Platz machen? Schon vor zehn Jahren hatte ich ein schönes Plätzchen für dich in Feld E, Reihe A, bei den Rhododendren, und nun lebst du noch! Ich würde erst mal schnell zum Rathaus laufen, wenn ich du wäre, ihr schafft es nicht mehr bis zu den neuen Kartoffeln, es ist eure letzte Chance.«

»Hör mal zu, Pau«, sagte Thijs ernst, »ich bin

mein ganzes Leben lang verlobt gewesen, und das ist mir sehr, sehr gut bekommen, Jannetje hätte es vielleicht anders gewollt, aber sie hat sich damit abgefunden, und du weißt, was ich vor langer Zeit zu dir gesagt habe: Menschen, die verlobt sind, sterben nicht.«

»Das hast du früher nie zu mir gesagt! Und du weißt genau, daß das nicht wahr ist. Gerade hatte ich noch einen Jungen in der Leichenhalle. Hatte sich glatt totgefahren mit seinem Moped. Seine Verlobte, hinten drauf, auch schwer verletzt, Jesaja 1, Vers 6, dann weißt du schon. Als ich den Boden aufwischte, nachdem der Arzt weg war, denn da war eine ganze Menge Blut runtergetropft, schlug er mir plötzlich auf den Kopf. Ich bin zu Tode erschrokken, aber es war nichts, sein Arm war von der Bahre gerutscht.«

»Die Geschichte kenne ich, aber sie geht mich nichts an, ich fahre nicht Moped, und du kannst es an uns sehen: beide steinalt, aber noch kerngesund. Gut, mir macht mein Blinddarm zu schaffen, aber das kann jedem passieren, und das ist morgen erledigt, und in zwei Wochen sitzen Jannetje und ich wieder brav im Gotteshaus, wie wir es immer getan haben. Nie sind wir krank gewesen, nie haben wir Streit gehabt, nie Sorgen um Kinder, wir waren miteinander in bester Gesellschaft, wenn wir zur Kirche gingen, ja, der Herr hat uns wirklich reich gesegnet.«

Verblüfft starrte ich den verschrumpelten Alten an, der beinah mehr Worte gesagt hatte, als sein Vogelköpfchen Runzeln hatte, und die Alte neben seinem Bett, noch verschrumpelter, nickte fröhlich und hob manchmal für einen Augenblick einen knochigen Finger, um die Worte ihres Verlobten zu bekräftigen.

»Ich habe Thijs zuerst von seiner Ansicht abbringen wollen«, krächzte sie nach seiner Ansprache, »aber ich sehe jetzt doch ein, daß er recht hatte. Ich habe so viel Elend um mich herum gesehen, in Ehen und mit Kindern, das hat Gott uns erspart, Er hat zu uns gesagt: Heiratet nie, bleibt miteinander verlobt, und wir haben frohgemut das Kreuz unserer Verlobung getragen und werden es noch tragen, solange der Herr uns verschonen will.«

»Der Herr wird uns verschonen«, sagte Thijs, »denn Verlobte sterben nicht.«

»Nein, Thijs«, sagte Jannetje, »du weißt genau, daß im Krieg Verlobte umgekommen sind und daß ...«

»Zählt nicht, jetzt ist kein Krieg.«

»Aber kein Mensch hat das ewige Leben.«

»Verlobte schon, die sterben nicht.«

»Du mußt auch immer recht behalten, natürlich sterben sie.«

»Niemand vor uns hat es jemals so lange versucht.«

»Nein, die Leute waren wirklich klüger. Um irgendwo ein Haus zu bekommen, mußte man heiraten. Wenn wir verheiratet wären, hätte ich nicht mein Leben lang bei anderen zur Untermiete zu wohnen brauchen, dann hätten wir zusammen in deinem ...«

»Fängst du jetzt wieder mit diesem Haus an?«

Mein Vater zog den Vorhang zu, aber ich hörte die streitenden Stimmen der Alten weiterhin und hörte kaum dem Monolog meines Vaters über die Untersuchung seines Magens zu. Ich strich mir über die Stirn, schaute nach draußen, auf der Suche, so schien es, nach normaleren Wirklichkeiten, aber auch der Abendhimmel war aus dieser Höhe nicht als normal zu bezeichnen. Der Horizont flammte schmutzig auf. Grüner Rauch teilte den dunkelblauen Himmel in zwei Teile, und rote Flammen erleuchteten das Gelb, das dazwischen schimmerte. Darunter ein Wald von Schornsteinen, ein bizarres Netz aus senkrechten und waagerechten Röhren, die sich in unvorhersehbaren Momenten verzweigten und hier und da Rauch ausstießen, wobei er mit dem Grün um die Herrschaft über den Abendhimmel wetteiferte. Aber der grüne Rauch kam in solch dichten Schwaden aus dem höchsten Schornstein, daß sich nichts anderes daneben behaupten konnte. Er überließ nur hier und da kleinen Wolken einen Tupfer Gelb oder Rot, und auch das nur, wenn diese Wölkchen von den ewigen Flammen von Pernis erhellt wurden.

Ich starrte all diese silbrig glänzenden Schornsteine an, aber mein Vater rief mich zur Ordnung.

»He, Meisterträumer, willst du mir wohl noch mal eben zuhören? Du bleibst heute nacht da, wenn ich deine Mutter richtig verstanden habe, du kommst morgen nach der Operation wieder. Ob du dann morgen früh mal eben zum Friedhof gehst, um den Motor einzuschalten? Sonst kriegen all meine Leute nasse Füße in ihren Särgen oder treiben vielleicht sogar fort zum Meer, und, wenn du schon dort bist, sieh auch noch eben nach dem Dompfaffpärchen, sie warten drauf, ich hab Kippenek auch schon Bescheid gesagt, die Schlüssel liegen hinter der Bibel auf dem Kamin.«

Mit diesen Worten war die Besuchszeit zu Ende. Auf dem Rückweg wurde alles wieder normal, ich roch den Duft des Frühlings, der hier mit einem scharfen Schwefelgestank gewürzt war, und zwei Pferde standen regungslos auf einer Weide, wie sie nur an Frühlingsabenden dastehen, die Köpfe halb erhoben, als horchten sie auf etwas, das sich in längst verflossenen Zeiten abgespielt haben muß. Vielleicht hören sie das Wiehern ihrer Artgenossen auf den Schlachtfeldern und trauern, im Frühlingsschein, um ihren Tod.

Da tauchte schon der Kirchturm von Maassluis auf, plump und schlank zugleich. Heute nacht würde ich wieder dort schlafen und in meinen Träumen das fröhlich dampfende Geräusch fahrender Züge hören, wie man es nirgendwo sonst hört, und ab und an in einem Augenblick des Beinahe-Aufwachens das trübsinnige Heulen eines Nebelhorns mitsummen und morgen in aller Frühe von der aufdringlichen Fabriksirene von De Neef & Co. geweckt werden. Warum vermißte ich das alles so in Leiden? Warum vermißte ich dort vor allem einen Hafen? Warum wollte ich sofort, wenn ich nach Hause kam, unbedingt über den Hafenkai spazieren? Ich lief zuerst zur Hafenmole und blickte über den breiten Fluß, auf dem ein geheimnisvolles rostiges Schiff auf dem Weg zum Meer war. Ich konnte nicht erkennen, unter welcher Flagge es fuhr; dafür war es schon zu dunkel und der Abstand zu groß. Aber es war auf jeden Fall ein richtiges, seetüchtiges Schiff, und im Hafen lagen richtige Schlepper und Lotsenboote, und man roch das Salzwasser und das Teeröl der Ankerketten. Es war alles wirklich, fast mit den Händen zu greifen, es war nicht so farblos und wächsern wie das Leben in Leiden. Dort gab es keinen Hafen, nicht einmal einen Fluß mit Lichtern auf der gegenüberliegenden Seite und kein lautlos übersetzendes Fährboot in dem vom Wasser aufsteigenden Nebel und nicht das Geräusch von Männerstimmen auf den Brücken vorüberziehender Schiffe, die zu Meeren ausfuhren, von denen man noch nie etwas gehört hatte. Ich lief am Außenhafen entlang zum Binnenhafen, kam am Haus des Hausarztes meiner Eltern vorbei, und das brachte mich dazu, meinem Vater einen Vortrag zu halten.

»Nun mach dir mal keine Sorgen, deine Zeit ist noch lange nicht gekommen, dein Vater ist weit über achtzig geworden, und er ging nach seinem Siebzigsten zwar am Stock, aber den gebrauchte er nur, um damit Frauen zu entern und um auf das Pflaster zu stoßen, wenn er beim Dame-Spiel verloren hatte, und fast alle deine Brüder und Schwestern leben noch, und du bist bis auf zwei der Jüngste. Gut, dein ältester Bruder ist umgekommen, aber das war ein Unfall. Was sagst du? Ob ich noch weiß, was dein Vater sagte, als sie ihn nach Haus brachten? Ja, das hast du oft genug erzählt. Als er hereingetragen wurde, sagte dein Vater: ›Donnerwetter noch mal, das heißt für mich zweihundert Gulden im Jahr weniger‹, denn ihr habt all euren Verdienst bis auf den letzten Cent bei eurem Vater abgeliefert. Das war ein Unfall: Er wurde in den *Verenigde Touwfabrieken* von einem Schwungrad erfaßt. Alle anderen leben noch. Tante Anna ist schon fünfundsiebzig und Tante Riek schon dreiundsiebzig, und Onkel Klaas repariert noch immer Harmoniums, auch wenn er schon längst seine Rente bekommt, und Onkel Nico steigt noch immer auf die Kanzeln in Gemeinden, die immer kleiner werden, weil die *Gereformeerd vrijgemaakten* sich immer weiter in einzig wahre Kirchen spalten, und Onkel Piet betreibt seinen Gemüseladen noch genau wie früher, trotz seiner Pension. Onkel Rinus arbeitet noch immer als Maurer. Gut, Onkel Maarten ist schon gestorben, mit siebenundfünfzig Jahren, genauso alt wie du jetzt bist, aber er hatte Lungenkrebs, und den hat er nach dem schrecklichen Unfall seiner Tochter bekommen. Wenn jemand dran ist zu sterben, dann Onkel Job mit seinem Asthma, aber selbst Onkel Huib mit seinem Buckel ist noch gut zuwege, der gutmütige Kerl. Nein, du hast bestimmt keinen Magenkrebs, auch wenn du das vielleicht denkst, nein, du hast das nicht gesagt, aber ich weiß genau, daß du daran denkst, weil dein Schwiegervater nach dreißig Jahren Magenschmerzen und genau so einem Winter, wie du ihn jetzt durchgemacht hast, ins Krankenhaus gekommen ist, und dann stellte sich heraus, daß er Magenkrebs hatte.«

Dies alles flüsterte ich mir beim Gehen zu, dort an diesem einsamen Hafen, der noch genauso dalag wie früher, das Licht der Straßenlaternen gelb wie überall, aber hier mit blauen Rändern und feuchten Schatten. Nirgends wuchs etwas Grünes, und doch konnte man spüren, daß es Frühling wurde, denn die Mehlfabrik von De Ploeg roch stärker denn je und vertrieb das Prickeln des Frühlings aus der Luft. Ich lief am Hafenbecken entlang und sah die Grote Kerk auf der anderen Seite und die Spiegelung der Kirche im Wasser, und ich dachte: Wenn ich wenigstens ab und an diese Spiegelung in Leiden sehen könnte, das würde schon reichen. Ich blickte zur grünen Brücke hinüber und zu den alten Giebeln. Ich stand nur da und schaute, und währenddessen nagte etwas in mir, es schien, als würde ich all diese glänzenden Giebel und das ölige Wasser preisgeben müssen, wenn mein Vater stürbe. Denn ich hatte nicht ihm, sondern mir selbst etwas zugemurmelt, ich hatte nicht seine, sondern meine eigenen Vorahnungen beschwören wollen. Warum wußte ich so gut wie sicher, daß er Magenkrebs hatte? Weil er nach der Untersuchung eine innere Blutung gehabt hatte? Gut, Krebs konnte so etwas verursachen, konnte ein Blutgefäß so angreifen, daß es plötzlich platzte, aber ein Magengeschwür konnte das auch. Und mein Vater war doch froh und munter und aufmüpfig gewesen und hatte sogar an seine Arbeit gedacht, hatte mich gebeten, den Motor einzuschalten, der den Grundwasserspiegel des Friedhofs senkte. Daran dachte man doch nicht, wenn man wirklich Krebs in fortgeschrittenem Stadium hatte?

Im Hafenbecken tuckerte ein Schiff vorbei, mit gelben Tanks an Deck, die in der Spiegelung auf dem Wasser zurückzubleiben schienen, und weiter oben ruderte ein einsamer Mann unter der Brücke durch. Ich sagte zu mir: Wenn dieser Mann im Ruderboot eher unter der Brücke durch ist als das Shell-Schiff um die Kurve, hat mein Vater keinen Krebs. Der Mann in dem Ruderboot war eher da.

Ich atmete erleichtert auf, aber dennoch machte mich dieser unsinnige Wettlauf nicht sicher genug. Zwei Möwen saßen jede auf einer Duckdalbe, und ich murmelte: Wenn die linke eher auffliegt als die rechte, hat mein Vater keinen Krebs. Aber sie flogen nicht auf, sie blieben in sich zusammengesunken sitzen. Ich klatschte in die Hände, sie erhoben sich nicht, ich klatschte nochmals, sie blieben wie versteinert sitzen. Ich hob einen Stein auf und warf ihn nach der linken Möwe, aber sie rührte sich nicht.

Morgen erst würde ich wissen, worauf ich mich vorzubereiten hatte. Morgen würden sie ihn aufmachen, und dann würde unumstößlich feststehen, ob er dazu verurteilt war, auf dieselbe schreckliche Art zu sterben wie mein Großvater oder nicht. Noch einmal, während ich schon auf dem Deich war, schaute ich mich zum Hafen um und zur Grote Kerk. Die Zeiger der Turmuhr glänzten rot in der Dunkelheit, und von ganz weit hörte ich die Sirene eines Küstenmotorschiffs, das dabei war auszufahren. Einen Augenblick lang hatte ich wieder das fröhliche Gefühl von früher – wie schön, daß du nicht mitzufahren brauchst –, aber es verlor sich, weil der Tod so nahe zu sein schien, so in Reichweite meines Vaters.

Gefurchte Wege

In aller Frühe ging ich am nächsten Morgen mit dem riesigen Schlüsselbund, das ich in einem alten Schälchen hinter der Bibel auf dem Kamin gefunden hatte, zum Friedhof. Ich lief durch die Friedhofsallee zur großen Pforte zwischen dem Haus für die Totenbahren und der Leichenhalle. Ich suchte den passenden Schlüssel, konnte ihn zuerst nicht finden, hörte bestimmt dreimal einen Finkenschlag, bevor ich ihn gefunden hatte und die Pforte öffnen konnte. Ich schloß sie wieder hinter mir, damit mir niemand folgen konnte, und ging auf dem Weg am Graben entlang, der den Kirchhof vom Bahngleis trennte, zu dem Feld, wo die Kastanienbäume standen. Die Wege waren seit Sonntag wenig begangen, denn hier und da sah ich noch die Furchen, die mein Vater jeden Samstagmorgen dort zog. Er lief dann mit einer Egge hinter sich über die Wege und setzte seinen ganzen Stolz darein, diese Egge so weiterzuziehen, daß in den Kieselsteinen, die die Wege bedeckten, schnurgerade Furchen entstanden. Tat er das, weil er dann wieder das Gefühl hatte zu pflügen? Wozu sonst verzierte er die Gehwege jede

Woche mit einem so überflüssigen und nicht einmal besonders schönen Muster?

Ich schaute zu den alten, protzigen Grabmälern auf den Gräbern der Ersten Klasse. Überall glänzten die schon so oft von meinem Vater silbern angemalten Ketten, die die kleinen Pfosten vor den Grabsteinen und auf den Grabplatten miteinander verbanden. Im Winter benutzte er die Farbe, um Zweige mit Erlenzapfen zu versilbern, die er dann als Weihnachtsschmuck an gute Freunde verteilte. Auf mehreren Gräbern steckten Stäbe mit eisernen Ringen. Auf einigen Gräbern waren Zinnvasen in Form einer spitzen Tüte in den Ring gesteckt. Meistens waren die Blumen in diesen Vasen verwelkt, denn mein Vater war ja nicht da, um sie wegzunehmen. Ich lief an dem Rhododendronfeld entlang mit seinen geruchlosen Blüten und dem breiten Weg dazwischen und an den würdevollen Steinplatten auf den Grüften darunter, und ich sah, wie sehr Wind und Wetter mit der Zeit die Steine angegriffen und gespalten hatten und wie Efeu und Moos heimlich zwischen den Rhododendren wuchsen und die Spalten gütig zudeckten. Wenn man darauf achtete, sah man überall Zeichen der Verwitterung, vor allem aber bei den Privatgräbern der Ersten Klasse, weil diese schon seit der Jahrhundertwende nicht mehr geräumt worden waren. Dennoch verbrämte meistens auch hier die Natur den Verfall.

Ich erreichte die wenigen Linden an der Bahnstrecke. Ihre Blüten dufteten so stark, daß ich für einen Augenblick sogar das ohrenbetäubende Gurren der Ringeltauben vergaß. Ich mußte plötzlich an ein paar unglaublich schöne Zeilen von Annette von Droste-Hülshoff denken:

Süße Ruh, süßer Taumel im Gras
Von des Krautes Arom umhaucht,
Tiefe Flut, tief tief trunkne Flut,
Wenn die Wolk' am Azure verraucht,
Wenn aufs müde schwimmende Haupt
Süßes Lachen gaukelt herab,
Liebe Stimme säuselt und träuft
Wie die Lindenblüt' auf ein Grab.

Wenn im Busen die Toten dann
Jede Leiche sich streckt und regt,
Leise, leise den Odem zieht,
Die geschloßne Wimper bewegt,
Tote Lieb', tote Lust, tote Zeit,
All die Schätze, im Schutt verwühlt,
Sich berühren mit schüchternem Klang
Gleich den Glöckchen, vom Winde umspielt.

Während ich die ersten beiden Strophen des Gedichts murmelte und bedauerte, daß ich die beiden anderen nicht auswendig konnte, dachte ich, es heißt *Im Grase*, aber es handelt in Wirklichkeit von einem Kirchhof, und ich stellte mir vor, wie die Toten unter dem Gras sich tatsächlich streckten und bewegten und ihre geschlossenen Lider aufschlugen. Dann hörte ich die Ringeltauben wieder, und die tote Zeit war vorbei.

Ich blickte mich um, ich sah, daß alle Obstbäume, die der Vorgänger meines Vaters so unauffällig wie möglich zwischen die Gräber gepflanzt hatte, in Blüte standen. Ich ging an den Gräbern der Zweiten Klasse entlang und sah zu meinem Erstaunen, daß das Beet vor dem Grabstein, der mit einer weißen Taube geschmückt war, fast völlig leer war. Wo war der üppige Ziermohn geblieben, den der Sohn zehn Jahre lang auf dem Beet vor dem Grabstein gezogen hatte? Sogar am Sonntagnachmittag, während der Besuchszeit, hatte er neben seinem Ziermohn Wache gestanden, damit er nicht von anderen Besuchern gepflückt wurde. Wo waren seine wunderlichen, manchmal über den Grabstein seiner Mutter hinauswachsenden Urticaceen geblieben? Alle diese Pflanzen mußten erst vor kurzem herausgenommen worden sein, denn Ackerhornkraut und Kreuzkraut waren zwar schon aufgeblüht, aber noch nicht viel weiter als im Stadium einer Keimpflanze. Ich ging am Jüdischen Friedhof vorbei und sah, daß das so seltene Glaskraut überall in den Rissen der Steine wucherte und sie hier und da völlig bedeckte. Der Jüdische Friedhof war von einer Hecke eingefaßt. Auf dem abschüssigen Ufer des Grabens dahinter erhob sich mannshoch der Wiesenkerbel. Bevor ich zum Wiesenkerbel kam, mußte ich zuerst noch an dem Grab mit der steinernen Hand vorbei, die sich aus der Erde streckte und die ich als Kind so oft hatte anschauen müssen und dazu die Worte zu hören bekam: »Siehst du, die Hand dieses Mannes ist aus dem Grab herausgewachsen, weil er seinen Vater und seine Mutter geschlagen hat.« Ich stieg den Graben hinunter. Auf halbem Weg glaubte ich einen großen Kammolch zu sehen, ein Männchen in seinem Prunkkleid, das sich offenbar in dem von zarten Algen schon grün gedämpften Licht sonnte, und ich glaubte zu sehen, wie ein feuerroter Stichling davonschoß und die Larve des Gelbrandkäfers ungestört eine längst unkenntlich gewordene Beute verschlang. Aber als ich über den Holzsteg zum Pumpenhäuschen ging, das in der Mitte über dem Graben gebaut war, sah ich nichts anderes als dunkelgrüne Algen. Ich öffnete das Häuschen mit einem Schlüssel, nach dem ich zwei Finkenschläge lang suchen mußte. Ich stellte die Pumpe an, die den Grundwasserspiegel senken sollte, so daß die Särge nicht wegtreiben konnten, und als das gleichmäßige und fast unhörbare Geräusch der Pumpe den Raum füllte, schloß ich die Tür wieder und ging über das Gras der Vierten Klasse zur Kapelle, deren alte steinerne Balustraden und breite niedrige Treppenstufen schon ebenso verwittert waren wie die Grabmäler der Ersten Klasse, nur daß hier kein Moos, sondern Zimbelkraut die Ritzen füllte. Oh, wie blühte das Zimbelkraut; eine der Balustraden war ganz violett, und man mußte die Steinstufen ganz vorsichtig hinaufsteigen, wollte man die kleinen Pflanzen nicht zertreten. Der Schlüssel zur Kapellentür war genauso schwer zu finden wie alle anderen Schlüssel. Ich trat ein, und sofort war es, als würde ich kleiner in diesem gar nicht so großen, aber doch feierlichen Raum, in den die Sonne durch die in Blei gefaßten Fenster hineinschien und überall verschiedene Farben auf den Fußboden und die Bänke und die grauen Wände zauberte. Wenn man leise durch den nach Bohnerwachs riechenden Raum ging, konnte man immer wieder andere Farben auf seiner Kleidung sehen, langsam über die Hose gleitende rote Kreise, kleine gelbe Vierecke auf den Ärmeln des Mantels. Ich ging zu dem großen Tisch mitten in der Kapelle und setzte mich auf den einzigen Stuhl dort, den Stuhl des Pastors. Auf dem Tisch, genau vor dem Stuhl, lag eine alte Bibel, umrahmt von grünen, roten und blauen Lichtflekken. Die Bibel war abgeschlossen, aber nach dem Schlüssel brauchte ich diesmal nicht lange zu suchen; ich kannte ihn, es war der kleinste Schlüssel am Bund, aber er versteckte sich zwischen den breiten Schlüsseln für das Haus, für die Totenbahren und die Leichenhalle. Ich schloß die Bibel auf, legte meinen Daumen an den Goldschnitt und öffnete sie mit einem Schwung. Im Laufe der Jahre hatte ich mich geübt im Aufschlagen der Bibel, denn es ist ja eine alte Gewohnheit der Protestanten, die Bibel an einer willkürlichen Stelle aufzuschlagen, um dann zu sehen, was Gott einem zu sagen hat. Ich möchte nur gern im voraus wissen, welchen Text ich zu hören bekomme, ich möchte den Heiligen Geist gern ein wenig lenken. Es war nicht schwierig, die Bibel auch diesmal an der Stelle aufzuschlagen, die ich schon ausgewählt hatte, als ich noch nach dem Schlüssel suchte. Das schönste Buch der Bibel befindet sich ja mitten im Herzen von des Herrn Wort, und der Psalm, den ich lesen wollte, steht sogar genau in der Mitte der Bibel. Ich hatte schon oft dort in der Kapelle Psalmen vorgelesen, mit leiser Stimme, denn die Akustik des Raumes war so gut, daß man selbst das Flüstern eines Kindes noch in einem Abstand von mehreren Metern gehört hätte. Man mußte mit gedämpfter Stimme sprechen, und als Kind hatte ich oft gedacht, die Kapelle sei für den Fall so gebaut worden, daß ein Scheintoter in einem Sarg hereingebracht würde. Ein solcher Scheintoter brauchte nur leise zu seufzen, und es wäre wie ein Donnerschlag gewesen. Ich begann zu lesen: »Wer unter dem Schirm des Höchsten sitzt und unter dem Schatten des Allmächtigen bleibt …« Nach der ersten Zeile mußte ich für einen Augenblick innehalten, um dem Echo die Gelegenheit zu geben nachzuklingen; man hörte es überall, bis zum Dachfirst, immer leiser, und es war, als hörte ich alle Echos meiner eigenen Stimme von früher wieder, als erklängen alle Psalmen wieder, die ich hier gelesen hatte, und ich dachte, wie merkwürdig es war, daß ich die Psalmen um so mehr zu lieben begonnen hatte, je ungläubiger ich geworden war,

Als ich den dritten Vers des Psalms las, hörte ich draußen ein Geräusch, das ich nicht einordnen konnte. Ich lief zum WC, weil es dort ein kleines Fenster ohne Bleiverglasung gab. Ich mußte mich allerdings, wollte ich nach draußen sehen, auf die Klosettbrille stellen. Anfangs sah ich nichts weiter als den Wiesenkerbel, der von hier aus gar nicht so hoch wirkte, und dann erst den blauen Schimmer von Ehrenpreis darunter, bis ich ein kleines Kästchen über den Zaun fliegen sah und ein Netz und noch ein Netz und wieder ein Kästchen. In dem dichten Gestrüpp auf der anderen Seite des Zauns mußte jemand stehen, der das alles herüberwarf, von dem ich aber nur den Hut sehen konnte. Erst als er unten an der Stelle auftauchte, wo der Zaun in den breiten Graben mündete, und sich vorsichtig um den Stacheldraht herumschob, sah ich, daß es ein alter Mann war. Mit nassen Füßen erreichte er den Friedhof. Er sammelte alle seine Vogelfängerwerkzeuge aus dem hohen Gras auf und schritt fröhlich in Richtung Kapelle. Er schaute nicht auf, so daß ich ihn weiterhin ungestört beobachten konnte, und ich fragte mich, was ich tun sollte. Sollte ich versuchen, ihn wegzujagen? Oder sollte ich ihn gewähren lassen, solange er keine seltenen Vögel fing? Aber vielleicht kam er sogar wegen des Dompfaffpärchens oder der Steinkäuzchen, die schon so lange im Kaninchenbau beim Jüdischen Friedhof nisteten. Besonders der Gedanke an die Steinkäuzchen machte es mir schwer, ihn so einfach zu verjagen, denn ich selbst hatte mir immer ein Steinkäuzchen gewünscht, das beim Tippen auf meiner Schreibmaschine sitzt und immer wieder kurz auffliegt, wenn am Ende einer Zeile die Klingel ertönt. Ich beschloß, mir das Ganze noch einen Augenblick anzusehen; der Vogelfänger würde wahrscheinlich sofort von Spatzen, Staren und Ringeltauben belagert werden, wenn er Lockfutter streute. Er stellte seine Netze hinter der Kapelle auf. Eigentlich war es unfaßbar: Nun war mein Vater erst ein paar Tage fort, und schon stand da ein Mann, von dem man den Eindruck hatte, daß er hier zu Hause sei, daß er nie etwas anderes tun würde, als auf diesem Friedhof Vögel zu fangen.

Während der Mann noch seine Netze säuberlich über die Stöcke auf dem Feld der Vierten Klasse legte, bekam er schon Besuch von den Lachmöwen. Als er das Lockfutter ausstreute, flogen überall aus den Bäumen Türkentauben herunter, und Stare landeten auf den Regenrinnen der Kapelle. Letzteres konnte ich nicht sehen, aber hören. Spatzen nahmen von der Hecke am Graben Besitz, und sogar bis in die Kapelle drang der ohrenbetäubende Lärm all dieser laut zwitschernden Vögel, die sich an den Getreidekörnern gütlich taten. Und möglicherweise an raffinierteren Häppchen, die für die Distelfinken oder Erlenzeisige oder Grünlinge oder vielleicht sogar für Dompfaffen bestimmt waren. Bislang war kein einziger außergewöhnlicher Vogel auf dem sonnigen Gras zwischen den Gänseblümchen und den listig ausgelegten Netzen zu sehen, die mit einer einzigen, richtig ausgeführten Bewegung auf die Tauben und die Möwen herabfallen konnten. Merkwürdigerweise hoffte ich wider besseres Wissen, daß seltene Vögel erschienen; es war geradezu so, als sei ich der alte Mann; ich mußte mir, um mich nicht mit ihm zu identifizieren, immer wieder klarmachen, daß er sie zweifellos fangen wollte, um sie heimlich zu verkaufen, und nicht, um sie selbst zu behalten.

Da hörte ich gleichmäßige Schritte an der Vorderseite der Kapelle; der alte Mann, entweder taub von dem Lärm der Vögel oder so konzentriert darauf, die Spatzen und Stare bei den Netzen zu beobachten, hörte sie offenkundig nicht, denn er blieb ruhig im Schatten der Kapelle sitzen, die Hände voller Schnüre. Ich konnte nicht sehen, wer sich dort näherte, konnte nur hören, daß es mindestens zwei Personen sein mußten, die mit knirschenden, aber festen Schritten näher kamen. Plötzlich waren die Schritte verschwunden; sie hatten die Ausläufer des Armengrabs erreicht und liefen nun anscheinend über das Gras. Ich hörte das typische Räuspern eines Rauchers, und der alte Mann im Schatten schien nun doch aufzuhorchen, als die Stare aufflogen und eine Amsel während ihres Gleitflugs zu einer Vogelbeere einen Alarmruf ausstieß. Der alte Mann stand auf, aber es war schon zu spät, denn auf dem Weg, der zur Vierten Klasse führte und mitten in der Sonne lag, erschienen zwei Polizisten, die die schnurgeraden Furchen zertrampelten. Einer von ihnen hatte einen so langen Hals, als säße kein Kopf mehr darauf. Sie näherten sich mit unbeirrter Gleichgültigkeit, und der alte Mann lächelte nervös und ging auf sie zu, während er seine Schnüre zu hastig losließ, so daß all die schön ausgelegten Netze plötzlich herunterfielen und dabei nichts anderes fingen als vielleicht ein paar Wolfsspinnen oder Regenschnecken.

Dann standen sie da, die beiden Männer in Uniform und der Vogelfänger, der seinen Hut längst untertänig abgenommenen hatte und ihn sozusagen wie einen andauernden Gruß in der linken Hand hielt. Vielleicht redeten sie miteinander, aber ich konnte nichts verstehen, denn von überall her erklang das höhnische Gelächter der Türkentauben. Die beiden Polizisten begannen, mit Hilfe des Mannes die Netze wegzuräumen, die er so sorgfältig ausgelegt hatte, und ich konnte doch wahrhaftig das Wort »beschlagnahmt« hören, bevor sie mit allem verschwanden, was der Vogelfänger mitgebracht hatte. Der alte Mann ging zusammen mit ihnen weg, ob er auch in dem Polizeiauto Platz nahm, das ich gleich darauf losfahren hörte, weiß ich nicht. Während ich mich bückte, um von der Klosettbrille herunterzusteigen, warf ich noch einen kurzen Blick nach draußen. Es kann nur der Bruchteil einer Sekunde gewesen sein, und doch war es, als hätte das Bild, das sich mir aufdrängte, die Dauer der Ewigkeit: Ich sah nicht die Grabsteine oder die Beete oder das Grün oder die Hecken, sondern nur die in Blüte stehenden Baumkronen, und es war, als gäbe es da draußen nichts anderes als diesen blühenden Baumgarten mit weißen und roten und manchmal sogar hellblauen Blüten. Ich sprang von der Klosettbrille herunter, ging in die Kapelle, schloß die Bibel ab, schloß die Tür der Kapelle und spazierte zum Tor des Haupteingangs, für das ich wieder einen anderen Schlüssel brauchte, um es zu öffnen und abzuschließen.

Am Abend dieses Tages standen wir schon um Viertel vor sieben in der gewaltigen Eingangshalle, während draußen ein dünner Nieselregen auf die Schirme der ankommenden Besucher fiel. Sie hätten sich, jetzt, da der Nieselregen sich offenbar mit dem Rauch von Pernis mischte, besser ein Taschentuch vor den Mund halten sollen als einen Schirm über den Kopf. Wir waren an diesem Tag zum erstenmal hier, denn mein Vater hatte mittags keinen Besuch empfangen dürfen – »Wie wird das dann mit seiner warmen Milch« (meine Mutter). »Dachtest du, daß er nach einer Magenoperation warme Milch trinken kann?« (ich) –, und ohne zu wissen, was vor uns lag, warteten wir darauf, daß der große Zeiger der Uhr weitersprang. Wenn man heutzutage irgendwo warten muß, gibt es beinahe immer eine solche Springuhr in der Nähe, ein solches Uhrwerk, das es für unter seiner Würde hält, normal zu gehen. Für mich ist Warten daher schon lange nichts anderes mehr, als auf ein Leuchtzifferblatt zu schauen, auf dem ein schwarzer oder roter Sekundenzeiger ruhig voranschreitet und auf der selten angegebenen Zwölf kurz stehenbleibt, um dem großen Zeiger die Möglichkeit zu geben weiterzuspringen. Das scheint geradezu die Quintessenz des Wartens zu sein – die Spannung vor dem Augenblick, in dem der Sekundenzeiger stillsteht und man denkt: Wird der andere Zeiger jetzt springen?, und die Erleichterung danach, wenn das tatsächlich geschieht. Während man auf eine solche Uhr schaut, auf einem Bahnhof, einem Flugplatz, in der Halle eines Krankenhauses, begreift man nicht nur, wie sehr James McClure recht hat, wenn er sagt, daß Leben Warten ist auf die Pausen zwischen den Wartezeiten, sondern es ist, als hätte unser ganzes Leben aus nichts anderem bestanden und würde aus nichts anderem bestehen denn aus Warten, als schrumpften die Pausen dazwischen zu Leere, zu Nicht-Sein zusammen, weil das Warten das einzige ist, worauf es anzukommen scheint. Das Leben ist sinnlos, aber das Warten auch, und weil Minus mal Minus Plus ist, ergibt sich deshalb aus beidem, daß man etwas Sinnvolles zu tun meint, wenn man wartet.

Ich hatte gegen Mittag versucht, im Krankenhaus anzurufen. Am Tag vorher war uns gesagt worden, daß wir von elf Uhr an telefonieren dürften. Und deshalb hatte ich, gleich nachdem ich nach Hause gekommen war, noch ganz erfüllt von diesem einen Blick auf die blühenden Baumkronen, voll Anspannung den Hörer abgenommen, die Nummer gewählt und dem ruhigen Summton gelauscht, der sich bestimmt sechzehnmal wiederholte, und der munteren Stimme nach dem sechzehnten Ton, die deutlich den Namen des Krankenhauses nannte, und das war gut so, denn es war eine Stimme, die man erwarten würde, wenn man unverhofft mit einem Eros-Center verbunden wäre.

»Ich möchte gern etwas über die Operation meines Vaters erfahren«, hatte ich gesagt.

»Welche Station?«

»Innere.«

»Ich stelle Sie durch.«

Dann war lange Zeit dieses geheimnisvolle Knakken zu hören, dieses Quaken von Laubfröschen, die ihre Hinterbeine verletzt haben, und jedesmal dachte ich, ich wäre schon durchgestellt und am anderen Ende der Leitung würde erwartungsvoll geschwiegen, und deshalb sagte ich den Laubfröschen immer wieder tapfer meinen Namen. Aber schließlich war doch eine Singstimme am anderen Ende der Leitung: »Auf wen warten Sie?«

»Ich warte auf die Verbindung mit der inneren Station.«

»Ich werde Sie durchstellen.«

Wieder diese geheimnisvollen zoologischen Geräusche.

»Gynäkologie.«

»Oh, Entschuldigung, ich möchte die innere Station haben.«

»Ich gebe Sie zurück an die Zentrale.«

Lange Zeit gab es keine Geräusche, nicht einmal ein Knacken. Dann wieder die Sängerin vom Anfang: »Zentrale.«

»Entschuldigen Sie, Sie haben mich zur inneren Station durchgestellt, aber ich bekam die Gynäkologie, würden Sie bitte noch einmal ...«

Sie hatte mich schon durchgestellt, und da sagte plötzlich, ohne daß ich zu warten brauchte, ein anderes Mitglied des Mädchenchors: »Innere Station.«

»Guten Tag, hier ist 't Hart, ich möchte gern wissen, wie die Operation meines Vaters verlaufen ist.«

»Welcher Arzt?«

»Was ... wie ... was meinen Sie?«

»Wer behandelt ihn?« Der Gesang klang ungeduldig.

»Doktor Langemeijer, glaube ich.«

»Dann verbinde ich Sie mit seiner Sekretärin.«

Danach waren außer den Laubfröschen auch ganz zarte Stimmchen zu hören und zögernde Summtöne. Dann der samtene Alt der Sekretärin: »Was kann ich für Sie tun?«

»Hier ist 't Hart. Mein Vater ist heute morgen von Doktor Langemeijer operiert worden, und nun würde ich ...«

»Aber dann müssen Sie nicht mit mir sprechen, dann müssen Sie mit der Oberschwester auf der Station sprechen, auf der er liegt. Ich werde versuchen, ob ich Sie verbinden kann, und sonst gebe ich Sie zurück an die Zentrale.«

Danach entstand am anderen Ende der Leitung ein Hexenkessel. Zuerst eine Zeitlang Brummen, dann seltsame Pieptöne und dazwischen immer nur leise Stimmen, ich verstand einmal sogar »Regnet es bei euch auch?«, und danach flötete etwas, und dann war es wie ein allzu hoher Oboenton, und schließlich war er wieder da, der Mezzosopran, den ich schon fast liebgewonnen hatte: »Zentrale.«

»Ja, hier ist wieder 't Hart, ich versuche noch immer, etwas über die Operation meines Vaters zu erfahren, und nun sagte die Sekretärin von Doktor Langemeijer, daß ich mich bei der Oberschwester auf seiner Station erkundigen müsse.«

»Wo liegt Ihr Vater?«

»Auf der inneren Station.«

»Ja, das weiß ich inzwischen, aber auf welchem Flur?«

»Zehnter Stock.«

»Welcher Flügel und welche Klasse?«

»Osten, glaube ich, Dritter Klasse.«

»Ich stelle Sie durch.«

Und sofort danach hörte ich: »Ostflügel, zehnte Etage.«

»Ja, hier ist 't Hart, ich möchte gern fragen, ob Sie schon etwas darüber wissen, wie die ... ob die Operation gut ... wie es gegangen ist.«

»Aber Meneer 't Hart, nach der Operation liegen die Patienten im Aufwachraum, dort müssen Sie fragen, wir können Ihnen wirklich nichts sagen. Soll ich Sie vielleicht durchstellen?«

»Wenn es Ihnen keine Mühe macht.«

Sie hatte mich durchgestellt, ich hörte es nur dreimal knacken, dann kam das Besetztzeichen, sofort danach der liebliche Singsang vom Anfang: »Dieser Apparat ist besetzt, warten Sie einen Augenblick.«

Ich wartete. Und während ich da am Apparat saß – und ich an die »Tote Lieb', tote Lust, tote Zeit« von Annette von Droste-Hülshoff denken mußte –, wußte ich plötzlich nicht mehr, warum ich telefonierte, so daß ich nach einem leisen und fröhlichen Sausen in meinen Ohren, ab und an von dem Mezzosopran unterbrochen, der mir immer zugesungen hatte »Warten Sie einen Augenblick, der Apparat ist noch besetzt«, nichts anderes zu tun wußte, als den Hörer aufzulegen und meine Mutter zu fragen: »Warum habe ich noch gleich telefoniert?« Sie hatte es mir verwundert gesagt, und ich wählte noch einmal die Nummer und bekam glücklicherweise einen anderen Sopran, der den Namen des Krankenhauses nannte.

Mit fester Stimme sagte ich: »Können Sie mich bitte zum Aufwachraum durchstellen?«

»Aufwachraum.«

»Ja, hier ist 't Hart, können Sie mir sagen, wie die Operation meines Vaters verlaufen ist?«

»Ich werde mal eben in der Liste nachsehen, oh, der ist schon wieder auf dem Zimmer, glaube ich, oder vielleicht nicht, ich werde die Oberschwester rufen.«

Sie hatte den Hörer auf einen Tisch aus Hartholz gelegt, und das klang in meinen Ohren, als würde eine Kugel neben meinem Kopf abgeschossen. Ich hörte entfernte Stimmen und Lachen und noch mehr Lachen – was für eine fröhliche Station mußte das sein mit all den wieder zu sich kommenden Patienten –, ein Geräusch, als würde eine Flasche entkorkt, und dann sagte plötzlich eine ferne Männerstimme: »Warum liegt der Telefonhörer neben dem Apparat?«, und gleich danach legte jemand den Hörer auf, und die Verbindung war unterbrochen.

Zweimal hatte ich es noch versucht. Zuerst bekam ich wieder den Aufwachraum, und da sagte man mir, daß er schon auf dem Zimmer sei, und dann hatte ich wieder Ostflügel, zehnter Stock angerufen, wo man mir sagte, daß er noch nicht im Zimmer sei. Dann hatte ich es, trotz des schwachen Protests meiner Mutter, aufgegeben.

Nun standen wir in der riesigen Halle und wußten nicht, was geschehen war. Wir schauten uns an, wie die Besucher beim Hereinkommen ihre Schirme zuklappten. Ein Besucher klappte seinen Schirm schon zusammen, während er in den offenen Teil der Drehtür hineinging, und jemand anderer hatte die Drehtür weitergeschoben, so daß der zu eilige Besucher mit seinem Schirm zu einem unentwirrbaren Knäuel wurde und in die Halle stolperte. Ach, wie schön wäre es gewesen, wenn Mann und Schirm auf einer Trage abtransportiert worden wären. Aber der Mann pflückte sich die Stangen des Schirms aus den Aufschlägen seines Regenmantels und warf sie in einen Blumenkübel.

Es wurde sieben Uhr, und wir irrten durch die Flure. Ich hatte mir am Abend vorher alles genau gemerkt, aber meine Kenntnis vom Vortag erwies sich als nutzlos. Mein Vater war woandershin gebracht worden, und wir traten in unzählige Krankensäle, in denen Patienten uns verwirrt anblickten oder Besucher den Kopf schüttelten. Wir fanden meinen Vater nur dank des glücklichen Umstands, daß ich plötzlich seine Stimme lauthals »Au-au-au-au« schreien hörte. Bevor sein Schrei abbrach, standen wir schon an seinem Bett und sahen den durchsichtigen Schlauch, der in seine Nase führte, und den undurchsichtigen, der an seinem Arm angebracht war, und die Flasche, die über seinem Kopf hing, und seine müden, blassen Augen. In den vier anderen Betten lagen vier andere Männer mit acht Schläuchen, und am Fenster hielt die Verlobte von Thijs Loosjes dessen Arm fest, an dem auch ein Schlauch hing. Loosjes stöhnte leise, die vier anderen Männer stöhnten leise, aber mein Vater schrie immer wieder, und sein klägliches Gejammer erschreckte die Besucher der anderen Opfer, erschreckte auch uns, obwohl wir wußten, daß er ein klein bißchen wehleidig war und ganz gern übertrieb.

»Pau, deine Milch«, sagte meine Mutter, und sie zeigte ihm die Thermosflasche.

»Ich kann jetzt keine Milch trinken«, flüsterte er, und sofort danach jammerte er wieder wie ein Kind, das geschlagen wird.

»Solche Schmerzen«, sagte er, »hier im Bauch.«

Er schrie wieder, und ich schämte mich. In der Tür erschien eine Schwester mit bereits gerunzelten Augenbrauen.

»Es geht doch wohl etwas leiser«, sagte sie.

Als Antwort brüllte mein Vater etwas zwischen »au« und »Schmerzen«, und ich trat ans Fenster, in dem ohnmächtigen Versuch, das Gefühl der Scham und des Mitleids loszuwerden, und betrachtete den Horizont, der von Schornsteinen überwuchert war. Am Himmel trieben Wolken, die dunkler waren als der Abendhimmel, und dazwischen hatten die

Schornsteine ein Kryptogramm aus Rauchsignalen gebildet. Das letzte Sonnenlicht glänzte auf den waagerechten Röhren, auf den beinahe silbernen Öltanks, auf dem Stückchen Fluß, das von hier aus zu sehen war. Schon der enge Zwischenraum zwischen den Gebäuden, der die Sicht auf den Waterweg freigab, zeigte die eifrige Betriebsamkeit plötzlich auftauchender Schiffe und schnell verschwindender Rauchfahnen. Ich folgte mit den Augen den großen und kleinen Röhren, die sich wie Äste vor dem hellgrauen Himmel eines Winternachmittags abhoben. Mein Vater jammerte unaufhörlich; ein Gespräch mit ihm war nicht möglich. Auch an den anderen Betten wurde nicht gesprochen. Nur zwischen Thijs Loosjes und seiner Verlobten fand ein Gespräch statt, das sie flüsternd und er mit Hilfe seines Schlauchs führte. Wenn sie fragte: »Thijs, versprichst du mir, daß wir heiraten, wenn du wieder gesund wirst«, begann der Schlauch, sich hin und her zu bewegen.

Meine Mutter saß am Bett meines Vaters und hielt seine Hand. Ich blätterte in dem Heft, das neben seinem Bett lag und eine Liste mit Blutdruckmessungen enthielt, die alle Viertelstunde eingetragen wurden. Zwischen neun Uhr und Viertel vor zehn fehlten zwei Messungen. Wenn man davon ausging, daß sein Blutdruck um neun Uhr, unmittelbar vor der Operation, gemessen worden war und um Viertel vor zehn, unmittelbar danach, wieder, hatte die gesamte Operation, einschließlich der Narkose, höchstens eine Dreiviertelstunde gedauert, und bevor ich selbst überhaupt begriff, was das zu bedeuten hatte, und erstaunt hätte sein können, daß es hieß, er sei angeblich noch im Aufwachraum, als er längst wieder hier lag, war es, als hörte ich die Stimme eines meiner Freunde, der Arzt war, sagen: »Ein Auf-und-zu-Gemachter, ein Auf-und-zu-Gemachter.«

Wenn das stimmte, was konnte es anderes bedeuten, als daß sie kurz in ihn hineingeschaut und festgestellt hatten, wie hoffnungslos es war, und ihn danach wieder zugemacht hatten? Wie konnte man jemals dahinterkommen? Ich schlich auf den Flur, fand das Zimmer der Oberschwester und fragte sie auf den Kopf zu, ob sie etwas über den Zustand meines Vaters sagen könne.

»Meneer«, sagte sie streng, »wir geben hier keine Auskünfte. Sie können sich an den Hausarzt wenden, der wird Sie umfassend informieren.«

Die dunklen Abende

Zehn Tage nach der Operation fuhr ich mit der Bahn von Leiden nach Maassluis. Während ich zum Horizont blickte, mußte ich auf einmal denken, daß ich »einer täuschenden Ferne entgegenfuhr, die sich langsam mit mir fortbewegt: wie auf der Spur des erbarmungslosen Ungeheuers Tod!«. Ich konnte mich nicht erinnern, wo ich das gelesen hatte, wußte nur, daß es von Dickens war und daß es mir einfiel, weil der Hausarzt ein paar Stunden vorher am Telefon zu mir gesagt hatte: »Ja, ich weiß nun etwas. Können Sie vielleicht hierherkommen, es ist nicht so leicht am Telefon zu erklären. Heute abend um sechs Uhr, geht das?« Das war übrigens schon das zweite Mal, daß ich ihn angerufen hatte. Am Tag nach der Operation hatte ich zum erstenmal seine Nummer gewählt. Da hatte er zu mir gesagt: »Ich muß erst den Krankenhausbericht abwarten, rufen Sie in zehn Tagen wieder an.« In den zehn Tagen schien meine Angst, mein Vater könnte schwer krank sein, geradezu überflüssig zu werden, da er sich unglaublich schnell erholte. Eine Woche nach der Operation war er wieder zu Hause, wo er Freunden von acht Flaschen Blut erzählte, ihnen auseinandersetzte, ein Krankenhaus sei nichts anderes als ein riesiger Grabstein, doch außer der einzigen bemerkenswerten Übereinstimmung zwischen Krankenhaus und Friedhof – »Es gibt dort auch eine Erste, Zweite und Dritte Klasse« – seien da deutliche Unterschiede. »Auf dem Friedhof, wenn der Sarg heruntergelassen wird, redet man dich an, als lebtest du noch; im Krankenhaus behandelt man dich, als wärst du schon tot. Auf einem Grab wächst und blüht alles wie im Garten Eden, und im Krankenhaus sieht sogar eine Topfpflanze so kümmerlich aus, als hätte ihr letztes Stündlein geschlagen.«

Fröhlich und schattenreich lagen die Wiesen da. Den ganzen Tag über war es warm und sonnig gewesen, als sei es Sommer statt Mitte Mai, und durch die Luft zogen Blumendüfte, die einen so sehnsüchtig machten und die sogar durch das geöffnete Abteilfenster hereinkamen.

Was würde ich zu hören bekommen? Und was sollte ich tun, wenn ich beim Arzt gewesen war? Zu meinen Eltern gehen? Wenn ich nicht hinginge, würden sie vielleicht von jemand anderem erfahren: Wir haben euren Sohn gestern abend am Hafen gesehen. Aber wenn ich, was ich mit Sicherheit erwartete, vom Hausarzt hören würde, es sei Magenkrebs, hätte ich nicht den Mut, sie anschließend zu besuchen. Oder sollte ich etwa hingehen und ihnen sagen, was meinem Vater fehlte? Nein, das konnte ich nicht, so kurz nach dem Besuch beim Arzt. Dafür müßte ich zuerst meinen ganzen Mut zusammennehmen, zuerst selbst, falls mir das gelänge, Abstand gewinnen.

Kurz vor sechs lief ich unter den Platanen den Stationsweg hinunter. Aus den Bäumen erklang der ohrenbetäubende Lärm eines Schlafheeres von Staren, und unaufhörlich tropfte ihr Mist auf die Straße, aber ich wurde, Wunder über Wunder, nicht getroffen. Ich lief dort entlang und war mir bewußt, daß mich nur selten ein strahlendes Frühlingswetter so berührt hatte wie in diesem Augenblick. Ich mußte an meinen Vater denken: Immer hatte er erzählt, daß er nie einen schöneren Morgen erlebt habe als den des 10. Mai 1940. »Ich war gerade bei Ai Kip zum Melken, es war so gegen vier, und es wurde schon hell, und die Vögel sangen, wie ich es noch nie gehört hatte, und es war frisch und warm zugleich, mit glitzernden Tautropfen überall, und das neugeborene Fohlen der Stute, die ausgeschlagen und mich zum Krüppel gemacht hatte, lief fröhlich wiehernd über die Wiese.«

Ja, dachte ich, es ist, als würde ich mit jedem heraufkommenden Jahr mehr vom Frühling entdecken und als hätte ich jedes Jahr wieder ein wenig von dem vergessen, wie es im Jahr davor gewesen war, als könnte ich mich nur daran erinnern, während ich es erlebte. Und als gäbe es doch noch immer wieder Dinge, die man übersieht, als könnte man die Quintessenz noch immer nicht erfassen. Denn es sind nicht allein diese Düfte, nicht allein diese linden, traurigen Lüfte, nicht nur diese schon so spät heraufziehenden, dunklen Abendhimmel, die sich so samten über einem wölben, nicht nur die leidenschaftlich rufenden Amseln in der Abenddämmerung, nein, es sind auch andere Dinge, und man kommt einfach nicht dahinter, was es ist. Es ist genauso, dachte ich, wie wenn man verliebt ist. Wenn sie nicht da ist, kann man sich ihr Gesicht nicht vorstellen. Wenn sie da ist, erinnert man sich wieder daran, und doch weiß man dann nicht, was es nun genau ist, wodurch man so tief berührt wird. Aber dann sah ich auf einmal, daß die Köpfchen des Huflattichs an der Straße ihren Flaum schon verloren hatten, und ich dachte: Vielleicht ist es der letzte Frühling für meinen Vater.

Als ich am Hafen angekommen war, tat das Licht der Sonne, das auf dem Wasser glänzte, beinahe weh in den Augen. Die Schatten waren schon voll und tief. Außer mir war niemand auf dem Kai, der hätte hören können, wie hell die Schläge der Turmuhr in der dünnen, warmen Luft klangen. Nur die rauchenden Schornsteine der Binnenschiffe verrieten die Anwesenheit von Menschen, und ich erreichte ungesehen das Haus des Arztes, als der letzte Sechs-Uhr-Schlag verklungen war. Er mußte schon nach mir Ausschau gehalten haben, denn er ersparte mir das Klingeln und Warten, er öffnete schon die Haustür, als ich näher kam, und ging mir in sein Sprechzimmer voran.

»So, setzen Sie sich«, sagte er, und er kramte in seinen Papieren herum, schob ein paar Dinge auf seinem Schreibtisch hin und her, rückte eine Lampe zurecht, hob einen Stuhl hoch und stellte ihn wieder hin, und jede dieser Tätigkeiten verriet mehr, als die deutlichste Formulierung es hätte tun können. Ich hatte plötzlich Mitleid mit ihm. Wie schwer mußte es sein, den Tod anzukündigen.

Er setzte sich.

»Ihr Vater«, sagte er.

Er stand wieder auf, ging zu einem Papierkorb und warf ein nicht vorhandenes, zerknülltes Stück Papier hinein, errötete dann, offenbar weil er selbst merkte, daß er etwas tat, was sich im luftleeren Raum abspielte.

»Ich werde den Bericht heraussuchen«, sagte er, »ach nein, das ist eigentlich gar nicht notwendig. Sie sind Biologe, nicht wahr? Sie kennen sich aus mit der Bauchspeicheldrüse?«

Er ging ziellos durchs Sprechzimmer; er war ein Mann mittleren Alters mit einem freundlichen Gesicht und ohne weißen Kittel.

»Was wissen Sie über Pankreaskarzinome?« fragte er.

»Ich dachte, daß es davon abhinge, wo die Geschwulst sitzt«, sagte ich, »wenn sie nicht im Kopf sitzt, kann sie manchmal noch heilen, wenigstens wenn sich keine Metastasen gebildet haben.«

»Ja, wenn sie nicht im Kopf sitzt.«

»Es ist also ein Pankreaskopfkarzinom«, sagte ich.

Er nickte.

»Hatten Sie damit gerechnet?« fragte er.

»Nein«, sagte ich, »ich hatte zwar etwas in der Art erwartet, weil die Operation offenbar so schnell gegangen ist und weil Sie sagten, daß Sie nicht am Telefon darüber sprechen könnten, aber ich hatte damit gerechnet, daß es Magenkrebs ist, ich habe nie an eine Geschwulst im Kopf der Bauchspeicheldrüse gedacht.«

»Ja«, sagte er nachdenklich, »sie sitzt im Kopf der Bauchspeicheldrüse. Was sollen wir nun tun? Es Ihrem Vater sagen? Er ist ein so humorvoller, fröhlicher Kerl, und er sieht noch so verflixt jung aus, man würde ihn nie auf Ende Fünfzig schätzen, er wirkt in seinem Äußeren noch so jungenhaft, ich mag ihn, Ihren Vater, auch wenn er etwas seltsam ist und, wenn ich das sagen darf, ziemlich undiplomatisch. Wie kommt es eigentlich, daß er so seltsam geworden ist?«

»Ja, das weiß ich nicht genau«, sagte ich, »aber vielleicht weil er zu Hause immer wie eine Art Ausgestoßener behandelt worden ist und immer ›der Klotz‹ genannt wurde, er war der Zweitjüngste, es kamen noch Zwillinge nach ihm, und diese beiden

Jungen waren immer kränklich und wurden viel mehr umsorgt als er, er lief als neuntes Kind so ein bißchen mit. Bevor er geboren wurde, soll seine Mutter gesagt haben: Lieber rutsche ich auf den Knien von Maassluis nach Delft, als daß ich noch eins kriege. Mit dreizehn hat er angefangen, beim Bauern zu arbeiten, weil sein Vater meinte, er sei zu dumm für etwas anderes. Später hat er als Gärtnergehilfe gearbeitet, ist sogar eine Zeitlang Gärtner gewesen, konnte das aber nicht durchhalten, weil er eine sehr hohe Pacht für die Gärtnerei bezahlen mußte. Dann hat er bei der Gemeinde angefangen, zuerst ein paar Monate in den Grünanlagen, danach ein paar Jahre als Vorarbeiter im Straßenbau und schließlich auf dem Friedhof, und dort arbeitet er jetzt schon zwanzig Jahre.«

»Ja, der Tod ist ihm wohlvertraut, und vielleicht ahnt er auch, was mit ihm los ist, aber ich weiß trotzdem nicht, ob es gut wäre, es ihm jetzt schon zu sagen. Er erholt sich gut von der Operation, ist wieder froh und munter. Sollen wir jetzt schon ...? Ich weiß es nicht, ich weiß es nicht. Ich habe schon viele Männer in seinem Alter gekannt, die noch so jungenhaft waren, und wenn man zu ihnen sagte, daß sie unheilbar krank seien, setzten sie sich in eine Ecke und siechten dahin.«

»Ich glaube auch, daß er es, soweit ich meinen Vater kenne, nicht verkraften würde, wenn er hört, daß er nicht wieder gesund wird.«

»Ach, jeder ist ... kann es eigentlich nicht verkraften ... es ist auch zu schwer, letzten Endes erträgt es keiner.«

»Vielleicht wird er es selbst schon bald merken«, sagte ich.

»Ja, bei einem so jungen Kerl, der im übrigen noch kerngesund ist, wächst solch eine Krebsgeschwulst viel schneller als bei alten Menschen. Ich glaube, daß er kein halbes Jahr mehr zu leben hat.«

»Hat man es sofort gesehen?«

»Man hat ein Stück Gewebe entnommen und untersucht. Man hat außerdem einen anderen Magenausgang gelegt, sehen Sie, so, man hat den Zwölffingerdarm hier an den Magen angesetzt, eine Art Hinterausgang, der normale Ausgang war schon völlig von der Geschwulst überwuchert, schon ganz damit verwachsen, deshalb hatte er auch solche Schmerzen und konnte nichts mehr essen.«

Er zeichnete es für mich auf die Rückseite einer Fotokopie. Wie harmlos friedlich sah es auf dem Papier aus!

»Die Geschwulst hatte auch eine Bauchader angegriffen; die ist bei der Untersuchung geplatzt, daher die innere Blutung, das war fast letal.«

Wieder im Freien, war es, als sei ein Todesurteil über mich gesprochen worden. Der Himmel wölbte sich unwirklich blau über mir, und ich mußte mich dazu zwingen, wieder zum Bahnhof zu gehen. Am liebsten wäre ich stundenlang am Hafen herumgewandert oder zur Mole gegangen, um die vorüberfahrenden Schiffe anzusehen. So ließ sich das vielleicht noch am besten verarbeiten: Daß der Vater an einem Pankreaskarzinom sterben, daß er vorher entsetzlich zu leiden haben würde und daß ich, bis auf den Hausarzt, der einzige war, der es wußte, und daß es besser war, es für sich zu behalten, solange noch nichts zu merken war. Aber gleichzeitig wußte ich, daß selbst stundenlanges Herumlaufen rund um den sonnigen, schattenreichen Hafen ohne irgendein Grün nichts helfen würde und daß kein Schiff, wie groß es auch sein mochte und wie schnell es auch auf dem Weg zum Meer war, mir diesen dumpfen Druck auf der Brust würde nehmen können. Ich lief unter den Platanen dahin, ich sah das verblühte Hirtentäschelkraut und das schon zertretene Gänsefingerkraut, und mit jedem Schritt, den ich tat, näherte ich mich nicht nur mehr dem Bahnhof, sondern auch dem Haus meines Vaters und meiner Mutter, die nun friedlich beim Abendessen sitzen würden und vielleicht schon beim Bibellesen waren. Ich konnte mich einfach nicht entschließen, direkt zum Bahnhof zu gehen. Ich nahm die Straße, in der meine Eltern wohnten, und ging zu ihrem Haus. Kurz davor blieb ich stehen, machte noch ein paar Schritte und schaute vorsichtig durch die Gardinen ins Zimmer. Sie falteten gerade die Hände und schlossen die Augen für das Dankgebet nach dem Essen. Ich hörte meinen Vater laut das Gebet sprechen: »Wir danken Gott für seine Gaben, die reichlich wir empfangen haben, wo mancher ißt sein Schmerzensbrot; oh, denk auch unsrer Sünden Not, die Seele speis mit Deinem Wort, daß wir satt werden hier wie dort. Ach, lieber Herr, du wollst uns geben, nach dieser Zeit das ew'ge Leben.« Das Amen hörte ich nicht mehr, denn ich war wieder umgekehrt. Scharf blieb es mir im Gedächtnis haften, wie sie dort gesessen hatten, wie friedlich und sorglos alles ausgesehen hatte. Das Sonnenlicht auf ihren geschlossenen Augen und gefalteten Händen war durch die blühende Japanische Kirsche im Garten hinter dem Haus gedämpft gewesen. Es hatte ausgesehen, als seien sie gerade erst verheiratet und hätten keine Kinder und als könnte der Bericht des Arztes nicht stimmen, denn sie waren doch immer dagewesen, solange ich mich erinnern konnte, und es war doch undenkbar, daß sie einst aufhören sollten zu existieren.

Vom Zug aus konnte ich den Friedhof sehen, wo mein Vater, wie er mir erzählt hatte, schon bald wieder arbeiten würde. Es war auch dort sonnig und friedlich, die Schatten waren eingeschlafen, die Sonne schien wie zu Gibeon stehenzubleiben, und der Mond hing zwischen dem Haus für die Totenbahren und der Leichenhalle bleich am hellen Himmel, während überall zwischen den Grabsteinen Amseln und Drosseln nach Nahrung und Nistmaterial suchten.

In den ersten Tagen nach dem Besuch beim Hausarzt war es vor allem das Bild meines Vaters und meiner Mutter beim Dankgebet, das den schrecklichen Gedanken, er wird an Bauchspeicheldrüsenkrebs sterben, noch einigermaßen zu beschwören vermochte. Aber das Bild verlor seine Kraft. Ich sah es zwar immer vor mir und auch immer strahlender, mit mehr Sonne und zugleich mit mehr Blüten an der Japanischen Kirsche, aber es löste sich von dem Gedanken an Krebs, wurde je länger desto mehr zur Vergangenheit, während dieser Gedanke vielmehr auf die Zukunft gerichtet zu sein schien.

Zu meiner eigenen Verwunderung bemerkte ich, daß ich auf die Suche nach Freunden und Freundinnen ging, deren Väter vor kurzem gestorben waren. Aber offenbar hatte ich keine solchen Freunde. Wenn überhaupt ein Vater schon gestorben war, dann vor langer Zeit und oft nach einer Phase der Zwietracht und des Hasses zwischen Vater und Sohn oder Tochter, mit denen ich zufällig befreundet war. Selbst die Väter von älteren Freunden lebten noch: Der achtzigjährige Vater meines Klavierlehrers stand, wenn ich zum Unterricht kam, im Garten seines Sohnes und stutzte das Immergrün, und der freundliche Vater meines klugen und weisen Lehrmeisters in Ethologie kam noch täglich auf seinem Morgenspaziergang ohne Stock an unserem Haus vorbei, eher neunzig denn achtzig Jahre alt. Ich hätte so gern nach dem Besuch beim Hausarzt mit jemandem gesprochen, der seinen Vater vor nicht allzu langer Zeit verloren hatte, aber es erwies sich als unmöglich, eine solche Halbwaise zu finden. Ich wunderte mich über mich selbst: Was erwartete ich von einem solchen Gespräch? Ermutigung, Trost, Halt? Ich wußte nicht, was ich wollte, ich wußte auch nicht, warum ich plötzlich nach dem Abendessen immer einnickte und dann von jemandem träumte, der durch die Straßen wankt und weder eine Mauer noch einen Laternenpfahl finden kann, um sich anzulehnen.

Mir war klar, daß ich nicht nur vor Kummer nach einem Halt suchte, sondern auch aus Angst. Mein Vater, begriff ich plötzlich, hatte immer zwischen mir und dem Tod gestanden, einmal weil er so stark war, so furchtlos, so unerschrocken, zum anderen wegen seines Berufes. Solange er nicht tot war, konnte ich nicht sterben, aber wenn er sterben würde, war ich danach an der Reihe. Es war gleich, ob dieses Danach sofort eintreten würde oder nach vielen Jahren: Es war danach. Wenn er starb, gab es die einzige Person nicht mehr, die zwischen mir und dem Tod stand. Sicher: Ich hatte immer gewußt, daß auch ich einmal sterben würde – zumindest hatte ich es seit der Grabräumung gewußt, die ich miterlebt hatte, denn vorher war ich davon überzeugt gewesen, daß Jesus sehr bald zurückkommen würde auf den Wolken des Himmels, doch der Tod war selbst nach der Räumung noch weit weg und harmlos gewesen. Aber wenn der Vater sterben muß, ist es, als mache man einen Riesenschritt, einen entscheidenden Schritt in Richtung des Todes. Der Abstand zwischen einem selbst und ihm ist plötzlich halbiert. Ich hatte früher, schon vor der Räumung, Schritte auf den Tod zu gemacht, und alle diese Schritte hingen mit meinem Vater zusammen. Als Nachbar Kraan starb, war ich vor dem Tod geflohen, war ich zu meinem Vater geflüchtet. Und im Winter 1963 hatte ich immer an den Mann denken müssen, der zu meinem Vater gesagt hatte, er würde sich umbringen, wenn die Erde nicht mehr gefroren war. Aber dies war der entscheidendste Schritt: der Tod meines Vaters. Nein, er war noch nicht gestorben, aber in meinen Gedanken war er schon so dem Tode geweiht, daß ich in meinen Träumen immer wieder nach einer Beerdigung durch einsame Straßen ging und immer wieder einen dieser Männer um die Straßenecke kommen sah, die es in meiner frühesten Jugend noch gab und die »Leichenbitter« genannt wurden. Jeden Abend mußte ich der Versuchung widerstehen, die Nummer meiner Eltern zu wählen – es hätte meinen Vater und meine Mutter bestimmt alarmiert, wenn ich dauernd angerufen hätte, denn ich wollte mich immer wieder überzeugen, daß er wirklich noch lebte, so tot schien er schon zu sein. Wenn ich dann ab und zu einmal anrief und seine Stimme hörte, war es, als spräche ich mit jemandem, der schon gestorben war. Telefonieren erwies sich übrigens, vor allem zu Anfang, als schwierige Aufgabe. Ich mußte locker und fröhlich mit ihm reden, und das war schon schwer genug, aber er machte es mir noch schwerer, indem er mich immer wieder fragte, was ich nun von der Operation hielte: »Ich glaube nämlich doch nicht, daß in meinem Bauch alles in Ordnung ist«, sagte er dann.

»Warum nicht?«

»Ich weiß es nicht, ich esse wieder alles, ich habe keine Schmerzen mehr, aber beruhigt bin ich nicht. Hast du den Langemeijer nun mal angerufen?«

Er dachte, daß ich das ohne weiteres tun könnte. Er stellte sich vor, daß alle Akademiker sich mehr oder weniger kannten und sich mit Vornamen anredeten und daß es für mich, wenn ich seinen Chirurgen anriefe, war, als würde ich mich an einen guten Freund wenden. Deshalb sagte ich eines Tages: »Er hat mir dasselbe gesagt wie der Hausarzt: Daß sie einen anderen Ausgang an deinen Magen gelegt haben wegen eines Geschwürs am normalen Ausgang.«

»Und die acht Flaschen Blut?«

»Durch die Untersuchung ist eine Ader geplatzt.«

»Na, es wird schon alles stimmen, aber beruhigt bin ich nicht, gerade weil ich nicht den kleinsten Schmerz mehr verspüre. Wenn irgendwo noch etwas stechen würde, würde ich denken: Das ist noch ein Überbleibsel, das muß noch heilen, aber nun, wo alles so gut in Ordnung ist, traue ich dem nicht.«

Und dann wurde der Hörer wieder aufgelegt, war die Verbindung mit dem Totenreich unterbrochen, und ich starrte eine Zeitlang geistesabwesend vor mich hin. Tat ich wirklich gut daran, ihm nicht zu sagen, was ihn erwartete? Hatte man kein Recht darauf zu wissen, was los war? Würde ich selbst es wissen wollen, wenn mein Ende nahte? Auf die letzte Frage wußte ich keine Antwort. Einmal wurde ich fast wütend bei dem Gedanken, daß ein anderer mich anlügen oder die Wahrheit zurückhalten würde, und dann wieder sah ich vor mir, wie ich, noch unwissend und scheinbar gesund, das warme Sonnenlicht auf den geschlossenen Augenlidern genoß, wenn ich achtzig war und zu nichts anderem mehr in der Lage, als im Garten in der Sonne auf einem Stuhl zu sitzen, eine Geschwulst im Körper, von der ich Gott sei Dank noch nichts ahnte. Ich wußte nicht, was ich tun sollte, reden oder schweigen, und ich wußte noch weniger, wie ich reden sollte, wenn ich den Mund aufmachte. Einfach auf seine Art sagen: Du hast Krebs an der Bauchspeicheldrüse, und er ist schon so weit fortgeschritten, daß du es nicht mehr bis zu den neuen Kartoffeln schaffst. Vielleicht schaffst du es nicht einmal mehr bis zu deinem Geburtstag. Dieser Geburtstag war unglaublich wichtig für ihn; an dem Tag würde er ein Jahr älter werden als sein Bruder, der an Lungenkrebs gestorben war. Vielleicht konnte er jemandem so etwas sagen, aber ich wußte, daß ich es nicht schaffte. Ganz vorsichtig also – in Etappen? Ich wußte es nicht, ich konnte es nicht, ich schob es auf, ich dachte: Wenn sich die ersten Symptome von Krebs zeigen, kann ich noch immer reden. Aber jetzt noch nicht, laß ihn jetzt noch glauben, daß er wieder gesund ist, dann kann er noch einmal einen ersten zarten Frühling erleben, solange es geht. Aber weil ich es ihm nicht sagen konnte und weil es niemanden gab, mit dem ich über seinen Tod oder über den Tod anderer Väter reden konnte, war es, als würde ich selbst schon bald sterben – solange ich es für mich behalten mußte, war es nicht sein, sondern mein Tod.

Das war die erste Phase, die traurigste, die deprimierendste. Ich saß Abend für Abend im Wohnzimmer, wenn es dämmerte, ohne Licht zu machen, und Hanneke oben in ihrem Zimmer wieder eine Fremdsprache dazulernte. Lesen konnte ich auf einmal nicht mehr. Sie erschienen so lächerlich, all diese Romane und Erzählungen, all diese wissenschaftlichen Abhandlungen und Essays; sie handelten nur selten vom Tod, sie waren beinahe immer so geschrieben, als wäre der Tod überhaupt nicht vorhanden. Und schlimmer noch als die Unfähigkeit zu lesen war, daß es fast keine Musik mehr zu geben schien, die mir Trost oder Halt bieten konnte. Bach, der große Bach, der mich doch noch nie im Stich gelassen hatte, der mich in den dunkelsten Augenblikken immer wieder aufgerichtet hatte mit der Kantate 78 oder 104 oder dem Air aus der dritten Orchestersuite, schien plötzlich ganz weit vom Tod entfernt zu sein, so oft er auch, angeregt durch verschiedene Texte, beim Komponieren davon inspiriert worden war. »Ich freue mich auf meinen Tod.« O nein, falsch, unwahr, man freut sich nicht auf seinen eigenen Tod, auch nicht, wenn man gläubiger Christ ist. Und man freut sich selbstverständlich auch nicht über den Tod eines Menschen, den man liebt. Liebte ich meinen Vater? Ich hatte mich das nie gefragt, hatte mich höchstens als kleines Kind einmal gefragt, ob ich Gott mehr liebte als meinen Vater, so, wie die Bibel es vorschrieb. Liebte ich meinen Vater? Erst damals, in jenem Frühjahr, stellte ich mir diese Frage. Ich konnte sehr gut verstehen, daß andere ihn nicht liebten, denn er war oft grob und hart und dann auf einmal wieder sentimental und weinerlich, er war manchmal boshaft und konnte unglaublich ordinäre Dinge sagen. So hatte er Hanneke einmal beim Anblick unseres Schlafzimmers tief schockiert, als sie zufällig hörte, wie er mich fragte: »So, ist das nun euer Springzimmer, verlierst du also da deinen Wonnekleister?« Aber gerade weil ich so gut verstehen konnte, daß viele andere ihn nicht liebten, liebte ich ihn um so mehr, fast wie zur Kompensation, denn er war doch mein Vater, und zu ihm hatte ich als kleines Kind aufgeschaut, und vor ihm hatte ich eine Todesangst gehabt, wenn er mich in wilder Wut getreten und durchs Zimmer gestoßen und dabei geschrien hatte: »Ich tret dich, bis du tot bist.« Ja, er war mein Vater, ich hatte bei ihm vorn auf dem Fahrrad gesessen und bei niemandem sonst.

Und außerdem: Man liebt niemanden, weil er nett ist. Mein Vater sagte immer, daß er von allen Pferden, die er gekannt habe, die Stute am meisten geliebt habe, die ihn zum Krüppel gemacht hatte. Man liebt vielleicht die Menschen am meisten, vor denen man Angst gehabt und zu denen man aufgeschaut hat und die einen grob behandeln und nur manchmal, so einmal im Jahr, mit einem Blick der Zuneigung überraschen. Mein Vater hatte mir immer mit einer gewissen Verachtung zu verstehen gegeben: »Du bist so gutmütig, du läßt die ganze Welt auf dir herumtrampeln; wenn du halb verhungert vor deinem Futternapf sitzt, würdest du dir noch das letzte Stück Käse aus der Hand nehmen lassen, ohne dich zu wehren. Du sollst mein Sohn sein? Das geht doch gar nicht, ein so weichlicher, freundlicher Junge – warum hast du denn gar keinen Mumm, ein größerer Schißhase muß erst noch geboren werden.« Das alles hatte er viele hundert Male zu mir gesagt, ohne daß es mir je weh getan hätte, es war selbstverständlich, daß er das sagte, es ließ meine Bewunderung für ihn nur noch größer werden, denn ihm war jede Heuchelei oder Freundlichkeit oder Schmeichelei fremd. Er sagte immer genau das, was er dachte, zu jedem, was ich nie können werde und was ich deshalb immer wieder an ihm bewunderte.

Schimpfen und Nörgeln waren mir lieber gewesen als die spärlichen Freudentränen in seinen Augen beim Anblick meiner Schulzeugnisse. Es ist verrückt, aber als er mich nach seiner Operation endlich wieder anfuhr und abfällige Bemerkungen machte, während er das vor seiner Operation mindestens zwei Jahre lang nicht getan hatte, richtete mich gerade das wieder auf. Das war wenigstens mein Vater, mein boshafter, schonungsloser, aber fröhlicher, humorvoller Vater, wie ich ihn immer gekannt hatte. Doch seine Boshaftigkeit kehrte erst im Laufe des Sommers zurück, sie konnte mich in jenem Frühjahr, das ich mit seinen dunklen Abenden und den noch nicht zugezogenen Gardinen und dem Mondlicht noch immer vor mir sehe, nicht aufrichten. Ich sitze in dem dämmrigen Wohnzimmer, habe nichts zu tun, was mich fesseln oder wenigstens beschäftigen könnte, verlange nichts als irgendeinen Trost, irgendeine Ermutigung. Ich sehe noch das kleine Licht des Verstärkers vor mir, ich sehe die glänzende schwarze Oberfläche der Schallplatten im Dunkeln aufleuchten. Ich testete jeden Abend verschiedenartigste Musik. Einer, nur einer war es, der mir nach einiger Zeit zu Hilfe kam, der Abend für Abend diese matte, dumpfe Beklemmung linderte, milderte. Und dabei ging es in seiner

Musik nur selten um den Tod. Meistens ging es vielmehr um die Leichtigkeit des Seins und die Fülle des Lebens, vor allem in der Musik, die ich am schönsten fand und die ich jeden Abend wieder hören wollte, eine viel zu kurze Aria aus *Le Nozze di Figaro*: »Non sò più«. Warum wollte ich gerade das Stück immer wieder hören? Ich verstand es nicht. Später, nach etwa einem Monat, kam ein zweiter Komponist hinzu, oder vielleicht war es nicht der Komponist, sondern die Stimme, die seine Lieder sang. Es war eine Stimme, in die sich der Schrecken des Todes selbst eingenistet zu haben schien, eine Stimme, die einem Tränen in die Augen trieb, wenn sie sang: »O Tod, wie bitter bist du …« oder »In goldnen Abendschein getauchet«, eine Stimme, der man anhören konnte, daß die Frau, zu der sie gehörte, nur einundvierzig Jahre alt werden und an Krebs sterben sollte.

Das einzige, was daneben standhielt und half – aber auch erst nach einiger Zeit –, waren bestimmte Gedichte. Ich las Obe Postma und J. C. Bloem, den ersteren, weil sich eine solch wundersame Harmonie in seiner Lyrik findet, die wehmütige und dennoch glückselige Stimmung eines Menschen, der das Leben akzeptiert. Vom zweiten kamen mir, wenn ich irgendwann mitten am Tag plötzlich nicht mehr begriff, warum ich das tat, was ich gerade tat, weil mein Vater und ich sowieso sterben würden, immer wieder die folgenden Zeilen in den Sinn:

Mir ward das alte Wissen beigegeben,
den Tod viel stiller als den Schlaf zu sehn.
Ein täglich Wunder ist es doch zu leben,
und das Erwachen ist ein Auferstehn.

Aber wie maßlos ich in jenem Frühjahr und Sommer auch Mozart liebte und wie oft ich mir auch, meistens sogar unbewußt, einzelne Zeilen aufsagte, es half nicht wirklich, weil ich mir immer wieder klarmachte, daß Bloem und Mozart, selbst wenn letzterer, genau wie mein Vater, das Billardspiel geliebt hatte, meinem Vater nichts bedeuteten. Geschweige denn, daß er verstanden hätte, warum jemand immer nur den Wunsch hatte, das Gedicht *Jûn* von Obe Postma zu übersetzen. Es war, als wenn ich auf eine unehrliche Weise trauerte und nach Halt suchte, weil mein Vater etwas ganz anderes tun würde; er würde das Wort des Herrn aufschlagen und mit rauher Stimme lesen: »Wohl dem Volk, das jauchzen kann! Herr, sie werden im Licht deines Antlitzes wandeln.«

Im Haus für die Totenbahren

An einem der letzten Tage dieses Frühjahrs feierte unser Labor sein hundertjähriges Bestehen, was mir unerwartet einen freien Tag bescherte. Als ich am Abend zuvor wieder mit Mozart vor dem gleichmäßig glühenden Licht meines Verstärkers saß, dachte ich auf einmal: Vielleicht ist dies die letzte Möglichkeit für mich, den Friedhof mit meinem Vater im Frühling zu sehen. Daher fuhr ich am nächsten Morgen in aller Frühe auf meinem Rennrad los. Der Wind kam aus Nordnordost. Er blies mir so kräftig in den Rücken, daß ich wie ein Motorroller über den Jaagpad am Rhijn-Schiekanaal raste. An den Uferböschungen schillerten Trauermücken auf dem Wiesenkerbel, und späte Sumpfdotterblumen verliehen dem Morast auf der anderen Seite des schmalen Weges hier und da noch etwas Farbe. Während ich so dahinfuhr, war es, als ließe ich die abgrundtiefe Trauer der vergangenen Tage in der alten, engen Universitätsstadt zurück – munter quakten die Enten, fröhlich schlugen die landeinwärts vorgestoßenen Mantelmöwen mit den Flügeln. Ich aber segelte auf den Flügeln des Windes an den Landhäusern in Leidschendam vorbei, durch die Stadt Delft, vorbei an Den Hoorn, durch die malerische Siedlung Schipluiden, und da tauchte auch schon das Dorf Maasland auf. Dort haben mein Vater und meine Mutter 1941 geheiratet, dort hat mein Vater bei mehreren Bauern als Knecht gearbeitet, dort war er Gärtner gewesen. Das Dorf Maasland lag mit seinen beiden Mühlen und beiden Türmen noch genauso da wie früher, ohne Hochhäuser, ohne häßliche Neubauten, eine Jugenderinnerung, die einfach nicht Vergangenheit werden wollte. Aber ich radelte nicht durch das Dorf selbst, ich fuhr durch den Westgaag am Garten von Frau Poot vorbei, wo mein Vater so viele Jahre gearbeitet hatte, und wunderte mich, daß all die alten Bauernhöfe noch immer nicht eingestürzt waren und daß der Sumpfziest noch immer am Grabenrand wuchs, allen Unkrautvertilgungsmitteln zum Trotz. Beim Tol wählte ich den Weg zur Weverskade. Ich wäre so gern noch einmal auf dem Deich gefahren, aber den Deich gab es nicht mehr, und Blikken Loods war weg, und auch Marias Häuschen war abgerissen. Warum tut es so weh – dieses Verschwinden von Häusern und Plätzen aus der Kindheit, auch wenn sie nicht einmal schön gewesen waren? Ich sauste durch Maassluis und erreichte den *Algemene Begraafplaats* gegen zehn Uhr. Vor dem Tor stand ein alter Mann, der mir irgendwie bekannt vorkam – was war doch noch mit ihm? Ich kettete mein

Fahrrad an einen Holzpfahl, der eine junge Ulme stützte, und der Mann kam zu mir herübergetrabt.

»So, junger Mann, wollen Sie hier einen Besuch machen?« fragte er.

»Ja«, sagte ich.

»Sie kennen sich hier sicher nicht so aus, was?«

»Ach, es geht schon.«

»Ich hab Sie hier aber noch nie gesehen, und ich komm doch schon ein paar Jährchen hierher. Sag man Cor zu mir, das hat mein seliger Vater auch immer gesagt, sag einfach Cor, und wenn du das zuwenig findest, ist Cornelis auch in Ordnung, und wenn das zu lang ist, darf es auch Nelis sein. Soll ich Sie vielleicht ein bißchen rumführen auf dem Friedhof, ich weiß von den meisten, wo sie liegen, ich kenn mich hier gut aus, wissen Sie, ich guck mir seit meiner Rente genau an, was hier so passiert ist, und ich bin schon 1956 in Rente gegangen, Sie sehen also …«

Zuerst dachte ich, er sei einer dieser alten Männer, die in der Hoffnung auf ein Trinkgeld seit Menschengedenken immer vor Friedhöfen hin und her laufen, um gelegentlichen Besuchern die Gräber ihrer Angehörigen zu zeigen. War das auch so ein Alter, so ein Friedhofsgeier? Ich versuchte, mich zu erinnern, wo und wann ich ihn schon einmal gesehen hatte. Es mußte lange her sein. Warum war er in der Zwischenzeit nicht hier gewesen?

»Waren Sie vielleicht länger krank?« fragte ich.

»Woher wissen Sie das denn, junger Mann, ja, ich hab drei Jahre vor der Himmelstür gelegen, aber sie wollten mich noch nicht haben, auch wenn Petrus immer mit seinem Schlüsselbund gerasselt hat, sie fanden mich noch rüstig genug, meinten, ich würde es noch eine Zeitlang machen. Und darum bin ich nun wieder hier.«

Da es unmöglich war, ihn abzuschütteln, ging ich neben ihm her auf dem Weg zu dem großen Tor.

»Wir müssen nur ein bißchen aufpassen vor dem Totengräber hier, junger Mann, ich bin nicht so sein Fall. Aber um diese Zeit trinkt er meistens Kaffee in einem der Häuschen da hinten. Wenn wir ganz schnell sind, kommen wir ungesehen um die Kapelle herum und am Jüdischen Friedhof vorbei zu dem großen Rhododendronbusch da, und dann sieht er uns nicht, wenn er aus dem Häuschen kommt. Hören wird er uns sowieso nicht, dafür sorgen die Ringeltauben schon.«

Der Ringeltaubenchor gurrte tatsächlich in voller Lautstärke, selbst den Alten konnte man kaum verstehen.

»Was macht er, wenn er Sie sieht?« fragte ich.

»Dann jagt er mich weg, er hat mich bestimmt schon hundertmal weggejagt, einmal bewirft er mich mit einer Schaufel Sand, ein anderes Mal fährt er mir plötzlich die Schubkarre zwischen die Beine, und einmal hat er mich sogar mit der Gießkanne verfolgt. Ein bösartiger Kerl, ich mag ihn nicht, auch wenn er seine Arbeit gut macht, das muß man ihm lassen, er sorgt hier für alles, als wäre es sein eigener Besitz.«

Wir gingen an den grün angelaufenen Wasserhähnen neben der Kapelle vorbei, die so merkwürdig stark nach verwittertem Kupfer rochen.

»Warum wollen Sie eigentlich zu dem Rhododendronbusch? Da will ich doch gar nicht hin.«

»Von dort aus hat man den besten Blick über den Kirchhof, kommen Sie nur eben mit, junger Mann, ich werde Sie dann schon an den richtigen Platz bringen, ich kenne mich hier genau aus. Wenn die Leute mich mal beerdigen, laufen sie über diesen Weg, und dann biegen sie da beim Holzkreuz um die Ecke. Ich bin gespannt, wer hinter meinem Sarg hergeht, ich hab hier ganz hübsch viel Freunde unter den Alten, aber na ja, meistens lauf ich hinter ihrem Sarg, wissen Sie, passen Sie bloß auf, junger Mann, fast alle Leute, mit denen ich befreundet bin, sterben bald!«

Warum munterte mich diese Mitteilung auf? Ich wußte es nicht, wollte darüber nachdenken, aber der Mann redete pausenlos weiter: »Für mich ist es übrigens das Schönste, was es gibt, so eine Beerdigung. Das ist so stilvoll, nicht wahr, so ruhig, so nett, vor allem, wenn die Sonne ein bißchen scheint, aber das tut sie fast immer, die Sonne liebt auch Beerdigungen. Sehen Sie, heute, nicht wahr, das ist kein Wetter für eine Beerdigung, es ist zu windig.

Heute nachmittag muß wieder einer unter die Erde, aber ich bedauere ihn, ich bedauere ihn von Herzen. Ich will versuchen, es so hinzukriegen, daß ich im Sommer beerdigt werde, bei sonnigem, windstillem Wetter, die Erde schön weich zum Graben. Eine kleine Wolke darf gern dabeisein, sehr gern sogar, aber möglichst kein Wind, dann weht das Bahrtuch hoch, und man kann den Pastor nicht gut verstehen.«

Er schwieg einen Augenblick und hob den Arm, als grüße er jemanden.

»Hier liegt Piet Vastenou – ja, er hat keinen Stein, aber ich grüße ihn immer, er hatte kein Glück bei seiner Beerdigung, es regnete, und der Pastor war erkältet, und der Sarg blieb stecken, als er halb unten war, weil die Maschine ausfiel. Sehen Sie, deshalb hab ich was gegen die neue Zeit, daß sie einen mit einer Maschine begraben, früher ging man noch mit Seilen ins Grab runter, das hat doch mehr Stil. Junge, Junge, wenn es doch nur diesen Sommer passieren würde.«

»Was passieren?« fragte ich.

»Meine Beerdigung.«

»Diesen Sommer schon?«

»Ja, ich spitze mich schon so lange darauf, ich lebe für nichts anderes mehr, ach, wenn ich es doch nur in diesem Sommer erleben dürfte. Jetzt hat man noch Pferde, sehen Sie, man kann sich noch mit Pferden beerdigen lassen, das ist zwar etwas teurer, aber ich habe dafür gespart. Es ist nur eine Frage der Zeit, wie lange das noch dauert – die Pferde fallen natürlich auch bald weg, genau wie die Seile. Ja, kommen Sie mal hierher, so, jetzt sind wir sicher vor dem Totengräber, jetzt können wir wenigstens in aller Ruhe meinen Platz ansehen. Sehen Sie, sehen Sie, hier ist es.«

»Was?« fragte ich.

»Meine Stelle. Hier werde ich liegen. Wenn ich das erleben dürfte.«

Stolz zeigte er mir ein Stückchen Gras vor einem dunklen Stein.

»Meine Cornelia liegt hier schon dreißig Jahre, es ist ein Familiengrab, wissen Sie, und darunter liegt noch mein Sohn Cor, ja, als der mit vierzehn Jahren an Lungenentzündung starb – er spuckte in einem Schwung all sein Blut aus –, haben wir dieses Grab gekauft. Der oberste Platz ist für mich, hier gleich unter der Erde, sehen Sie, und da ist auch noch Platz auf dem Stein ausgespart. Da wird stehen: Hier ruht Cornelis Vlaskamp, entschlafen im Herrn. Lukas 2, 29–32. Ruhe sanft. Ein schöner Platz, oder nicht? Hübsch hinter diesem Rhododendron, so daß der Totengräber einen nicht sehen kann, mit einer schönen Aussicht auf die Gleise und auf Key & Kramer. Jede Viertelstunde kommt ein Zug vorbei, und zwischendurch noch ein Zubringer nach Hoek van Holland zur Fähre, also man braucht sich wirklich nicht zu langweilen. Nun, junger Mann, ich freu mich, daß ich es Ihnen zeigen konnte, jetzt sagen Sie mal, wohin Sie müssen.«

Bevor ich antworten konnte, erklang hinter uns eine barsche Stimme: »Bist du schon wieder da, Vlaskamp, mach, daß du wegkommst, oder ich dreh dir den Hals um.«

Der alte Mann rannte so schnell weg, daß ich seine Chance, noch in diesem Sommer begraben zu werden, plötzlich für sehr gering hielt. Mein Vater kam näher, er hatte mich noch nicht gesehen.

»Er war nicht allein«, sagte mein Vater zu Quaavers, seinem Vorgesetzten, von dem ich nur die langen Beine zwischen den Grabsteinen sehen konnte.

»He, Maart, bist du das? Hast du dich von dem alten Brückenwärter hierherlocken lassen? Du bist wirklich ein Rindvieh, du weißt doch, daß er seit Jahren hier rumläuft und Leute auf den Friedhof lockt, um ihnen seinen Platz zu zeigen.«

»Laß ihn doch, den Alten, er tut ja niemandem was.«

»Und was hab ich von diesem Theater? Wenn ich ihm das erlaube, hab ich morgen zehn, die ihr Grab zeigen wollen, und übermorgen hundert. Glaubst du, daß ich den Laden hier in Ordnung halten kann, wenn alle Rentner ein Museum daraus machen?«

»Guten Tag, Meneer Quaavers«, sagte ich.

»Einen freien Tag?« fragte er.

»Quaavers hat gute Nachrichten heute«, sagte

mein Vater, »das kommt nicht oft vor bei ihm, sie wollen die ganze Dritte Klasse räumen, diese ganzen elenden Miststeine runter, dann kann ich das Gras endlich mit einem richtigen Motorrasenmäher mähen. Können wir nicht all diese Miststeine runterschmeißen, auch von der Zweiten und der Ersten Klasse? Auf dem Katholischen Friedhof wollen sie das auch machen, sie verlegen den gesamten Kirchhof von dem Pfaffen, sie haben mich sogar gefragt, ob ich das tun will. Nur mit Greifbagger und Bulldozer, hab ich gesagt.«

»Paul, Paul«, sagte Quaavers, »jetzt, wo wir hier stehen, fällt mir plötzlich ein, daß du an der Stelle alle die zusammenlegen sollst, die damals mit der *Volharding* untergegangen sind.«

»Hören Sie mal zu, das Schiff ist 1929 untergegangen, man hat die Leute hier und da begraben, einige Gräber sind inzwischen längst geräumt, nur die Gräber vom Kapitän und vom Steuermann und vom Maschinisten sind noch da. Wie soll ich denn jemals diese ganzen Matrosen wiederfinden? Den Koch habe ich noch mit Mühe und Not finden können, sie hatten ihm einen Kochlöffel mit in den Sarg gegeben, aber den Rest?«

»Dazu gibt es doch Unterlagen?«

»Ja, aber ich muß das alles Stück für Stück zusammensuchen. Wer kommt nur auf die unselige Idee, nach fünfzig Jahren alle Schiffbrüchigen von der *Volharding* zusammenzulegen?«

»Paul, du weißt, daß dieser Plan '54 entstanden ist, bei der Feier zum Gedenken an den Untergang vor fünfundzwanzig Jahren. '54, Paul, es ist nun wahrhaftig schon an die zwanzig Jahre her, und nun liegen sie noch immer nicht zusammen.«

»Die sind völlig verrückt! Alle diese Männer an einem einzigen Platz zusammenzulegen. Ja, wenn sie ihre Matrosenmützen noch aufhätten in der Erde, würde es gehen, aber so ist es Wahnsinn. Ich arbeite hier jetzt zwanzig Jahre, '53 hab ich hier angefangen, und die ganze Zeit hat man mir die Ohren von dieser verflixten *Volharding* vollgejammert. Wie soll ich die jemals wiederfinden? Sie haben mir so einen Kerl auf den Hals gehetzt, der angeblich schnell und sicher an den Gebissen ablesen kann, wer da alles auf dem Schiff gewesen ist. ›Wo soll ich die Gebisse denn hernehmen?‹ sag ich zu ihm. ›Ausgraben‹, sagt er. ›Gut‹, sag ich, ›wenn du weißt, wo sie liegen.‹ ›Das müssen Sie wissen‹, sagt er. ›Woher soll ich das denn wissen?‹ sag ich. ›Es gibt doch genaue Unterlagen‹, sagt er. ›Ja‹, sag ich, ›es gibt piekfeine Unterlagen, von dem Moment an, als ich hier angefangen habe zu arbeiten, aber zufällig taugen die von vor meiner Zeit nichts; Vreugdenhil, den man entlassen hat, weil er goldene Ringe verkaufte, wenn er geräumt hat, und Schädel an ein paar junge Spunde, die Ärzte werden wollten, und der seinen Sohn die frischen Blumensträuße wieder zurückbringen ließ, damit der Blumenhändler sie noch einmal verkaufen konnte, und oft noch mal und noch mal – und dann teilten sie den Gewinn –, bei Vreugdenhil war das eine Riesenschlamperei hier. Er hat auch heimlich zwischen den Gräbern Ziegen gehalten, und das, was er aufgeschrieben hat, stimmt vorn und hinten nicht. Alle Matrosen sind längst nicht mehr da, die stehen seit zwanzig Jahren bei den hochgelehrten Herren Ärzten auf dem Kaminsims, bestimmt, das ist vergebliche Liebesmüh. Aber da hilft ja kein Reden, sie sollen, egal wie, alle zusammenliegen. Sie sind doch auch nicht alle an derselben Stelle angetrieben worden? Wer läßt sich denn so was einfallen?«

»Paul, und doch mußt du versuchen, das irgendwie hinzukriegen. Wenn die fünfzig Jahre um sind, muß das Feld eingerichtet sein.«

»Dann muß zuerst diese elende Kastanie da runter.«

»Warum?«

»Wie kann ich an der Stelle graben, wenn ich jedesmal auf diesen Mistwurzeln lande?«

»Aber Paul, das ist eine wunderbare Kastanie, das muß man doch trotzdem irgendwie hinkriegen. Die haben dieses Feld bestimmt wegen dieser Kastanie ausgesucht.«

»Die haben dieses Feld ausgesucht, weil sie nicht wissen, wohin mit ihrem Geld. Aber die Kastanie muß weg.«

»Nein, Paul, das verbiete ich dir.«

»Ach, sie stirbt sowieso. Bevor es Winter ist, ist sie kaputt.«

»Paul, was hast du doch für ein merkwürdiges Gespür für Bäume. Wenn du sagst: Dieser Baum stirbt, dann stirbt er auch.«

»Ja, das ist das Gärtnerblut.«

»Neulich noch, diese Pappel da am Eingang, du wolltest sie wegnehmen, ich sagte: ›Paul, das will ich nicht haben‹, und du sagst: ›Sie ist doch schon am Absterben‹, und, tatsächlich, einen Monat später ist sie auch schon tot. So geht das nun immer. Aber dieser Baum sieht noch kerngesund aus.«

»Er stirbt mit Sicherheit.«

»Das warten wir erst mal ab, ich geh jetzt wieder, ich hab noch viel zu tun heute.«

Er ging über den Kiesweg davon. Mein Vater kicherte.

»Paul, immer nur Paul, hundertmal hab ich ihm schon gesagt, daß ich Pau heiße. Ich werde also wieder einen tüchtigen Schuß Unkrautvertilgungsmittel bestellen, es ist nicht zu glauben, wie gut das wirkt. Du gießt es rund um so einen Baum, und innerhalb von ein paar Wochen ist er tot. Ja, das mußt du schon machen bei solchen Burschen wie Quaavers. Trotzdem ein netter Kerl, er wird dir nie wie mein alter Chef zuflüstern, wen kratzt es schon, wessen Knochen du in das Feld der *Volharding* legst. Mehr hat er nicht gesagt, aber es war deutlich, worauf er hinauswollte; ich sollte einfach die

Knochen von irgend jemandem, den ich zufällig ausgegraben habe, dort verscharren. Nein, es ist schon wahr, niemand hätte es gemerkt, aber ich will das nicht: entweder die echten Matrosen oder gar nichts. Kein Betrug, da mache ich nicht mit. Und doch legen sie's drauf an, daß du die Bande beschummelst, und dann so, daß die hohen Herren offiziell von nichts eine Ahnung haben. Und für die festliche Einweihung eines solchen Feldes rechnen sie wieder schön mit deiner Bereitwilligkeit, daß du mit den Toten mogelst. Nun, da mache ich nicht mit.«

Er schob seine Schubkarre weiter, vorbei an der Dritten Klasse, zog hier und da etwas Kreuzkraut heraus und sang eine Strophe seines Lieblingsliedes:

»Doch grade beim Spiel mit dem Ball
Fiel sie in die düstere Gracht
Jetzt jauchzt sie mit den Englein zusamm'
In Jesu liebem Nam'.«

Er stellte die Schubkarre ab und wandte sich zu mir um: »Konntest du denn einfach so weg bei deinen Rotzratten? Das versteh ich sowieso nicht, was du in denen siehst. Es ist eine Sünde, daß du nicht Arzt geworden bist oder Rechtsanwalt. Dann hättest du sogar Bürgermeister werden können, dann wärst du wenigstens noch ein nützliches Glied der menschlichen Gesellschaft. Du willst mir doch nicht erzählen, daß jemand, der die eine Hälfte des Tages Stichlinge anguckt und die andere Hälfte Ratten, etwas tut, was auch nur im mindesten für irgendwas gut ist. Ach, auf der andern Seite, es ist doch überall dasselbe, überall, wie mit diesem Fallschirmspringer.«

»Welcher Fallschirmspringer?«

»Der Fallschirmspringer, zu dem sie gesagt haben: Du springst aus dem Flugzeug und ziehst an der rechten Leine. Dann öffnet sich der Fallschirm. Wenn der Fallschirm sich nicht öffnet, ziehst du an der linken Leine, dann öffnet er sich bestimmt. Unten am Boden findest du ein Fahrrad, das an der Mauer eines Bauernhofs lehnt. Damit kommst du weiter. Nun, der Fallschirmspringer springt, er zieht an der rechten Leine, Fallschirm öffnet sich nicht, er zieht an der linken Leine, Fallschirm öffnet sich noch immer nicht. Dann wird das Mistfahrrad da unten bestimmt auch nicht stehen, sagte der Fallschirmspringer. So ist nun das ganze Leben.«

Wir gingen an der Zweiten Klasse vorbei, ich sah wieder das leere Beet.

»Wo sind denn die wunderschönen Blumen von diesem Mohnzüchter geblieben?« fragte ich.

»Weißt du das noch nicht? Den haben sie eingesperrt, gerade bevor ich ins Krankenhaus kam.«

»Warum?«

»Der hat irgendeine Art Opium und Hanf und noch allerlei andere Maffia gezüchtet.«

»Was? Nein, das glaub ich einfach nicht.«

»Na, dann glaubst du es eben nicht, aber der Bursche hat es gar nicht so dumm angestellt. Alles gedeiht hier nun mal verdammt gut. Wenn man alle Grabsteine runterschmeißen würde, könnte man hier mit Ackerbau und Viehzucht anfangen, wovon man überall reden würde.«

In der Ferne sah ich, wie der Gehilfe meines Vaters dabei war, ein Grab zu graben.

»Läßt du Gaag ganz allein ein Grab machen?« fragte ich erstaunt, denn das war die Arbeit, die mein Vater unter allen Umständen selbst machen wollte.

»Seit dieser Operation habe ich noch nicht genug Kraft, um ein Grab zu graben.«

»Also, das glaub ich nicht. Du siehst wieder aus wie das blühende Leben.«

Das stimmte. Ich hatte meinen Vater seit Jahren nicht so jung und fröhlich erlebt. Seine Augen glänzten wieder wie früher.

»Nun, es will noch nicht so richtig, ich lasse es ihn lieber allein machen. Er muß es ja auch lernen, er ist verflixt ungeschickt, aber ja, ich kann auch nichts dran machen. Und langsam! In aller Ruhe einen ganzen Tag für ein Grab. Als ich hier anfing, hatte ich manchmal schon vor dem Mittag zwei Gräber fertig, und wenn ich mich sehr geärgert hatte, noch ein Kindergrab dazu.«

»Du hast doch nie besondere Gräber für Kinder gemacht?« fragte ich erstaunt.

»Na ja, sozusagen. Aber eins muß ich Gaag lassen: Wenn er fertig ist, ist es auch ordentlich. Was denkst du übrigens über meinen Bauch? Ich traue der Sache nicht, ich fühle überhaupt nichts mehr, das geht doch nicht, ich müßte doch noch ein bißchen Schmerzen davon haben. Und dann noch diese zehn Flaschen Blut.«

Wir waren bei dem Haus für die Totenbahren angekommen. Mein Vater öffnete die Tür, und wir betraten den länglichen, fensterlosen kleinen Raum. Jedesmal zauberten die sonderbar kräftigen Gerüche mir wieder Bilder aus der Vergangenheit vor Augen. Ich atmete den Geruch von Genever ein, von Trägern nach einer Beerdigung, von Zigarren, von Kränzen, von Bahrtüchern und von Maschinenöl. Aber vor allem war da der Geruch von den vielen kleinen Tieren, die mein Vater hier um Weihnachten herum für seine Vorgesetzten von der Stadt schlachtete. Ich sah wieder den Hahn vor mir, dem er auf einem Hackblock mit einem einzigen Schlag mit dem Beil den Kopf abhackte, und wie der Vogel, ohne Kopf, durch die offene Tür nach draußen raste, direkt zur Ersten Klasse, und erst nachdem er auf drei Grabplatten eine Blutspur hinterlassen hatte, kam er bei einem kleinen Engel auf einer marmornen Grabplatte zur Ruhe, so daß das Bild bis zu den steinernen Waden im Blut stand. Ich sah die Kaninchen, die Gänse und die Hühner vor mir, ich sah das Zicklein, das so traurig gemeckert hatte, und ich roch die Suppe, die meine Mutter aus den Kaninchenköpfen gekocht hatte – unser Weihnachtsessen.

Bevor mein Vater die Tür hatte schließen können, wurde geklopft. Mein Vater stieß die Tür so schnell wieder auf, daß derjenige, der geklopft hatte, in den Kies fiel. Es war ein Blumenhändler, ich glaube, daß mein Vater ihn schon hatte kommen sehen. »Das ist nicht das erste Mal, daß du hier auf der Erde schon mal übst, wie sich's auf der Bahre liegt«, sagte mein Vater.

»Du machst das mit Absicht, du Schuft«, sagte der Blumenhändler.

»Kann ich ahnen, daß du es bist? Du wolltest sicher wieder ein paar alte Kränze mitnehmen, was? Hier und da eine frische Lilie rein, eine neue Schleife dran, einen Aronsstab, der es gerade noch einen Tag aushält, und du hast wieder einen Kranz, den du für neu verkaufen kannst. Mann, hau ab, alle alten Kränze kommen zu Leen Stingter. Mit dir mach ich keine Geschäfte mehr.«

»Ich geb dir zwei fünfzig für einen alten Kranz.«

»Und wenn du mir fünf Gulden geben würdest.«

Mein Vater zog die Tür zu und zeigte auf die Uniform, die am Balken hing.

»Die haben mir eine neue Uniform gegeben«, sagte er, »nun, ich hoffe, daß ich sie bei guter Gesundheit bis zu meiner Rente tragen kann, aber beruhigt bin ich nicht. Ich hab auch einen neuen Manchesteranzug gekriegt. Wäre das nichts für dich? Es ist doch verrückt, daß du, wo du so viele Jahre studiert hast und wirklich in einem ordentlichen Anzug mit Schlips und Kragen herumlaufen könntest, nur eine Cordhose und einen Pullover anhast, wie ein Arbeiter. Mußtest du nun dafür all die Jahre schuften? Na ja, schuften, es ist dir zugeflogen, weil du meine Begabung geerbt hast. Es ist doch ewig schade, daß du nicht Arzt geworden bist oder Bürgermeister. Ich würde es noch nicht einmal so schlimm finden, wenn du nicht den Glauben über Bord geworfen hättest. Das finde ich so schrecklich. Ich verstehe das nicht; du warst gerade im Kindergarten, und schon kanntest du alle Bibelgeschichten, du konntest das ganze Alte Testament, von der Genesis bis Maleachi, vorwärts und rückwärts aufsagen, und jetzt verleugnest du doch deinen Heiland. Was machst du mir damit für einen Kummer! Wenn du sündigen würdest, auch wenn du dich unter jeden grünen Baum in Wollust legen würdest, wie der Prophet sagt, wäre es immer noch besser als so.«

»Ja«, sagte ich bitter, »besser ein gläubiger SS-Schinder in einem Konzentrationslager als ein ehrlicher, aber ungläubiger Pfleger in einem Heim für senile Alte.«

»Wir sind alle Sünder.«

»Quatsch. Unsinn. Ich habe in meinem ganzen Leben keine freundlicheren und rechtschaffeneren

Menschen kennengelernt als meine Schwiegereltern, und trotzdem kommen sie in die Hölle nach Meinung ... nach Meinung ...« Ich konnte vor Wut kein Wort mehr herausbringen.

»Sicher, die kommen in die Hölle, wenn sie sich nicht bekehren.«

»Wenn sie sich nicht bekehren«, sagte ich giftig. »Wenn Hitler sich noch bekehrt hätte, gleich nachdem er sich mit Benzin übergossen und in Brand gesteckt hatte, wenn er noch gestammelt hätte: Jesus, erbarme dich meiner, wäre er noch in den Himmel gekommen, und all die Juden, die er vergast hat und die Jesus nicht als ihren Erlöser ansahen, kommen nach Meinung ... nach Meinung ...«

»Nein«, schrie mein Vater, »nein, für so einen wie Hitler gibt es keine Vergebung, niemals nicht, nein, das geht nicht.«

»Siehst du«, sagte ich, »nun kommst du doch in Konflikt mit deinem eigenen Glauben, mit dieser abscheulichen Idee, daß selbst für den größten Sünder noch Vergebung möglich ist, daß aber ein guter Mensch, der zufällig all diesen Unsinn nicht glauben kann, für ewig verdammt ist.«

»Für einen Mann wie Hitler kann es keine Gnade geben«, wiederholte mein Vater hartnäckig.

»Ich freue mich, daß du das sagst«, erwiderte ich, »denn es bedeutet, daß du selbst auch einsiehst, irgend etwas an dem Glauben kann nicht stimmen.«

Ich wollte noch mehr sagen, aber ich besann mich. Wir hatten diese Diskussion schon so oft geführt. Immer waren wir bei Hitler gelandet und dabei, daß so jemand nicht mehr gerettet werden könnte. Ich wollte es nur immer wieder von meinem Vater hören. Ein letzter Rest an gesundem Menschenverstand, der noch nicht vom Christentum angekratzt war.

»Hast du ein neues Gerät?« fragte ich und zeigte auf den glänzenden rechteckigen Apparat, der an der Wand hing.

»Ja«, sagte mein Vater kurz, »er ist viel leichter als der alte, den mußte man stets auf einer Schubkarre zum Grab fahren, diesen kann man leicht tragen, ich wenigstens, du natürlich nicht, schwächlich, wie du bist. Jetzt noch eine neue Kinderbahre, und dann ist hier alles hübsch in Ordnung.«

Er schwieg, starrte mich an, und plötzlich füllten sich seine Augen mit Tränen.

»Ich verstehe das nicht«, sagte er, »daß du so geworden bist. Früher warst du so ein Lümmel, richtig mein Sohn, so ein lebenslustiges Kind, vor niemandem bange, und nun bist du so ein Angsthase wie deine Mutter. Wenn die nur eine Spinne husten hört, fängt sie an zu zittern, hört man ihr Herz schon klopfen. Und du bist schon genauso; ihr sterbt beide noch an Herzversagen.«

»Paß du nur selber auf! Wenn du so weiterrauchst wie jetzt, jeden Tag ein Päckchen Shag und dann auch noch all die Packungen Zigaretten, die du hier kriegst, wirst du genau wie dein Bruder an Lungenkrebs …«

Ich erschrak so entsetzlich über das, was ich gesagt hatte, daß ich mich am Stuhl festhalten mußte, um das heftige Zittern meines Körpers einigermaßen zu beherrschen. Die ganze Wut über die Diskussion von eben war plötzlich verflogen. Mein Vater sah zwar, wie ich zitterte, schloß daraus aber nur, daß ich zu feige war, meinen Satz zu beenden.

»Du hast keinen Charakter«, sagte er, »dieses Buch von Bordewijk ist ein Mistbuch, aber dieser Junge, dieser Jakob, hat wenigstens Charakter. Du bist genau wie Tom Pinch in dem Buch, das du mir zu lesen gegeben hast, weil darin soviel von Beerdigungen vorkommt, du weißt schon, mit dieser Frau, die die Menschen so liebt, daß sie sie sogar gratis beisetzen will. Ja, so einer bist du, ein richtiger Tom Pinch.«

»Du weißt aber selbst, was in der Bibel steht«, sagte ich, »selig sind die Sanftmütigen; denn sie werden das Erdreich besitzen.«

»Stimmt, wenn sie hier schließlich auf dem Totenacker liegen, nachdem man sie zu Tode drangsaliert hat. Aber die Bibel sagt auch: ›Auge um Auge, Zahn um Zahn und Fuß um Fuß‹, und daran halte ich mich.«

Und dann versagte ihm auf einmal die Stimme, als fiele ihm plötzlich etwas Schreckliches ein. Er sah mich an, beugte sich vor und schlug die Hände vors Gesicht. Er weinte.

»Es ist alles meine Schuld«, schluchzte er, »ich hab das aus dir gemacht, weil ich dich, als du noch klein warst, so entsetzlich viel geschlagen und getreten habe. Dann kam ich nach Hause, und ich hatte wieder so einen Misttag hinter mir mit Frau Poot, diesem Biest, und dann hab ich dich geschlagen, dann hab ich dich geschlagen, dann hab ich dich durchs ganze Zimmer gejagt. Damals hab ich all deinen Mut und Charakter aus dir rausgetreten.«

Ich war zwar die plötzlichen Tränenausbrüche bei meinem Vater gewohnt, aber er schluchzte jetzt so herzzerreißend, daß ich meinte, ihn trösten zu müssen.

»So schlimm war es gar nicht«, sagte ich, »und wie sehr du mich auch geschlagen hast, ich wollte doch immer mit dir in den Garten und zur Versteigerung. Was meinst du denn, wenn es mir wirklich soviel ausgemacht hätte, daß du mich manchmal geschlagen hast, hätte ich dann noch vorn bei dir auf dem Fahrrad sitzen wollen?«

»Das macht es ja gerade so schlimm«, sagte mein Vater, »du hast mich so wahnsinnig geliebt, und doch hab ich dich geschlagen, tagein, tagaus.«

»Wenn du mich nicht immer daran erinnern würdest, hätte ich es längst vergessen.«

»Weil ich dich so geschlagen habe, bist du ein Tom Pinch geworden. Es ist meine Schuld, meine Schuld.«

»Nun hör doch auf zu weinen«, sagte ich, »du weißt, was dein Bruder Job immer zu mir gesagt hat: ›Dein Vater ist Eli, dein Vater läßt dich aufwachsen wie Hofni und Pinehas.‹«

»Dieser ekelhafte Kerl«, sagte mein Vater. »Gestern hab ich ihn noch gesehen. Weißt du, was er zu mir sagte? ›Wenn du erst mal Enkelkinder hast, weißt du, was auf der Welt los ist.‹ Ja, das hat er immer zu mir gesagt. Als er sich verlobte, denn er war schneller als ich, auch wenn er jünger war, sagte er: ›Wenn du erst mal verlobt bist‹, und als er heiratete, sagte er zu mir: ›Wenn du erst mal verheiratet bist‹, und als sein erstes Kind kam, sagte er: ›Wenn du erst mal Vater bist.‹ Alles hat er früher gemacht als ich. Weißt du, was ich jetzt hoffe: Daß er auch früher stirbt als ich, und das wird er wohl auch, denn er quietscht wie eine Schubkarre, die zwei Jahre lange nicht geschmiert wurde. Ich darf ihn ja, weil wir verwandt sind, leider nicht begraben, ich würde ihn sonst mit einem solchen Tempo runterlassen, daß er denken würde, er säße in einem Aufzug, aber wenn er einmal drin ist, lege ich mich sofort nach dem Begräbnis auf den Sargdeckel, und dann halte ich mein Ohr dran, und dann warte ich so lange, bis ich ihn sagen höre: ›Wenn du erst mal tot bist.‹«

Der Zwischenfall und der Traum

Warum sollte ich erzählen, wie ich absichtlich einen alten Mann umgefahren habe? Ich könnte diesen Teil der Geschichte durchaus überschlagen; er vermittelt kein günstiges Bild von mir, und notwendig zum Verständnis für das, was folgt, ist er, strenggenommen, nicht. Oder mache ich mir selbst etwas vor, um diesen Zwischenfall verschweigen zu können? Wenn ich ihn erzähle, muß ich auch erzählen, was dem vorausgegangen ist, und das ist ebenfalls wenig schmeichelhaft. In jedem Fall glaube ich, daß es daher kam, weil mein Vater mich mit Tom Pinch verglichen hatte, wo doch der Roman von Dickens auch eine Figur wie Mark Tapley enthält. Allein schon um zu beweisen, daß ich nicht Tom Pinch bin, benahm ich mich, ohne das übrigens bewußt zu wollen, nach dem Besuch im Haus für die Totenbahren plötzlich aggressiv. Noch sehe ich vor mir, wie ich an einem Freitagmorgen die Tür unseres Hauses öffnete, mit meinem Fahrrad nach draußen fuhr und dabei gegen einen alten Mann stieß. Jeden Morgen kam er mit einer Tasche vorbei, die auf eines dieser zerbrechlichen Leiterwägelchen montiert war, und fragte nach altem Brot. Das Brot, so verkündete er stets, hole er ab, um es an Enten zu verfüttern, aber ich verdächtigte ihn, daß er sich damit selbst in Form einer Brotsuppe verköstigte. Überall klingelte er und bettelte um altes Brot. Wenn niemand öffnete, linste er durch den Briefkastenschlitz. Er stöberte in Abfalleimern und schnüffelte in Containern. Und da stand er nun und schwenkte böse seinen Stock, während er versuchte, seine Karre von meiner linken Pedale loszuhaken.

»Kannst du nicht ein bißchen aufpassen?« fragte er.

»Können Sie nicht ein bißchen aufpassen? Sie sehen doch, daß die Haustür aufgeht!«

»Sie sind aber rasend schnell nach draußen gesaust.«

»Ach was, Sie haben nicht aufgepaßt, Sie haben schon nach den Enten geguckt, die das alte Brot gar nicht bekommen, weil Sie es selber aufessen.«

Er murmelte etwas vor sich hin und schwenkte seinen Stock und drehte bei jedem Schwenk seinen linken Fuß nach außen, so daß er wie ein Fächer aussah, der auf- und wieder zusammengeklappt wird.

»Sie essen alles selber auf«, sagte ich nochmals. »Sie kochen sich Brotsuppe daraus.«

»Stimmt überhaupt nicht.«

»Und Sie müssen jetzt mal damit aufhören, in

Abfalleimern zu schnüffeln. Eine furchtbar schmutzige Angewohnheit.«

»Und was kümmert dich das?«

»Ja, und dann stehen Sie beim Café Pardoeza, und da grabbeln Sie im Abfallcontainer rum, ich hab es neulich noch gesehen, was für eine verdammt dreckige Angelegenheit.«

»Ich hab darin rumgegrabbelt, weil mein Hut reingefallen war.«

»Und wie kommt Ihr Hut da rein? Weil Sie sich so weit vorbeugen, daß er runterfallen muß.«

Er schwenkte seinen Stock immer schneller hin und her.

»Was geht dich das an?«

»Viel, denn Sie fahren dieses Dreckszeug hier immer über den Hafenkai, Sie werfen Abfalleimer um wie ein alter Straßenköter.«

»Wenn ich ein Straßenköter wäre, würde ich meinen Haufen hier vor die Tür setzen, hier und nirgendwo anders hin, und ich würde hier an die Fassade pinkeln, bis es von vorn bis hinten in deinem Haus stinken würde, oder nein, ich würde durch den Briefkastenschlitz pinkeln – ha, warte, mein Lieber, ich bin dir schon längst auf die Schliche gekommen. Nie hast du ein Stückchen altes Brot für mich, alles selbst auffressen, was, du geiziger … Hierhin würde ich kacken.«

Er zeigte mit seinem Stock auf eine Stelle genau neben der Haustür. Ich ließ ihn stehen, schloß die

Haustür und fuhr weg, erstaunt vor allem über das, was ich hatte sagen wollen und was ich während des Fahrens zwischen den Zähnen hervorstieß: »So ein alter Pisser wie du kann überhaupt nicht mehr pinkeln, höchstens noch tröpfeln, und steif wird er in alle Ewigkeit nicht mehr.« Warum war ich eigentlich böse auf mich selbst? Weil ich das nicht noch gesagt hatte, und doch auch wieder irgendwie zufrieden, weil ich solche Plattheiten für mich behalten hatte? War der Geist meines Vaters über mich gekommen? Darüber dachte ich nach, während ich zur Post fuhr.

Dort stellte ich mich an einem der Schalter in eine Schlange, und die wurde und wurde nicht kürzer. Ich erinnerte mich an das Gesetz von Bob den Uyl: Du stehst immer in der Schlange, in der es nicht weitergeht, und wenn du die Schlange wechselst, dann geht es in der Schlange, in der du dann stehst, plötzlich nicht mehr weiter. Deshalb blieb ich stehen, und die Wut auf den Mann mit der Karre für das alte Brot und auf mich selbst nahm noch zu. Warum hatte ich nicht geistreicher kontern können? Träge rückte die Schlange wieder etwas weiter vor. Dies war auch nicht die richtige Zeit, zur Post zu gehen. Kurz vor zehn kommen die Rentner von überall her zur Post, um eine überflüssige Besorgung zu machen und ein bißchen reden zu können. Um mich herum wimmelte es von Senioren; in jeder Schlange vor jedem Schalter zählte ich mindestens vier, und in meiner eigenen Schlange waren drei vor mir.

Der erste ging weg. Jetzt war ein alter Mann an der Reihe mit rotgeäderten Wangen und einem Hütchen auf dem Kopf, das schneller geschrumpft war als er selbst, so daß es nur die hintere Hälfte seines Schädels bedeckte.

»Meneer«, begann er, »ich möchte meinem Sohn Geld überweisen, denn er hat mir schon vor einer ganzen Zeit etwas Geld für eine Rhein-Reise vorgeschossen, verstehen Sie, und nun will ich ihm, weil das schon so lange her ist, das Geld schnell überweisen, denn mein Sohn ist nicht gerade freundlich, und jetzt erfuhr ich von meiner Nachbarin unten in unserem Heim – ja, ich wohne im Seniorenheim Vijfhoven, mein Sohn hat mir einen Platz besorgt, ich wollte zuerst nicht, aber er sagte immer: ›Alter, du mußt raus aus diesem Haus, das ist ein prima Haus für mich, du mußt ins Altersheim.‹ –, also, ich erfuhr, es sei möglich, daß so was schnell geht, und nun wollte ich mal nachfragen ...«

»Meneer, Sie schreiben den Betrag auf die blaue Karte, schreiben draußen auf den Umschlag ›Eilzustellung‹ und bringen den offenen Umschlag hierher.«

»Einen normalen Umschlag?«

»Nein, Meneer, natürlich nicht, einen von der Post.«

»Oh, danke sehr, Meneer, herzlichen Dank, also ›Eilbehandlung‹ draußen auf den Umschlag?«

»Ja, Meneer.«

»Oh, danke sehr, Meneer, danke sehr.«

»Bitte?« wandte sich der Schalterbeamte an den alten Mann genau vor mir.

Aber der Mann mit dem kleinen Hütchen ließ sich nicht so schnell abwimmeln. »Wieviel eher hat er das Geld denn dann? Es ist sehr eilig, Meneer, denn mein Sohn hat zu mir gesagt: ›Alter, gib verflucht noch mal das Geld endlich zurück‹, ja, ich wollte es eigentlich nicht zurückgeben, denn er hat es mir für die Rhein-Reise gegeben, und ich dachte damals: Was für ein guter Junge mein Sohn doch ist, aber es war vielleicht mehr, um mich aus dem Weg zu haben, denn als ich zurückkam, war mein ganzer Krempel nach Vijfhoven umgezogen, und mein Sohn saß im gemachten Nest. Ja, ich will nicht schlecht über ihn reden, verstehen Sie, aber ich war doch ein bißchen außer Fassung, und darum wollte ich ihm das Geld nicht zurückgeben.«

»Meneer, wenn Sie eine Eilzustellung daraus machen, ist es einen Tag früher bei Ihrem Sohn.«

»Einen Tag nur, das lohnt sich ja gar nicht.«

»Wenn Sie es noch schneller wollen, müssen Sie den Umschlag auch offen hierherbringen, und dann kann man von hier aus telegraphisch durchgeben, daß das Geld kommt.«

Aber das war zu kompliziert für den Alten, er kehrte zum ersten Vorschlag zurück.

»Also, ich muß ›Eilbehandlung‹ draußen auf den Umschlag schreiben, Meneer?«

»Ja, Meneer«, sagte der Schalterbeamte kurz.

»Oh, danke sehr, Meneer.«

Der alte Mann wandte sich halb um und schien gehen zu wollen. Der Schalterbeamte hatte bereits das Überweisungsformular des nächsten Kunden angenommen. Aber, wie vom Blitz getroffen, erstarrte der Alte, er drehte sich wieder zum Schalter um und fragte ängstlich: »Kostet das noch was extra, Meneer, so ein Eil ... Eildings?«

»Ja, Meneer, wir erheben eine Eilgebühr, fünfundzwanzig Cent.«

»Fünfundzwanzig? Und dann macht das einen Tag aus, sagen Sie?«

»Ja, einen Tag.«

»Oh, danke sehr, Meneer, na, wenn es dann nur einen Tag ausmacht, dann schicke ich es, glaube ich, normal, er hat ja nun sowieso schon lange darauf gewartet. Danke verbindlichst für all Ihre Auskünfte, vielen, vielen Dank.«

Wieder wandte er sich ab, und wieder sah man, daß sich unter dem abgenutzten Hütchen langsam ein Gedanke entwickelte.

»Meneer«, rief er mit einer Vierteldrehung, »wenn ich es nun doch mit einer solchen Eil ... solcher Eil ..., wie sagten Sie doch noch?«

»Eilzustellung.«

»Wenn ich nun doch so eine Eil ... zustellung daraus fabriziere, an welchem Schalter muß ich den Umschlag dann abgeben?«

»An Schalter eins.«

»Oh, das ist da, nicht wahr, ja, ja, richtig, und ein offener Umschlag, stimmt doch, und dann Eil ... Eilkram draußen drauf?«

»Ja, Meneer, das habe ich nun schon zwanzigmal gesagt.«

»Nicht ungeduldig werden, Meneer, das ist auch so eine Krankheit von meinem Sohn, aber vielen Dank, Meneer, furchtbar herzlichen Dank für all Ihre Mühe. Ich darf mich dafür verbindlichst bedanken.«

Und dann ging er, sichtlich zufrieden. Einmal noch wandte er sich um, denn ein neuer Gedanke schien in seinem Kopf zu entstehen, aber er riß sich zusammen und stellte sich in der Drehtür auf, wo er in aller Ruhe wartete, bis ein hereinkommender Kunde die Tür für ihn in Bewegung setzte. Während der kurzen Pause, in der er in seinem Drehtürteil eingeschlossen war, nahm er das Hütchen in seine Linke und staubte es mit der Rechten ab. Er verließ die Drehtür draußen nicht, sondern ließ sich einmal ganz herumdrehen und war dadurch noch zweimal eingeschlossen. Jedesmal setzte er den Hut auf, um ihn wieder abzustauben, wenn er eingeschlossen war. Ich hatte Zeit genug, das zu beobachten, denn der alte Mann vor mir, der 1,75 Gulden bezahlen mußte, unternahm verzweifelte Anstrengungen, sein Portemonnaie aus der Hosentasche zu ziehen.

»Meine Frau hat es mir hineingesteckt, und dann

sitzt es immer bombenfest, verrückt, was«, sagte er zu dem Schalterbeamten.

Endlich war es heraus, ein Portemonnaie, so klein, daß es eher versteckt als festgeklemmt gewesen sein mußte, und der Mann öffnete es mit zitternden Fingern und zog einen Gulden heraus. Er betrachtete die Münze von allen Seiten, sagte: »Man muß so vorsichtig sein heutzutage, man gibt sonst im Handumdrehen ein ganzes Zweieinhalb-Gulden-Stück statt eines Guldens aus.«

Dann legte er das Geldstück endlich hin, und in mir stieg ein so unwiderstehliches Bedürfnis hoch, den Mann mit dem Knie einen Stoß zu versetzen (er war nämlich so klein, daß ich mein Knie nur wenig zu heben brauchte, um ihm zwischen die Beine zu stoßen), daß ich, um das zu vermeiden, der aufkommenden Wut irgendwie Luft machen mußte. Glücklicherweise stand hinter mir eine Dame, deren Hund ihr so zu Füßen drapiert lag, daß sein Schwanz sich genau neben meinem linken Fuß befand. Es war kein großer Hund (oh, du Feigling!), und darum trat ich einmal ganz schnell auf das braune Fell, so als hätte ich meinen Fuß nur anders hinstellen wollen, und niemand konnte einen spielerischen Versuch zum Gerontizid darin sehen. Während die Hündin abwechselnd kläffte oder jaulte, war der Mann vor mir immerhin schon bei einem Fünfundzwanzig-Cent-Stück, einem *kwartje*, angelangt. Auch das betrachtete er, als hätte er Angst, zufällig ein kostbares Geldstück auszugeben, und es fehlte nur noch, daß er es auf den Boden fallen ließ, um zu sehen, ob es aus Pappe war. Dann folgten zwei Zehn-Cent-Stücke, danach lange Zeit nur Herumkramen, und auf einmal flog Zigarettenpapier aus dem Portemonnaie, als mache ein geheimnisvoller Windstoß einen Umweg. Quälend langsam zahlte der Mann zwei Fünf-Cent-Stücke, von denen er eines, das glänzte, weil es entweder neu war oder eine Nacht in Coca-Cola gelegen hatte, wieder an sich nahm und durch ein Fünf-Cent-Stück ersetzte, das fast verrostet war. Aber die einzelnen Centstücke, zwanzig insgesamt, kosteten noch mehr Zeit. Meine Wut wuchs, der Hund kläffte noch immer, und dann sagte der Mann: »So, ich hab's, glaube ich.«

»Ja«, sagte der Schalterbeamte.

Der Mann verschwand, ich wurde bedient und war noch eher draußen als er, weil er der Frau von der Heilsarmee am Eingang bei einem gemütlichen Schwätzchen sein glänzendes Fünf-Cent-Stück gab, und wieder war da diese Versuchung, ihn mit dem Knie zu stoßen, genau in dem Augenblick nämlich, als ich auf seinen Hut herunterblickte und dabei an die Worte meines Vaters denken mußte: »Es gibt zwei Arten von Menschen: Männer, die nur sonntags einen Hut tragen, und Männer, die auch noch in der Woche einen Hut tragen«, und ich dachte: Aber jetzt gilt das nicht mehr, jetzt tragen nur noch alte Leute einen Hut. Dieser Gedanke konnte meinen Ärger jedoch nicht mildern. Ich fuhr los, kochend vor Wut, dachte an den Hund und wußte plötzlich nicht mehr genau, ob ich ihm auf den Schwanz getreten hatte, um den Tritt mit dem Knie zu vermeiden oder weil mein Vater Hunde haßte. War es also mehr gewesen als eine *redirected aggression*? Während ich darüber nachgrübelte oder so tat, als grübelte ich darüber nach, so tat, als paßte ich nicht auf, fuhr ich, seelenruhig wie Mark Tapley, unerschrocken den verrückten alten Kerl über den Haufen, der immer auf der Brücke bei der Post steht und mich jedesmal grinsend mit den Worten begrüßt: »Sicher wieder nichts zu tun heute« oder »Mußt du nicht bei der Arbeit sein?« oder »Schöne Fahrradtour während der Arbeitszeit«.

Er lag auf der Straße, und sein Hut rollte weg, rollte vor die Räder eines Busses und wurde platt gewalzt, und das bereitete mir eine solche Befriedigung, daß meine Wut für einen Augenblick gestillt war, und während ich dem Mann auf die Beine half, der mich endlich einmal nicht mehr grinsend, sondern zu Tode erschrocken anblickte, und ich heuchlerisch meine Entschuldigungen murmelte, wußte ich, daß ich kein Tom Pinch war, wenigstens in diesem Augenblick, aber auch kein Mark Tapley, und da wußte ich, daß ich handelte, wie mein Vater gehandelt hätte, und daß die Wut in mir nicht meine Wut war, sondern die meines Vaters. Aber ich wußte auch, daß die Wut sich vor allem auf diesen

Mann richtete und auf die Alten vor dem Schalter und auf den Mann mit dem alten Brot, weil sie älter waren, als mein Vater je werden würde. Ich wußte, daß ich sie aus tiefster Seele haßte, weil sie noch lebten, während mein Vater sozusagen schon tot war. Wer gab ihnen das Recht, älter zu werden als mein Vater? Warum gab es nicht wie in Trollopes Roman *The Fixed Period* einfach eine Altersgrenze, die man nicht überschreiten durfte? Sie müßten erledigt werden, all diese alten Leute, alle, weg damit. Ich brauchte sie nur auf der Straße gehen zu sehen, zu Hunderten, ich brauchte nur einen unsicheren Schritt zu hören oder ein Bein im Stützstrumpf zu sehen, und schon kam die Wut hoch. Es war eine Wut, die einfallslos war, die nur zu Schimpfworten und Tritten mit dem Knie inspirierte. Es war die Wut meines Vaters am Sonntagmorgen, wenn es klingelte und ein Zeuge Jehovas vor der Tür stand. Mein Vater hatte dann immer die Tür gerade so weit geöffnet, daß der Mann reflexartig seinen Fuß dazwischensetzte. Und dann hatte mein Vater mit aller Kraft, die er besaß – und das war erstaunlich viel –, die Tür zugestoßen, so daß der Zeuge Jehovas hinkend fortging. Aber ab und an hatte mein Vater die Maßregelung durch etwas Einfallsreicheres ersetzt. Wieder einmal öffnete er die Tür in aller Herrgottsfrühe und sagte sofort zu den beiden Zeugen Jehovas: »Was steht in Matthäus 27, Vers 5?« Sie wußten es nicht, und mein Vater ließ es sie in ihrer Bibel aufschlagen, und sie mußten es vorlesen: »Judas ... ging hin und erhängte sich.« »Und jetzt schlagt mal Apostelgeschichte 21, Vers 24 auf«, sagte mein Vater, und sie schlugen es auf, und mein Vater zeigte ihnen die Worte: »... daß du auch einhergehst und hältst das Gesetz.«

Aber ich kam nicht weiter als bis zum Fuß-Einklemmen. Ich haßte die alten Leute, ich verachtete in einem späteren Stadium sogar Kinder und hätte Hunde am liebsten mit großen Steinen beworfen. Von Mozart konnte in den Abendstunden keine Rede mehr sein; die geheime Kompaßnadel im Innern, die einem in besonderen Phasen des Lebens an der Vorliebe für einen bestimmten Komponisten präzise zeigt, was mit einem nicht in Ordnung ist, wies auf Beethoven und Bartók und Mahler, Komponisten, die mich normalerweise überhaupt nicht ansprechen. Aber jetzt hörte ich die Aggression darin, sehnte mich danach, mit Musik den bitteren Haß gegen alles zu besiegeln, was länger als sechzig Jahre lebte, während in meinem Vater der bösartige Tumor immer weiterwucherte.

Meine Bosheit war so groß, daß selbst Hanneke darunter litt. Was ist denn nur los mit dir? fragte sie immer, wenn ich sie oder andere wieder schlechtgelaunt oder gereizt angefahren hatte. Sie meinte, meine Wut komme daher, daß wir unseren Urlaub im Wald vorzeitig abbrechen mußten.

»Du mußt dringend einmal hier raus«, sagte sie.

Sie meint immer, ganz gleich, was einem fehlt, man würde gesund werden oder sich ändern, wenn man Urlaub macht. Keine Macht der Welt kann ihr das ausreden; wenn sie Ärztin wäre, hockten alle ihre Patienten in fernen Kurorten, und falls sie Psychiaterin wäre, übte sie ihren Beruf im Eingang eines Reisebüros aus. Eine Fahrkarte ins Ausland zaubert eine sanfte Röte auf ihre Wangen; wenn sie müde ist, kann man sie mit der Nachricht aufmuntern, daß zwei schwere Koffer getragen werden müssen, und bei einer beginnenden Erkältung ist es besser, ihr einen Rucksack zu zeigen, als sie eine Vitamin-C-Tablette schlucken zu lassen. Aber ich glaube nicht an die Macht des Reisens und des Einmal-Heraus-Kommens. Auch damals glaubte ich nicht daran. Denn ich würde die Ursache für meine Wut mitnehmen, und auch dort, wo immer dieses Dort sein mochte, würden alte Menschen meinen Weg kreuzen. Und doch gab es einen Grund, auf Reisen zu gehen, einen Grund, der mir sehr wohl bewußt war, den ich aber mir selbst gegenüber nicht zugeben mochte, geschweige denn anderen gegenüber. Ich war des Wartens müde, ich glaubte, jeden Tag von meiner Mutter hören zu müssen: Deinem Vater geht es plötzlich wieder nicht mehr gut, doch das geschah nicht. Er wurde immer gesünder, immer lebendiger. Solange aber nichts passierte, mußte ich weiterhin mutterseelenallein mit meinem Geheimnis herumlaufen, das ich beinahe wie eine Geschwulst meiner Seele mit mir schleppte und von dem ich, wie merkwürdig das auch klingen mag, erlöst werden wollte, selbst gegen das hohe Lösegeld der ersten Krebssymptome bei meinem Vater. Gerade weil er immer jugendlicher wurde, wurde alles noch schwieriger. Mit seinen fröhlichen Scherzen strafte er meine düsteren Abende mit Mozart und meine Wut mit Beethoven Lügen. Er spielte einmal in der Woche Billard bei der Freiwilligen Feuerwehr, wo er Mitglied geworden war, um Billard spielen zu können, und am Samstagnachmittag bei Onkel Klaas, und zwar mit einer Begeisterung und einer Vitalität, die jeden verblüffte, und ab und an schlug er Onkel Klaas sogar. Wenn ich ihn sah, bekam ich Zahlen zu hören, die schon Wochen zurücklagen: »Da habe ich soundso viele Karambolagen gemacht, und Klaas nur vier, und da hab ich sofort das Spiel gewonnen, und da hättest du das Gesicht meines Bruders mal sehen sollen.« Ich betrachtete das alles wie die Stille vor dem Sturm, wie das letzte Aufflackern einer Kerzenflamme, die bald erlöschen würde. Ich wünschte mir diesen Sturm nicht, nein, ganz und gar nicht, aber ich konnte auch dieses Warten, das ich verbergen mußte und das bei soviel Gesundheit so sinnlos erschien, nicht mehr ertragen. Deshalb wäre ich am liebsten wieder in das Häuschen von Onkel Leendert gefahren in der makabren Hoffnung, daß dort noch einmal ein Anruf aus Maassluis kommen würde, der der lähmenden, zu Warten erstarrenden Unsicherheit ein Ende bereitete. Aber die beiden rätselhaften Polizisten hielten mich davon ab, Hanneke gegenüber etwas davon zu erwähnen, und außerdem wollte sie liebend gern weit fort.

Da tauchte plötzlich ein Schweizer im Labor auf, der früher schon einmal zu Forschungszwecken bei uns gewesen war und jetzt Ferien machte. Stolz erzählte er mir, daß er im Binntal ein altes Bauernhaus als Zweitwohnung gekauft habe, und er bot es mir an, falls ich die Absicht hätte, noch in diesem Jahr in die Schweiz zu reisen. Nachdem er meine Frage, ob es dort Telefon gäbe, bejaht hatte, verabredete ich sofort ein Datum mit ihm, denn das Haus schien ein wenig dem von Onkel Leendert zu ähneln. Außerdem hatte er mir das Werk von Jeremias Gotthelf empfohlen, und dessen *Bauernspiegel* hatte mich unweigerlich an meinen Vater erinnert. Ich hatte sogar eine uralte Übersetzung dieses Buches in der Buchhandlung Lampusiak kaufen können. Diese antiquarische Ausgabe hatte ich meinem Vater zu lesen gegeben, und ihm hatte das Werk auch sehr gefallen, so daß es nach all den Jahren, in denen wir uneins waren über Bücher, angefangen mit *Karakter*, endlich wieder ein Buch gab, das wir beide mochten. So schien es, als würde alles ineinandergreifen und als könnte ich dort im Binntal endlich wieder zu mir selbst finden.

Wir reisten ab; die Fahrt ähnelte der Art, wie der alte Mann seine 1,75 Gulden gezahlt hatte. Zuerst eine schnelle und bequeme Reise bis Basel, dann eine langsamere auf der Strecke nach Brig. Und von dort aus wurde es schwierig: Die Zahnradbahn nach Fiesch fuhr nicht nur mit Verspätung ab, sondern holperte zögernd der Quelle der Rhône entgegen. In Fiesch mußten wir stundenlang auf das Postauto nach Binn warten, und als wir dann endlich auf dem sonnigen Marktplatz des Dörfchens standen, zeigte sich, daß wir noch fünf Kilometer bergauf nach Imfeld zu gehen hatten, dem Flecken, wo das Haus stand und von dem wir hoch oben eine Ansammlung verstreut liegender dunkler Häuser sehen konnten. Ich schleppte zwei schwere Koffer bergauf, und schon das allein milderte meine Wut, ersetzte sie durch eine wohlige Müdigkeit. Als wir dann mitten zwischen den Häusern standen, schien es, als sei ich nie böse gewesen und als würde ich es auch nie wieder werden. Jetzt nur noch den Schlüssel des Hauses. Den könnten wir bei der Familie Zumturm abholen, war uns gesagt worden.

Es gab keine Straßen in dem Dorf; die Häuser standen rund um einen kleinen Platz, der an einer Seite von einer Miniaturkirche begrenzt wurde. Alles lag sonnig und verlassen da. Zwischen den Häusern scharrten ein paar Hühner, unter dem hölzernen Wassertrog schlich ein roter Kater hervor, und auf einem Zaun glänzte der Schwanz eines Rotschwänzchens in der Sonne. Weiter unten waren Bauern beim Mähen, das einzige Zeichen menschlichen Lebens.

»Ob das die Familie Zumturm ist?« fragte Hanneke.

»Das könnte gut sein. Geh doch mal hin und frag, hier ist, wie es scheint, überhaupt niemand.«

Obwohl ich zu ihr sagte: »Geh doch mal hin und frag«, lief ich gleich darauf selbst los. Ich ging auf einem schmalen Weg in Richtung der Bauern, und ich hatte das Gefühl, als entfernte ich mich immer schneller vom Dorf. Der Duft frischgemähten Grases drang mir in die Nase, und auf einmal schien mein Vater weit weg zu sein und gleichzeitig ganz nah – er hatte früher, lange bevor ich geboren wurde, Gras gemäht und Heu eingefahren. Ich war plötzlich in einem Stück seiner Vergangenheit, in der Zeit vor seiner Ehe, und solange diese Zeit noch nicht abgeschlossen war und es mich noch nicht gab, konnte es auch keinen bedrohlich nahenden Tod geben. Ich ging dort, und der Duft des frischgemähten Grases war betörend, und die Sonne machte das ganze Tal zu einem wahren Garten Eden, so daß ich allmählich immer kleiner wurde zwischen den hohen Felswänden. Der Tod war hier so viel einfacher zu akzeptieren, vielleicht weil alles so grün war und so paradiesisch duftete, vielleicht weil man wußte, daß sich niemals etwas verändern würde, weil weder eine neue Straße noch der Abriß oder

der Neubau von Häusern Eindruck machen konnte auf die mit grünen Tannen bewachsenen Hänge. Das Dorf lag weit hinter mir, Hanneke war nur noch ein Punkt, und hoch oben am Himmel kreiste ein Bussard. Ich erreichte eine rothaarige Frau auf einem Traktor.

»Sind Sie Frau Zumturm?«

»Ja, sind Sie Herr Hart?«

»Ja.«

»Also, dann gebe ich Ihnen den Schlüssel.«

Sie rief ein kleines rothaariges Mädchen zu sich, gab ihr einen riesigen Schlüssel und bedeutete ihr, soweit ich das Schweizerdeutsch im Binntaler Dialekt verstehen konnte, daß sie mir das Haus zeigen solle. Neben dem erstaunlich kleinen Mädchen ging ich zurück. Ich hatte selten so schönes rotes Haar gesehen, und ich konnte nicht mit ihr sprechen, nicht nur weil ich kein Schweizerdeutsch sprach, sondern auch weil mir nichts einfiel, was man zu so einem Mädchen hätte sagen können, und deshalb dachte ich nur: Wie mochte es sein, ein Töchterchen zu haben mit so prächtigem rotem Haar?

Im Dorf zeigte sie uns ein Haus, zu dem der Schlüssel aber nicht paßte, wie sich herausstellte, als sie schon zurücklief. Was nun? Wir probierten den Schlüssel noch bei ein paar anderen Häusern aus, ebenfalls ohne Erfolg, außer daß wir den Schlüssel irgendwann nur noch mit Gewalt aus einem Schloß ziehen konnten, und so ging ich, als ich den Schlüssel wieder in der Hand hatte, noch einmal zum Rand des Dorfes. Auf dem Weg kam mir Frau Zumturm entgegen. Sie war ganz in Schwarz, und wie sie sich dort zwischen den sonnendurchfluteten Wiesen, die so hellgrün waren, näherte, war es, als nähere sich ein Schatten. Eine merkwürdige Langsamkeit lag darin. Ich hatte Mitleid mit ihr, ich wollte ihr entgegengehen, aber sie bedeutete mir, ich solle stehenbleiben. Sie kam näher, ohne wirklich näher zu kommen, als brauche sie Stunden für das Stück, das ich gerade eben in so kurzer Zeit geschafft hatte, und weiter hinten fuhr der Traktor, jetzt mit einem rothaarigen Jungen darauf, und überall mähten rothaarige Mädchen und Jungen das von Wiesenstorchschnabel blau durchzogene Gras.

Schließlich war Frau Zumturm dann doch beim Brunnen angelangt, und sie lief ganz normal über den kleinen Platz, sie war nicht schlecht zu Fuß, wie ich geglaubt hatte, aber die durch die hohen Berge und das Sonnenlicht verzerrte Perspektive hatte ihrem Gang diese Langsamkeit verliehen.

»Mir ist plötzlich eingefallen, daß meine Tochter nicht genau weiß, welches Haus es ist. Sie hat Ihnen bestimmt ein falsches gezeigt.«

Sie wies auf ein Haus, zu dem der Schlüssel tatsächlich paßte, ein Bauernhaus mit so lächerlich niedrigen Türen, daß sogar Hanneke, doch wahrhaftig ziemlich klein, sich bücken mußte. Ich stieß mir schon bei der ersten Schwelle so unbarmherzig heftig den Kopf, daß ich nur verschwommen den großen steinernen Ofen im Wohnzimmer aus dem Jahre 1601 bewundern konnte. Drei Tage lang stieß ich mir den Kopf, dann hatte ich mich daran gewöhnt, mich wie ein Vierfüßler durchs Haus zu bewegen, was mir insofern leichtfiel, als es auch im Tal angebracht war, sozusagen auf Händen und Füßen zu gehen. Dann waren die Augen nämlich dicht am Boden, und die Gefahr, einen seltenen Stein zu übersehen, war kleiner. Denn wir merkten schon bald, vor allem an dem Klopfen Hunderter von Steinesammler im Tal, daß das Binntal berühmt für seine seltenen Mineralien ist. Nicht, daß wir je etwas gefunden hätten, aber gerade deshalb suchte ich, auf Händen und Füßen laufend, um so hartnäckiger.

In der ersten Nacht im Häuschen hatte ich einen Traum, den ich seitdem schon Hunderte von Malen wieder geträumt habe. Ein Traum, dessen einzelne Teile ich genauestens erklären kann, der mich aber dennoch stets von neuem überwältigt. Es ist eine Kindheitserinnerung: Ich gehe mit meiner Mutter durch den Klatschmohn, der an der schräg abfallenden Böschung am Nieuwe Weg in Maassluis wächst. Es ist Sommer und Sonntagnachmittag, und es ist etwas passiert, aber ich weiß nicht, was. Ich begreife im nachhinein nicht, warum wir dort gingen, denn meine Mutter hatte Angst vor Klatschmohn, weil er giftig sei, und außerdem gingen wir am Sonntagnachmittag nie aus.

Zu erfahren, was passiert war, erscheint mir überraschend wichtig, aber ich werde es nie herausbekommen, genausowenig wie ich erfahren werde, was passiert ist, als ich einmal auf einem leeren Wagen mit einem Pferd davor zusammen mit meinem Vater aus Maasland zurückkehrte und einschlief. Während ich hinten auf dem Wagen schlief, muß ich die Zügel angezogen haben (oder träumte ich das nur?), und danach ist etwas Schreckliches passiert. Aber was? Mein Vater konnte mir nie sagen, was passiert war, ebensowenig wie meine Mutter erklären kann, warum wir dort auf der Böschung mit dem Klatschmohn spazierengegangen sind, als hätten wir für Monets Gemälde *Das Mohnfeld* posiert. Vielleicht erscheint es mir so wichtig, weil ich nicht weiß, was da passiert ist. Wenn ich es wüßte, würde sich vielleicht herausstellen, daß es nichts Besonderes war.

In meinem Traum sah ich nun meinen Vater mitten durch den Klatschmohn laufen. Ich selbst stand auf dem Deich und sah ihn näher kommen. Die Sonne schien ihm ins Gesicht, und sein Schatten hinter ihm reichte bis zum Dorf Maasland. Wie schnell er auch ging, er kam keinen Zentimeter voran. Er winkte mir zu, er sah mich, er hatte wieder dieses Gesicht, wie ich es aus meinen frühesten Erinnerungen an ihm kenne: fröhlich, mit strahlenden

Augen und diesem eigenartigen Zug um den Mund, der einen schon zum Lachen brachte, bevor er selbst lachte. Seine Augen blitzten in der Sonne, und er zog fast gar nicht sein verkrüppeltes Bein nach. Er wollte mir etwas erzählen oder mir etwas zurufen, ich hörte ihn zwar rufen: »Maart, Maart ...«, aber der Rest ging in der Stille um ihn herum verloren, und er kam einfach nicht näher, der Abstand blieb immer gleich, und ich stand regungslos da, wollte etwas tun, war aber wie gelähmt, konnte nicht einmal sprechen oder winken. Das Merkwürdigste von allem war jedoch, daß er weißgescheuerte Holzschuhe trug, ach, dieses Detail war überdeutlich, und dabei hätte man diese weißgescheuerten Holzschuhe eigentlich gar nicht sehen dürfen in dem dichten Gras mit dem üppigen Klatschmohn. Aber gerade diese Holzschuhe waren unaufhörlich in Bewegung, er rannte, als hinge sein Leben davon ab, und dennoch war er keineswegs ängstlich oder bedrückt. Nein, er hätte kaum fröhlicher sein können.

Es war ein schrecklicher Traum, vor allem wegen meiner Ohnmacht. Daß er im Laufe der Jahre etwas weniger erschreckend geworden ist, kommt nur daher, weil er es wenigstens möglich macht, meinen Vater wieder so zu sehen, wie er war, als er noch, mich vor sich, mit dem Fahrrad auf dem Deich fuhr.

Dieser Traum gehörte zum Binntal der ersten Tage. Aber das Binntal war auch das Steineklopfen, das mich an Ai van Leeuwen erinnerte, den Steinmetz. Mit ihm hatte mein Vater viele Jahre zusammengearbeitet. Das Binntal waren auch die Kinder Zumturm, von denen ich nie wußte, wie viele es waren. Überall leuchteten die rothaarigen Mädchen- und Jungenköpfe zwischen den Häusern auf, ein Mädchen noch im Krabbelalter, ein Junge bereits größer als sein Vater. Man mußte schon bis zur italienischen Grenze wandern, wollte man sie nicht mehr sehen.

An einem wolkenlosen Tag unternahmen wir eine Wanderung zum Albrunpaß. Der Weg führte uns immer tiefer hinein ins Tal. Er verengte sich hinter einem Bach zu einem Fußweg, schlängelte sich an den Felsen entlang, verlor sich manchmal auf einer sumpfigen Wiese und war dann ein Stück weiter doch wieder zu sehen oder, wenn er nicht zu sehen war, mit einem gelben Zeichen auf einem Stein markiert. Aber allmählich war der Pfad immer schwieriger zu finden, weil ihn mehr und mehr Schnee bedeckte. Dennoch hielten wir tapfer durch, kämpften uns durch das breite Flußbett der Binna, vorbei an der Albrunhütte, bis hinauf zum Paß. Wir waren dort mutterseelenallein; Neuschnee bedeckte jetzt die ganze Gegend, und hinter uns zeichneten sich unsere Fußspuren als graue, dunkle Flecken ab. Wir sahen den Grenzstein lange, bevor wir ihn erreichten. Er leitete uns nach oben, aber warum plötzlich eine Fußspur aus dem Schnee auftauchte, die bis weit hinunter ins Tal zu sehen war, obwohl sie keineswegs auf der einzig möglichen Route an der Hütte vorbeiführte, erklärte er uns nicht. Wer konnte denn da, und dann noch vor so kurzer Zeit, allein durchs Tal geirrt sein? Ein Grenzposten? Ein Wanderer, der in der Hütte übernachtet hatte und auf einem Umweg zur italienischen Grenze gelaufen war? Wir gingen verwirrt der Fußspur nach, die direkt zum Grenzstein führte. Als wir diesen erreichten, hörte die Spur plötzlich auf, als sei der Besitzer der nicht einmal sehr großen Bergschuhe, die ihre Abdrücke so regelmäßig in den Schnee gezeichnet hatten, vom Grenzstein aufgestiegen. Es führte keine Fußspur zurück; auch weiter vorn war nichts von einer Fußspur zu sehen. Es war rätselhaft – plötzlich war da eine Spur, und plötzlich war sie nicht mehr da, und man konnte sich wohl kaum vorstellen, daß der Wanderer, ob Mann oder Frau, rückwärts zurückgegangen war und die Füße immer genau in die eigene Spur gesetzt hatte. Allerdings hatte der Mann oder die Frau – aber es mußte ein Mann gewesen sein – beim Grenzstein uriniert. An einer Stelle war der Schnee geschmolzen, und ein kleines Stück dunkler Erde war von einem gelben Rand umgeben.

Wir standen da, und diese rätselhafte Spur vergällte uns die Freude darüber, daß wir die Grenze erreicht hatten. Wir schauten auf das sich in der Ferne verlierende Italien hinab – nichts als düstere, dunkle Berge und ein wildes und, wie es schien, unbewohntes Tal –, und ich blickte noch einmal auf die Fußspur, und es war plötzlich, als sei ich wieder auf dem einsamen Kai hinter dem Rathaus von Maassluis am Silvesterabend des Jahres 1962.

Das himmlische Magazin

An jenem Silvesterabend lief ich gegen zehn Uhr durch die ausgestorbenen Straßen von Maassluis. Nicht einmal die an einem solchen Abend normalerweise so geschäftigen Feuerwerker ließen sich sehen, denn es war bitterkalt, und es hatte außerdem den ganzen Abend geschneit. Nachdem es aufgehört hatte zu schneien, hatte ich mich sofort zu einem Spaziergang durch die vertrauten Straßen aufgemacht. Seit Anfang Oktober lebte ich nicht mehr in der Stadt, sondern bei meinem Onkel und meiner Tante in Leiden, und der Schmerz darüber brannte noch genauso heftig in mir wie vor drei Monaten. Nicht, daß mein Onkel und meine Tante mich schlecht behandelt hätten, im Gegenteil, aber ich hatte Heimweh nach der vertrauten Umgebung, Heimweh nach den Geschichten meines Vaters, die ich jetzt nur noch am Wochenende zu hören oder nicht zu hören bekam, denn ich wußte nicht, was er alles an den Tagen erzählt hatte, an denen ich in Leiden war. Und wenn ich sie hörte, hatten sie oft schon das erste Stadium hinter sich. Denn das war doch das Schönste: Wie diese Geschichten wuchsen und sich veränderten, wie sie allmählich immer mehr an Farbe gewannen und mit Unwahrheiten ausgeschmückt wurden, die jedoch die Atmosphäre einer solchen Geschichte besser zum Ausdruck brachten. Und ich selbst konnte auch keinen Beitrag mehr liefern. Früher hatte ich oft gesagt: War es wirklich ein Grab Dritter Klasse? Es scheint mir eher ein Grab Zweiter Klasse gewesen zu sein, so wie du es erzählst. Und dann hatte mein Vater gesagt: Nein, bist du verrückt, natürlich war es ein Grab Dritter Klasse, aber dann hatte er, wenn ich ihn später die Geschichte wieder erzählen hörte, dieses Detail doch oft verändert und gestand damit bewußt oder unbewußt ein, daß sie besser wurde, wenn man in diesem Fall die höhere soziale Schicht der Zweiten Klasse mit einarbeitete. So hatte ich zu vielen Geschichten kleine Beiträge geliefert, und sie waren immer lebendiger geworden, nicht in erster Linie durch mich übrigens, sondern vor allem durch die Phantasie meines Vaters, und immer kam dann der Augenblick, in dem eine solche Geschichte abgeschlossen war und sich nicht mehr veränderte. Manchmal äußerten die Zuhörer Zweifel, aber mein Vater hielt ihnen jedesmal vor: »Ist es nicht passiert, dann kann es noch passieren«, und dagegen war wenig einzuwenden.

Am Wochenende fragte ich tausend Dinge, nach der Besatzung der *Volharding*, nach Ai van Leeuwen, nach den Beerdigungsunternehmern, nach dem Mann, der so getreu jeden Tag das Gärtchen vor dem Grabstein seiner Mutter pflegte, daß darauf die schönsten Pflanzen wuchsen, nach den Blumenhändlern, nach Quaavers, der meinen Vater so feierlich mit »Paul« anzureden pflegte, sooft mein Vater ihm auch entgegenhielt, er heiße Pau. Als hätte ich jetzt nicht mehr teil an den wunderlichen Vorgängen auf dem Friedhof, denn darauf kam es an, das hieß leben, das war etwas ganz anderes, als im Praktikum jeden Nachmittag tote Tiere abzuzeichnen, etwas, womit ich bestraft wurde, weil ich mich von Kind an geweigert hatte zu zeichnen, sogar auf der Höheren Schule, wo der ratlose Lehrer mich während der Stunde statt dessen vorlesen ließ. Ja, als lebte ich dort in Leiden gar nicht, jetzt, da der Friedhof und mein Vater so weit fort waren. Und das Schlimmste war, daß es in Leiden keinen Hafen gab, an dem ich hätte spazierengehen können. Wenn ich andererseits das Studium aufgäbe und nach Maassluis zurückkehrte, müßte ich sofort zum Militär, und dann würde ich genauso von zu Hause fort sein – es gab keinen anderen Ausweg, als zu studieren. Und manchmal konnte es, sogar in Leiden, doch sehr schön sein. Ich erinnere mich noch gut, wie am fünften Dezember so dicker Nebel über der Stadt hing, daß man nichts von den Häusern und Gebäuden mehr sehen konnte. Da war ich zum erstenmal zufrieden durch die Straßen spaziert, bis mir auf einmal klar wurde, was ich schon eine ganze Zeitlang dachte: Was fehlt hier eigentlich? Der traurige Eulenruf der Nebelhörner auf dem Fluß. In der Nacht vom fünften auf den sechsten Dezember hatte es gefroren, und die Sonne hatte am sechsten Dezember eine paradiesisch schöne Welt beschienen. Nie zuvor hatte ich solch prächtig bereifte Bäume gesehen, solche in der Sonne glänzenden weißen Erlenzapfen, und mein Onkel, der malte und dafür am liebsten Dias benutzte, hatte genug Schnappschüsse von Schneelandschaften bis in alle Ewigkeit gemacht – denn das war außer Stilleben seine Spezialität –, und ich hatte mir immer wieder vorgehalten, daß es doch wirklich gleichgültig war, wo ich die bereiften Bäume sah. Aber wenn ich dann an die bereifte Friedhofsallee bei dem Haus für die Totenbahren dachte, kniff ich mir in die Hände vor Heimweh.

Aber nun lief ich wieder durch Maassluis, und wie von selbst lenkte ich meine Schritte zum Hafenkai. Seit ich fünfzehn war, hatte ich mir angewöhnt, jeden Abend am Hafen entlangzugehen. Auf dem Hafenkai spazierten immer Mädchen in Gruppen, die sich kichernd nach einem umsahen, wenn man hinter ihnen ging, und die einem Hoffnung auf ein Abenteuer machten, ein Abenteuer, das auf dem Kai anfing und zwischen Gänsefuß und Sauerampfer am Maasufer endete. Für viele Jungen und Mädchen fing es in der Tat so an und endete nach einem Intermezzo am Maasufer neben oder in einem Wochenbett, aber ich war zu unbeholfen, um auch nur ein einziges Mädchen anzusprechen. Ich ging da und sehnte mich stets aufs neue nach etwas, das nie geschah, während es andere Jungen mühelos schafften, ein Mädchen aus einer solchen Reihe herauszupflücken, um dann heimlich mit ihr zum Schanshoofd zu verschwinden. Einmal jedoch wäre es mir fast gelungen. Ich ging hinter zwei Mädchen her, und die eine hatte sich immer wieder heimlich umgeschaut. Sie kicherte jedesmal leise, und ich hörte sie sagen: »Würdest du dich mit ihm zum Maasufer trauen? Ich nicht, du!«

»Die will was«, sagte ein Junge, den ich nicht kannte und der plötzlich vom Zandpad her auftauchte und neben mir herlief. »Du die eine und ich die andere.«

Er rückte auf, ging links neben dem Mädchen, das sich nicht umgeschaut hatte, und da mußte ich denn schon rechts neben dem anderen Mädchen gehen. Wie selbstverständlich legte der Junge seinen Arm um die Taille des linken Mädchens, und ich wollte auch meinen Arm heben, aber ich schaffte es nicht, mein Arm war schwerer als ein Grabstein, ich ging einfach weiter, und ich hörte das Mädchen sagen: »Was für ein Ekel«, und dennoch lächelte sie und lockte mit den Augen. Ihr Blick vor allem war es, der mich maßlos traurig machte und mich plötzlich davonrennen ließ. Ich hörte sie noch »Langweiliger Pimmel« rufen, bevor ich um die Ecke der Fenacoliuslaan sauste.

Seitdem bin ich immer erst spät am Abend am Hafen spazierengegangen, wenn die Paare, die sich dort gebildet hatten, schon Strandastern am Maasufer zertraten, denn ich hatte mich während der hungrigen Raubzüge nach schneller Liebe in das bläuliche Licht der Schaufenster verliebt, in den Duft von Mehl und Teeröl, den Anblick der roterleuchteten Zeiger der Turmuhr, und vor allem hing ich an der traurigen, leicht salzigen Atmosphäre, die einem, wenn man ganz allein dort ging, das Gefühl gab, man würde ewig leben.

Aber an diesem Silvesterabend hatte ich das Bedürfnis nach einer Variante meiner Wanderung. Am Rathaus ging ich hinunter zu der engen Kaistraße hinter den Häusern, die nur von Fußgängern benutzt werden konnte. Warum? Ich wußte es selbst nicht, ich wußte nur, daß es etwas mit dem zu tun hatte, was mein Vater beim Abendessen auf eine Art erzählt hatte, die mich sicher sein ließ, daß er weder phantasierte noch etwas hinzufügte.

»Kommt da doch heute am späten Nachmittag – ich wollte gerade Feierabend machen – ein alter Mann auf den Friedhof, ich kannte ihn nicht, ich hatte ihn noch nie gesehen, mit einer großen Mütze auf dem Kopf, so daß ich sein Gesicht kaum erkennen konnte, und einem dunklen Schal vor dem Mund, vielleicht wegen der Kälte, vielleicht um sowenig wie möglich von seiner Visage zu zeigen, in einer schwarzen Barchenthose und einem langen schwarzen Mantel, und sagt zu mir: ›Ansager, ich will …‹ ›Ich bin hier kein Ansager, auch wenn ich den Leuten was sage‹, sag ich zu ihm. ›Meneer‹, sagt er, ›früher oder später werden wir alle Ansager, im Leben eines jeden von uns kommt der Augenblick, an dem er zu einem Mitglied der Familie sagen muß: Dein Vater, dein Bruder, deine Schwester, deine Mutter ist gestorben. Merken Sie sich das gut, Meneer. Haben Sie so etwas noch nie gesagt?‹ ›Doch‹, sag ich, ›als mein Alter starb, habe ich es allen meinen Brüdern sagen müssen, weil ich in der Nacht, als er plötzlich zur Toilette wollte und aus seinem Bett aufzustehen versuchte und sofort in meinen Armen tot war, zufällig an der Reihe war, bei ihm zu wachen. Aber von Beruf bin ich kein Leichenbitter und kein Aufseher und kein Gärtner und kein Steinmetz und schon gar kein Totengräber, ich grabe auch niemanden tot, ich bin hier der Grabmacher.‹ Und er sagt: ›Gut, Grabmacher also, ich will Sie etwas Verrücktes fragen.‹ ›Wenn es nicht verrückter ist als das, was ich zur Antwort geben werde, dann schieß los‹, sag ich. ›Nun, es ist nämlich wirklich merkwürdig‹, sagt er, ›aber Sie sind sicher einiges gewohnt in Ihrem Beruf, nehme ich an.‹ ›Ja, mehr als mein Vater in seinem Käsegeschäft‹, sag ich. ›Grabmacher‹, sagt er hinter seinem Schal hervor, den er ängstlich mit seinem schwarzen Fäustling festhielt, ›Grabmacher, ich bin des Lebens müde, ich will heute abend

Schluß machen, ich will nicht mehr ins neue Jahr. Wenn ich nun heute abend einen Schlußstrich ziehe, wo werde ich dann liegen?‹ ›Bist du ein Maassluiser?‹ frag ich. ›Ich kenne dich überhaupt nicht.‹ ›Ich wohne hier erst seit kurzem‹, sagt er, ›aber ich komme bestimmt auf diesen Friedhof. Die Frage ist: Wohin?‹ ›Ja‹, sag ich, ›das hängt davon ab, was du willst, du kannst wählen zwischen Erster Klasse eigenes Grab, Zweiter Klasse eigenes Grab oder Mietgrab, Dritter Klasse Mietgrab oder Vierter Klasse Mietgrab. Aber heutzutage läßt sich niemand mehr in der Vierten Klasse begraben. Wenn du überhaupt keine Kröten hast, kannst du auch noch ins Armengrab. Die Erste Klasse ist hübsch teuer – schnell an die dreihundert Gulden; in der Dritten Klasse liegst du für fünfundsiebzig Gulden, und dann wirst du nach neunundzwanzig Jahren geräumt. Aber wo du schon darüber redest‹, sag ich, ›schieb es bitte so lange wie möglich hinaus, es hat seit dem Zweiundzwanzigsten gefroren, und ich sitze schon mit acht Zentimetern Frost in der Erde da, ich komme nicht einmal mehr mit der Spitzhacke rein. Ja, du würdest mir einen großen Gefallen tun, wenn du noch etwas warten würdest.‹ ›Aber ich will gerade heute abend Schluß machen‹, sagt er, ›ich will ganz bestimmt nicht mehr ins neue Jahr.‹ ›Bist du verrückt‹, sag ich, ›du hast es schon so viele Jahre ausgehalten, du kannst doch wohl noch ein wenig warten. Wenn es ein paar Tage lang keinen Frost mehr gibt, ist er sofort wieder aus dem Boden raus.‹ ›Aber du mußt andere doch auch begraben, du mußt trotzdem hacken.‹ ›Ja‹, sag ich, ›aber je mehr kommen, desto mehr muß ich graben. Ich habe jetzt noch zwei Gräber in der Dritten Klasse, und im Augenblick stehen noch zwei über der Erde, die krieg ich alle beide am dritten Januar, und dann hoffe ich, daß es für eine Weile aufhört. Wenn du dich nun heute abend davonmachst, muß ich sofort nach Neujahr in aller Frühe hacken, und dafür brauche ich dann den ganzen Morgen, denn die Erde ist steinhart. Warte, komm mal eben mit zur Dritten Klasse, ich geb dir eine Spitzhacke, und dann darfst du selbst probieren.‹ Also, ich geh mit ihm im Dunkeln zum Bahrenhaus, ich hol meine Spitzhacke, und wir gehen zur Dritten Klasse, und er probiert, sie in die Erde zu schlagen. Du hättest sein Gesicht einmal sehen sollen! Er kam keine zwei Zentimeter hinein. ›Ja‹, sagt er, ›das sehe ich ein, dann kann ich vielleicht tatsächlich noch ein bißchen warten.‹ ›Tu mir den Gefallen‹, sag ich, ›und warte, bis der Frost vorbei ist. Dann kommst du wieder, und dann zeige ich dir genau, wo du liegen wirst. Wir können uns einigen, ich bin jemand, mit dem sich reden läßt, du kannst selbst ein bißchen aussuchen, wo du liegen willst, du kommst einfach, und ich zeige dir, wo ich den nächsten Toten unter die Erde bringe, und wenn dir der Platz nicht gefällt, wartest du noch etwas, und gefällt er dir, dann knüpfst du dich auf. Du kannst dir auch aussuchen, ob du oben, in der Mitte oder unten liegen willst, so wie es dir am liebsten ist, man kann alles regeln. Wenn du nur wartest, bis der Frost aus dem Boden ist.‹ ›Gut‹, sagt er, ›ich komme wieder, sobald es nicht mehr friert.‹ ›Ausgezeichnet‹, sag ich, ›aber denk dran, daß der Frost noch eine ganze Weile in der Erde sitzt, nachdem es aufgehört hat zu frieren.‹«

Warum dachte ich nun, daß ich diesen Mann gerade dort, auf dem abgelegenen Kai, treffen würde? Und warum meinte ich, daß ich ihn dann vielleicht dazu bringen könnte, seinen Plan aufzugeben? Vielleicht hatte mein Vater ja ganz richtig gehandelt, indem er so nüchtern um Aufschub gebeten hatte. Nicht über Motive argumentieren, keinen Versuch unternehmen, es dem Mann auszureden – auch wenn er vielleicht sogar allein deshalb gekommen war –, sondern schlicht und einfach auf einen Aufschub drängen, der leicht zu einem Aufgeben führen konnte. Und doch war es, als hätte mein Vater etwas versäumt, zumindest hätte er etwas darüber sagen müssen, daß eine solche Tat keine Lösung bedeutet. Oder bedeutete sie nicht doch eine Lösung? Niemals hätte ich, in meinem hoffnungslosen Heimweh über dem Zeichenpapier sitzend, an Selbstmord als mögliche Lösung gedacht, aber diese Geschichte hatte mich auf eine Idee gebracht, und zugleich bot sie eine Rückzugsklausel: Ich konnte es jetzt sowieso nicht tun, denn die Erde war schon tief gefroren.

Nein, der Mann war nicht hinter dem Rathaus. Dort lag nur unberührter Schnee, und ich ging vorsichtig an den Häusern entlang. Seltsam, ein Mann, der kommt, um zu fragen, wo er beerdigt werden würde, wenn er an diesem Abend Selbstmord beginge. Vielleicht tat er es, trotz des Frostes.

Ich stieß auf eine Fußspur, die von der anderen Seite kam. Sie bog von den Häusern ab zum Wasser, und ich folgte ihr. Sie mußte ganz frisch sein, denn es hatte vor höchstens zehn Minuten aufgehört zu schneien. Sie führte direkt zum Wasser, und am Rand der Kaimauer war nur ein einzelner deutlicher Abdruck. Es fehlte jede Spur von Zögern oder Stehenbleiben. Der Mann oder die Frau, aber es mußte schon ein Mann sein, denn es waren große Fußspuren, größer als meine, mußte geradeaus weitergegangen sein. Er war nicht stehengeblieben oder hatte noch ein paar Schritte extra gemacht, falls er in ein Boot gestiegen war. Sicher: Es war denkbar, daß er unmittelbar vom Kai auf ein Schiff gestiegen war, dessen Reling gerade oberhalb oder unterhalb der Kaimauer lag. Aber davon müßten dann auf der Kante des Kais Spuren zu sehen sein, und die sah ich nicht. Sogar wenn das Boot etwas von der Kante entfernt gelegen hatte, hätte der Mann seine Schritte anders gesetzt, als es die Fußspur jetzt zeigte. Nein, überall war der Schnee unberührt, das Wahrscheinlichste war, daß der Mann direkt ins Wasser gegangen war, und ich beugte mich vorsichtig über die Kaimauer, spähte ins Wasser, das von Ölflecken matt glänzte. Ich sah nichts, was auf einen Ertrunkenen hindeutete, es herrschte tiefe Stille. Selbst die sonst allgegenwärtigen Möwen fehlten. Ich konnte den Gedanken nicht loswerden, daß die Fußspur von dem Mann stammen mußte, der nachmittags noch bei meinem Vater auf dem Friedhof gewesen war. Aber das war doch nicht möglich, das war verrückt. Der Mann hatte doch versprochen, er würde es nicht tun. Und wenn er es dennoch getan hatte, was hinderte mich daran, seinem Vorbild zu folgen? Nie mehr würde ich Tag für Tag zu Hause sein können. Oder nach Leiden gehen müssen und dort etwas tun, wovon mir fast übel wurde: Zeichnen; oder zum Militär. Zu Hause hatte ich mein durch Hartfaserplatten abgetrenntes Dachzimmer an meine Schwester abtreten müssen, ich schlief jetzt in einer dunklen, stickigen Ecke neben der Treppe. Bei meiner Tante hatte ich nur einen winzig kleinen, ungeheizten Verschlag. Es war wirklich so, als gehörte ich nirgendwohin und als gäbe es nie mehr einen Ort, an dem ich wieder ein bißchen glücklich sein könnte.

Die Glocken der Grote Kerk störten meine Grübeleien, die sich schon gefährlich dem Selbstmitleid näherten. Was für ein Gejammer! Ja, wehleidig jammern, das war es, was ich tat. Die Fenster der

Grote Kerk wurden hell, und ich meinte, die Kirchenorgel hören zu können. Dennoch blieb die Fußspur ein beunruhigendes Rätsel, und ich eilte, unverantwortlich schnell bei dem Schnee, in dem ich nur allzu leicht hätte ausrutschen können, von hier fort. Es war, als hätte ich in einen Abgrund gestarrt, einen Abgrund in mir selbst, der mir bislang nie bewußt gewesen war. Je mehr ich mich den Treppen näherte, die auf den Deich führten, desto mehr faßte ich Mut, und plötzlich dachte ich sogar: Natürlich, du hast noch nie eine Freundin gehabt, die Mädchen in Leiden finden dich viel zu freundlich zum Verlieben, und doch gibt es jetzt irgendwo auf der Welt ein Mädchen, das für dich bestimmt ist. Aber, dachte ich, die feiert jetzt im Kreise ihrer Familie Silvester mit Krapfen, und die wird nie verstehen, daß es für mich nichts Schöneres gibt, als ganz allein über einen Hafenkai zu spazieren. »Noch viel besser ist es, immer allein zu bleiben«, murmelte ich entschlossen, als ich die Treppe hinaufstieg und die beängstigende Fußspur hinter mir ließ. Und um meine Furcht noch weiter wegzuschieben, sagte ich mir im Takt meiner die Stufen hinaufsteigenden Füße ein Gedicht von Emily Dickinson auf, das ich eine Woche zuvor im Lesesaal der Universitätsbibliothek gefunden hatte und von dem ich so beeindruckt war, daß ich es sofort auswendig gelernt hatte:

Elysium ist nicht weiter als
Das Zimmer nebenan
Vielleicht erwartet dich ein Freund
Glück oder Untergang –

Welch große Kraft die Seele birgt
Wenn sie ertragen kann
Die Schritte, die sie kommen hört –
Daß eine Tür aufgeht.

So hielt ich mich aufrecht, und die Tage glitten dahin, und es fror noch immer, als ich schon längst wieder in der Kammer bei meiner Tante saß, die Beine in Decken gewickelt und alle verfügbaren Pullover übereinander, sozusagen als Buße, weil ich nicht unten am warmen Ofen im gemütlichen Wohnzimmer sitzen wollte, wo ewig das blaue Licht des Fernsehers leuchtete.

Ich litt nicht unter der Kälte, denn der Frost brachte jeden Tag eine neue Schicht gefrorener Erde und verhinderte den Selbstmord des Mannes, der in meiner Vorstellung steinalt war. Jeder Tag Frost brachte neue Hoffnung, jede Nacht mit Tiefsttemperaturen weit unter dem Gefrierpunkt war wieder eine gewonnene Runde im Kampf gegen den Tod. Warum mir soviel daran lag, daß der Mann am Leben blieb, begriff ich selbst nicht, aber an jedem Wochenende fragte ich meinen Vater ängstlich, ob der Mann schon wieder dagewesen sei. Nein, lautete unverändert die Antwort. Auch war kein Ertrunkener nach Neujahr gefunden worden, die Fußspur ließ sich möglicherweise ohne die Selbstmord-Hypothese erklären, obwohl es immer noch möglich war, daß der Ertrunkene viel später angeschwemmt wurde. Wie auch immer es ausgehen würde: Solange man niemanden gefunden hatte, blieb die Hoffnung, und es fror und fror, als sollte es nie wieder aufhören. Elefanten in einem englischen Tierpark bekamen Rum, damit sie nicht vor Kälte bewußtlos wurden; die Hirsche tauchten, um Nahrung bettelnd, aus den Wäldern auf, und ich selber sah, als ich, zwei Paar Socken übereinander und zwischen beiden eine Plastiktüte, zwei Mützen auf dem Kopf und pelzgefütterte Fäustlinge an den Fingern, von Leiden nach Maassluis radelte, unbekannte Vögel auf dem Eis des Rhijn-Schiekanaal. Hinter Delft sah ich, wie ein Habicht auf einem Pfahl saß, um zu sterben. Aus dem eisigen Himmel ließ sich eines Nachmittags im Februar, als es schon dämmerte, ein Schwarm Hänflinge in den Garten meines Onkels herabfallen und hüpfte ganz einfach in die offenstehende Voliere – die Kanarienvögel waren alle im Wohnzimmer. Die Hänflinge blieben in aller Seelenruhe sitzen, wie dicht man auch an sie herankam. Sie überwinterten, von uns gefüttert, in freiwilliger Gefangenschaft, und zuerst gesellten sich zwei Grünfinken zu ihnen und danach sogar ein Dompfaffpärchen.

Für mich bedeutete der Frost nichts anderes als eine Galgenfrist, aber mein Vater grämte sich tagaus, tagein am rotglühenden Kanonenofen im Haus für die Totenbahren. Er konnte fast nichts tun, und außerdem starben wegen des Frostes wenig Leute. »Hab ich endlich eine prächtige Schleifmaschine gekriegt«, sagte er am Wochenende zu dem Polizisten, der erst seit kurzem in Maassluis eingesetzt war und zu Besuch kam, um mit meinem Vater Dame zu spielen und gegen ihn zu verlieren, obwohl er in Gelderland Meister im Dame-Spielen gewesen war, »hat sich die Gemeinde einmal die Spendierhose angezogen mit einer Schleifmaschine, und jetzt spielt einem das Wetter einen solchen Streich. Ich kann sie nicht benutzen.«

»Warum nicht?« fragte der Polizist.

»Na, sieh mal, während du schleifst, läuft zur selben Zeit Wasser aus der Maschine, ja, eine prächtige Erfindung, aber das Wasser gefriert dir unter den Händen.«

»Wofür brauchst du denn das Wasser?«

»Wofür ich Wasser brauche? Wofür, denkst du, brauche ich wohl diese Schleifmaschine?«

»Keine Ahnung. Vielleicht, um Holz zu schleifen?«

»Holz schleifen? Auf einem Friedhof? Für Särge vielleicht? Mann, daß ich nicht lache! Nimm übrigens später einen Sarg aus Fichtenholz, keinen aus Eiche und schon gar keinen aus Pappel, die vermodern so verdammt schlecht. Wenn man räumen muß, sitzt man plötzlich da mit einem noch tadellosen Sarg, und dann ist die Leiche meistens auch noch in Ordnung. Da bist du geliefert. Wohin mit der Leiche?«

»Hör auf mit deinen unappetitlichen Geschichten. Wofür brauchst du diese Schleifmaschine, das wolltest du gerade erzählen.«

»Um Grabsteine sauberzuschleifen.«

»Du schleifst all diese Grabsteine sauber?«

»Nein, nur die Steine, die in Auftrag gegeben sind. Du kannst auf dem Gemeindesekretariat die Pflege eines Grabsteins in Auftrag geben, kostet zwanzig Gulden, dann muß ich ihn sauberschleifen und die Buchstaben wieder schwarz anmalen. Nimm später bitte keinen Grabstein, das ist der größte Ärger, den man als Grabmacher hat, schon allein wegen des Grases, das man um den Stein herum wegschnippeln muß, weil man mit dem Rasenmäher nicht drankommt.«

»Also um die Grabsteine sauberzuhalten, brauchst du eine Schleifmaschine?«

»Ja, endlich geht ihm ein Licht auf, eine ganze Schachtel Streichhölzer, du bist ein richtiger Polizist: Dumm geboren und nichts dazugelernt, ja, dafür brauche ich eine Maschine.«

Er schwieg einen Augenblick, um mit einer schnellen Bewegung drei Steine mit Hilfe einer gerade eingeheimsten Dame vom Brett zu schlagen, und fuhr fort: »Früher hab ich das alles mit der Hand gemacht, mit einem Schleifstein, und das klappte auch ganz gut, darum geht es nicht, aber dann hattest du so einen Stein saubergemacht und angemalt, und dann kamen die Angehörigen, um nachzusehen, meistens Frauen, denn Frauen geben zwar den Stein ihres Mannes in Auftrag, aber umgekehrt nicht, und dann kam es oft vor, daß schon wieder zwei oder drei von den großen Ringeltauben darauf geschissen hatten. Das ist mir so oft passiert, daß sie sich deswegen im Sekretariat beschwert haben. Und sie haben sich auch darüber beschwert, daß die Buchstaben nicht schön genug angemalt wären, ja, nicht bei mir, das wagen sie nicht, denn von mir kriegen die was zu hören, solche Frauen, sondern bei dem Mann am Schalter. Und dann natürlich Quaavers mit geschwollenem Kamm zu mir. Na, wenn ich nur eine einzige solche Beschwerde hörte, habe ich versucht, all diese Buchstaben vollständig von den Steinen abzuschleifen. Das geht ausgezeichnet bei Steinen, auf die die Buchstaben obendrauf gesetzt sind, dann schleift man einfach die Buchstaben weg, aber es geht absolut nicht bei Steinen, in die die Buchstaben eingemeißelt sind. Dann muß man so einen Stein ganz glattschleifen, und das ist vielleicht eine Schufterei! Aber jetzt, mit dieser Maschine, es ist phantastisch, in einer Stunde hat man einen solchen Stein völlig glatt, kein Buchstabe, keine Zahl mehr zu sehen. Prächtig kriegt man sie hin, absolut sauber, und ich versichere dir, über welchen Stein sie sich auch beschweren, er wird so glatt und so frei von Buchstaben geschliffen wie dieses Dame-Brett. Schade, daß es jetzt so kalt ist, denn ich habe eine ganze Menge Steine, die Anwärter sind auf eine solche Behandlung. Ja, und dann kommen sie bei einem an: ›Gärtner‹ – das hat erst neulich eine zu mir gesagt –, ›Gärtner, ich kann den Namen von meinem Opa nicht mehr lesen.‹ ›Ja, Mevrouw, dieser Stein ist zur Pflege in Auftrag gegeben worden mit einem Sternchen dabei. Es ist sich ja beschwert worden, daß er letztesmal nicht ordentlich saubergemacht worden sei, also hab ich ihn mir diesmal extra gründlich vorgenommen, ja, schade, das mit den Buchstaben, sie waren so hinüber, ich konnte sie nicht einmal mehr anmalen.‹ ›Schrecklich‹, sagte die Frau. ›Warum?‹ fragte ich. ›Wissen Sie denn nicht mehr, was draufstand?‹ ›Doch‹, sagte sie, ›hier stand ‚Ruhe sanft', und hier der Name von meinem Opa und hier ‚Es rauscht in den Wolken ein lieblicher Name'.‹ ›Und wissen Sie denn den Namen Ihres Opas nicht mehr?‹ fragte ich. ›Doch, natürlich‹, sagte sie. ›Na‹, sagte ich, ›warum müssen dann dieser Name und das ‚Ruhe sanft' und der Vers auf dem Stein stehen? Sie wissen doch alles.‹ ›Für andere‹, sagte sie, ›damit sie es lesen können.‹ ›Ja‹, sagte ich, ›dachten Sie denn, daß andere Leute lesen, was auf den Steinen steht, unter denen völlig unbekannte Leute liegen? Es bringt rein gar nichts, etwas auf einen Stein zu schreiben – die nächsten Angehörigen wissen es sowieso, und andere sind nicht daran interessiert.‹«

Wieder holte er ein paar Steine des Polizisten vom Brett, der mit rotem Kopf seiner Niederlage entgegensah.

»Es gibt keine größere Strafe, als Buchstaben auf einem Grabstein anzumalen«, sagte mein Vater, »und wenn sie sich dann auch noch beschweren, na, dann werden sie schon sehen. Wenn es an mir läge, wäre es von morgen früh halb acht an verboten, Grabsteine aufzustellen. Man hat einen Haufen Ärger damit, erstens, wenn man räumt, und dann muß so ein bleischweres Miststück da runter, zweitens beim Rasenmähen ...«

»Ja, das hast du schon erzählt«, sagte der Polizist gereizt.

»Drittens, wenn ein solcher Stein zur Pflege in Auftrag gegeben ist und die Vögel kacken ihn wieder voll, wenn man ihn gerade angemalt hat. Ich mache meine Arbeit gern, ich möchte sie gegen nichts tauschen, außer für einen kleinen Bauernhof mit zehn Kühen, etwas Ackerland und einem hübschen Hektar Weideland, aber Grabsteine, die kann ich nicht ausstehen. So, das wär's dann. Können die Leute in Gelderland denn nicht Dame spielen? Noch ein Spielchen?«

Er stellte die Steine schon wieder aufs Brett.

»Ich hab gehört«, sagte er zum Polizisten, »daß

deine Frau Literatur liebt. Mein Sohn hier nämlich auch. Ich nicht. Immer haben wir alle Bücher zusammen gelesen, ich habe seine Abenteuerbücher gelesen, ich habe seine Detektivgeschichten gelesen, als er älter wurde, aber dann kam er eines Tages mit dem Roman *Karakter* von Ferdinand Bordewijk nach Hause. Kennst du das Buch?«

»Nein, nie gehört«, sagte der Polizist.

»Na, da hast du auch nichts verpaßt. Es handelt von einem Vater, der seinen Sohn mehr oder weniger ins Grab befördert. Das soll nun Literatur sein! Seitdem kann ich ihm darin nicht mehr folgen. Ich finde es sehr schade, wir haben immer dieselben Bücher gelesen, aber auf diese Literatur lege ich keinen Wert, und schon gar nicht auf das Buch von Bordewijk. So ein elender Vater, so ein Mistviech, so ein gemeiner Hund, wie der zu seinem Sohn war.«

Plötzlich wandte er sich an mich mit einer völlig anderen Frage. »Kannst du meinen Schwager nicht mal fragen, ob er eine Ansprache für mich hat? Ich bin wieder dran beim Männerverein, und er hat immer so schöne Themen.«

Tags darauf, nach Leiden zurückgekehrt, bat ich meinen Onkel um eine Ansprache.

»Das Schönste, was ich hier liegen habe«, sagte mein Onkel, »ist eine Ansprache zu der Frage, woher Jesus seine Kleider hatte, als er am dritten Tag aus dem Grabe auferstand. Denn er war nackt hineingelegt worden, kam aber nicht nackt wieder heraus.«

»Woher kamen die Kleider denn?« fragte ich.

»Aus dem himmlischen Magazin«, sagte mein Onkel feierlich, »ich zeige das anhand der Bibel, es ist ein herrliches Thema, dein Vater darf es sich ausleihen, aber er soll vorsichtig damit umgehen.«

So überbrachte ich am nächsten Wochenende ein Schulheft mit einer Abhandlung über das himmlische Magazin, und da mein Vater sich auf der Versammlung des Männervereins »Bibel und Bekenntnis« nicht anmerken lassen wollte, daß er die Ansprache von jemand anderem hatte, lernte er sie Satz für Satz auswendig. Damit war er drei Wochen lang beschäftigt, manchmal in der Vorderstube unseres Hauses, aber meistens neben seinem Kanonenofen im Haus für die Totenbahren, weil er draußen doch nichts tun konnte. Da er immer so volltönend wie möglich sprach, wenn er eine solche Ansprache auswendig lernte, hätte ich gern beobachtet, wie Besucher des Friedhofs auf die merkwürdigen Geräusche reagierten, die aus dem Haus kamen. Aber ich konnte nicht auf dem Friedhof herumschleichen, denn ich mußte tote Tiere aus dem Alkohol nehmen und Skelette abzeichnen wie Tom Traddles.

Mein Vater war übrigens keineswegs zufrieden mit der Ansprache seines Schwagers. An einem Sonntag im Februar hielt er im Wohnzimmer auf zwei Stühlen seinen Mittagsschlaf. Draußen ertönte das helle Signalhorn eines vorüberfahrenden Schiffes, und mein Vater beantwortete den Ruf im Schlaf mit einer verblüffend genauen Imitation des Tons. Gleich darauf wurde er wach, setzte sich auf, sah mich an und sagte: »Es ist überhaupt nicht wahr.«

»Was ist nicht wahr?«

»Das mit den Kleidern. Die kommen überhaupt nicht aus dem himmlischen Magazin. Was steht in der Bibel über Maria Magdalena, als sie Jesus sieht?«

»Sie meinet, es sei der Gärtner«, sagte ich.

»Genau, das steht da. Und was sagen die Leute manchmal zu mir? Sie sagen: Gärtner, wissen Sie, wo das Grab meiner Mutter ist? Maria Magdalena dachte, daß sie den Grabmacher sieht, und das ist gar nicht so merkwürdig, denn sie ging über einen Friedhof. Weißt du, was geschah? Jesus ist auferstanden aus dem Grabe, ist zum Bahrenhaus gelaufen und hat die Kleider des Grabmachers angezogen. Es war nicht unter seiner Würde, auszusehen wie ich. Ob er wohl auch Holzschuhe angehabt hat? Auf jeden Fall: Nichts von wegen himmlisches Magazin.«

»Was willst du nun machen?«

»Ich kann jetzt schon alles auswendig. Wenn ich es ändere, hören die Leute mir doch nicht zu. Du weißt, was in der Apostelgeschichte 27, Vers 11 steht: ›Aber der Unterhauptmann glaubte dem Steuermann und dem Schiffsherrn mehr denn dem, was Paulus sagte.‹«

Es fror weiterhin. An den Wochenenden sah ich sogar im Hafen Eisschollen treiben. Sogar das Meer fror zu. Mein Vater konnte nur noch ein Grab machen, wenn ihm die Straßenarbeiter und die Arbeiter aus den öffentlichen Grünanlagen halfen, die wegen des Frostes arbeitslos waren. Sie hackten manchmal einen ganzen Tag an einem kleinen Stück Erde, das von Nacht zu Nacht tiefer gefror. Ich bekam an den Samstagen und Sonntagen prächtig ausgeschmückte, bereits durch Lügen veredelte Geschichten darüber zu hören. Dabei wurden die Geschichten meistens nicht mir, sondern dem Meister im Dame-Spiel aus Geldern erzählt. Versessen auf Revanche, erschien er jeden Samstag bei uns zu Hause, und ich hörte mit, was mein Vater ihm alles erzählte, da ich kein eigenes Zimmer hatte und wohl oder übel im Wohnzimmer sitzen mußte.

»Da ist mir doch diese Woche was Komisches passiert«, sagte mein Vater zu ihm. »Ich wachte morgens auf, und ich will mein künstliches Gebiß aus dem Wasserglas neben meinem Bett nehmen, um es mir in den Mund zu stecken, aber was ist passiert? Ich krieg es nicht raus: festgefroren im Glas. Ohne mein Gebiß kann ich auf dem Totenacker nichts anfangen.«

Merkwürdigerweise erzählte er nicht, warum er

sein künstliches Gebiß so oft auf dem Friedhof brauchte. Er hatte die Angewohnheit, hartnäckige und lästige Besucher, die er nicht auf die übliche Weise mit Worten verscheuchen konnte, als letzte Möglichkeit mit seinem halb aus dem Mund heraushängenden Gebiß anzusprechen, als wolle er den Besuchern schon einmal einen Vorgeschmack davon geben, was sie unter der Erde erwartete. Dazu klemmte er sich seine ewig brennende Zigarette zwischen die Zähne, und das war dann ein noch grauenhafterer Anblick. Von allen seinen seltsamen Angewohnheiten war das vielleicht die unappetitlichste, aber ich kann nicht leugnen, daß es sich oft als wirksames Mittel bei Männern erwies, über die er dann wieder mit dem Polizisten sprach.

»Die Schlimmsten«, sagte er, »sind die komischen Heinis, die manchmal abends im Dunkeln auf den Friedhof kommen. Man weiß nicht, woher sie sind, es sind immer Unbekannte, aber wie sie so herangeschlurft kommen, kann man schon sehen, was sie wollen.«

»Was wollen sie denn?« fragte der Polizist.

»Ich kann es nicht richtig ausdrücken, ich kenne das Wort nicht dafür, aber bei mir haben die keine Chance. Ich sorge nach jeder Beerdigung dafür, daß der Sarg sofort dick mit Sand zugeschüttet wird, so daß sie ihn nicht öffnen können. Ich verstehe das sowieso nicht – was geht bloß in solchen Kerlen vor?«

»Aber warum wollen die denn die Särge von Toten öffnen, die frisch begraben sind?«

»Sie wollen die Särge von Frauen öffnen.«

»Aber warum?«

»Kapierst du das nicht?«

»Nun, nein, wollen sie sich denn die Leiche angucken?«

»Wenn es nur dabei bliebe.«

»Wollen sie sie ausrauben?«

»Was gibt es schon bei einer Leiche zu stehlen? Einen Ehering? Nein, das ist es nicht.«

»Du hast einen vakzinierenden Beruf«, sagte der Polizist.

Sie sahen einander eine Weile an, und mein Vater sagte schließlich: »Ich glaube nicht, daß du es kapierst, das ist mir ein schöner Dame-Meister, na ja, das hat auch nichts weiter zu bedeuten, ich hab noch nicht ein einziges Mal gegen dich verloren. Warst du wirklich Dame-Meister in Gelderland?«

»Ich bin schon Meister bei den Junioren in Gelderland gewesen, als du noch in der Wiege lagst.«

»Ja, das kann schon sein. Ich hatte auch gerade einen Dame-Meister der Junioren auf dem Friedhof, ein Junge, der sich mit seinem Moped zu Tode gefahren hat, sie haben ihn in die Leichenhalle gelegt, er war von oben bis unten lädiert, Jesaja 1, Vers 6, also, dann weißt du schon Bescheid, wir stehen ...«

»Was steht in Jesaja 1?«

»Weißt du das nicht?« fragte mein Vater erstaunt.

»Nein, warum sollte ich das wissen?«

»Du bist doch Christ?«

»Ja, ich bin christlich reformiert.«

»Dann mußt du auch wissen, was in Jesaja 1, Vers 6 steht. Da steht: ›Von der Fußsohle bis zum Haupte ist nichts Gesundes an ihm: Beule und Strieme und frische Wunde, nicht ausgedrückt noch verbunden, und nicht mit Öl gelindert.‹ Komisch, daß du das nicht weißt. Also, wir reden hinterher noch kurz, der Arzt, der Kommissar und die beiden Sanitäter, die ihn gebracht hatten, und ich, und da kommt von diesem Mopedfahrer, Juniorenmeister von Zuid-Holland, doch tatsächlich ein Rülpser! Gasentwicklung in einer Leiche, das gibt es öfter. Der Arzt erschrickt vielleicht, den hätte ich beinahe gleich mit beerdigen können, aber ich sage nur: ›Gib mir einen Hammer, dann schlage ich den Jungen tot.‹ Na gut, die also weg, ich bleib noch da und wisch das Blut vom Fußboden auf. Während ich auf dem Fußboden herumkrieche, krieg ich da doch plötzlich einen auf die Birne. Ja, ich denke, er wußte genau, daß er gegen mich verloren hätte beim Dame-Spiel, Dame-Meister hin wie her.«

An der Art, wie mein Vater die Geschichte erzählte, konnte man erkennen, daß er am Gewinnen war. Ich erwartete noch mehr, denn er blickte mit strahlenden Augen aufs Dame-Brett.

»Und was hältst du von der Frau, die letzte Woche bei mir war? Sie hatte Bescheid bekommen, daß das Grab ihres Mannes geräumt werden sollte. Sie fragt: ›Was erwarten Sie, darin zu finden, Gärtner?‹ Ich sage: ›Knochen, Mevrouw.‹ ›Und was machen Sie damit?‹ fragt sie. ›Die leg ich in eine kleine Kiste‹, sag ich. ›Ja, aber woher wissen Sie, daß es alle Knochen von meinem Mann sind?‹ ›Mevrouw‹, sag ich, ›ich kann nicht garantieren, daß ich ganz genau all die richtigen Knochen zusammenbekomme, aber um Ihnen einen Gefallen zu tun, werde ich ein paar Knochen extra dazulegen.‹«

»Ein schrecklicher Beruf«, sagte der Polizist mit hochrotem Kopf.

»Ja«, sagte mein Vater, »es ist ein hübsches Endspiel. Das Schlimmste, wirklich das Allerschlimmste, was ich erlebt habe …«

Plötzlich begannen seine Lippen zu zittern, der Polizist schaute ihn erstaunt an, und mein Vater sagte: »Sand drüber.«

Zwei Tränen liefen ihm über die Wangen in Richtung Dame-Brett. Ich wußte, was er hatte erzählen wollen, aber nicht in Worte fassen konnte: Wie er eines Tages das Grab seines Bruders Henk, der in der Seilfabrik verunglückt war, hatte räumen müssen. Ich war froh, daß er es nicht erzählte, sondern schnell wieder von seinem künstlichen Gebiß anfing.

»Ich kann doch nicht die ganze Nacht ein Teelicht darunter stellen«, sagte er. »Ich leg jetzt einfach ein Deckchen um das Glas. Wie machst du das mit deinem Gebiß?«

»Ich hab kein künstliches Gebiß«, sagte der Polizist.

»Du hast kein künstliches Gebiß? Ein Mann in deinem Alter? Deine echten Zähne noch? Was für ein Pechvogel! Immer Zahnschmerzen und Ärger, Mann, du bist zutiefst zu bedauern.«

»Ich hab nie Zahnschmerzen.«

»Das gibt es nicht. Weißt du, was auch so lästig ist?«

»Mir ist mein Gebiß überhaupt nicht lästig.«

»Nein, ich meine auf dem Totenacker. Es gibt immer Leute, die ihr Kätzchen oder ihr Hündchen bringen. Aufseher, würden Sie es bitte für mich begraben? Ich habe eine Ecke dafür, aber eigentlich darf man das ja nicht.«

Und noch etwas vermißte ich in diesen ersten beiden Monaten des Jahres 1963. Mein Vater beobachtete während der Frostperiode die seltensten Vögel auf dem Friedhof, und deshalb konnte er auch Ende Februar voraussagen, daß der Winter bald zu Ende sein würde. »Alle meine Vögel sind weg«, sagte er zu mir am letzten Wochenende im Februar, »es ist vorbei mit dem Frost.«

»Dann wird der Mann vielleicht doch wiederkommen«, sagte ich.

»Ach was, nein«, sagte er, »den sehen wir nicht wieder.«

Und so schien es tatsächlich zu sein. Im März war

der Frost schon seit ein paar Tagen vorbei, und noch immer war der Mann nicht wieder auf dem Friedhof erschienen. An einem Samstagnachmittag stand ich auf der Brücke des Zuidvliet und schaute ins fließende Wasser. Die Schleuse zum Hafen war geöffnet worden, weil Ebbe war und auf diese Weise das Schmelzwasser bequem abgeleitet werden konnte, da der Wasserstand im Hafenbecken viel niedriger war als im Flußlauf. Auf dem schnell strömenden Wasser tanzten kleine Eisschollen. Aber das war es nicht, weshalb ich mich nicht losreißen konnte. Zwischen den Eisschollen trieben tote Fische. Ich sah große Karpfen und Rotfedern und Sprotten und dicke Aale, ich sah riesige Brachsen in Richtung Meer davontreiben. Oft trieben die Fische mit den Bäuchen nach oben, und man sah nur das Weiße und manchmal noch etwas Rot an den Bauchflossen. Ich schaute nur und schaute, und es ging immer so weiter, in einem merkwürdigen, starren und unergründlichen Rhythmus: jetzt wieder Karpfen, dann wieder Plötze oder Rotflossen mit ihren immer noch hellroten Flossen und ganz selten ein Blei oder ein Aland oder die soviel dunkleren Schleie. Manchmal meinte ich sogar die Bartfäden eines Welses zu sehen, oder es zog ein kleiner Trupp Bitterlinge vorbei. Aber am schockierendsten waren die Karauschen, nicht, weil sie genauso tot waren wie die anderen Fische, sondern weil sie viel größer waren, als ich jemals welche gesehen hatte. Das bedeutete, machte ich mir klar, daß sogar sie, die allergrößten Fische, die man nie fangen konnte, jetzt durch den Sauerstoffmangel umgekommen waren. Es trieben auch Hechte und Barsche vorbei, mitten zwischen den Plötzen, Raubtier und Beute brüderlich vereint durch den Tod. All das Wasser, das vorbeiströmte, war bis auf den letzten Tropfen mit toten Fischen bedeckt, die sogar die Eisschollen manchmal wegschoben und die, durch die Strömung in eine ordentliche Reihenfolge gebracht, auf dem Weg zum Hafenbecken waren. Ich starrte mit tränenden Augen hinunter, nicht weil ich gerührt war, sondern weil ich immer wieder vergaß, mit den Augen zu zwinkern. Nein, es war nichts, worüber man hätte gerührt sein können, es war zu erschütternd, um gerührt zu sein oder bekümmert, und es dauerte dafür auch zu lange. Das Wasser strömte und strömte, solange Ebbe war, und die ganze Zeit über trieben die toten Fische vorüber. Am Sonntag wurden die Schleusen bei Ebbe wieder geöffnet, und wieder zogen all die toten Plötze und Brachsen und Alande vorüber, als wären sie noch einmal unterwegs zum Meer, und doch waren es andere Fische. Es überstieg allen Verstand und alles Begreifen: diese riesige Zahl, allein dort, im Zuidvliet und in den Kanälen der dahinterliegenden Polder.

Es war der Anblick der toten Fische, der mich irgendwie davon überzeugte, daß der Mann zurückkommen würde, und tatsächlich: In der Woche, nachdem das Schmelzwasser mit den toten Fischen abgeflossen war, kam er wieder zu meinem Vater.

»Kann ich es jetzt tun?«

»Zum Donnerwetter, warte noch, der Frost sitzt fast anderthalb Meter tief im Boden, bevor der da raus ist, ist es schon bald Hochsommer.«

So wußte mein Vater einen Aufschub zu erreichen, aber jede Woche fuhr ich wieder in angstvoller Spannung nach Hause: Sollte es jetzt passiert sein? Und jeden Samstag bekam ich wieder zu hören, daß der Mann dagewesen sei und wieder weggeschickt worden war. Da es Frühling wurde, litt ich selber weniger unter dem brennenden Heimweh; der Huflattich schoß zwischen den letzten Schneeresten hervor, und das Scharbockskraut färbte die Bachufer gelb. Ich konnte einfach nicht begreifen, daß dies kein ausreichender Grund für den Mann sein sollte, am Leben bleiben zu wollen. Mein Vater führte lange Gespräche mit ihm, wies ihn auf »den einzigen Trost im Leben und im Sterben« hin, aber der Mann hielt ihm vor, daß nirgendwo in der Bibel ausdrücklich gesagt wird, daß Selbstmord verboten sei. Mein Vater wies natürlich auf König Saul und Judas hin, aber der eine sei, wie der Mann meinte, verurteilt worden, weil er ungehorsam gewesen war, und der andere, weil er Verrat begangen hatte. Ihr Selbstmord werde nicht verurteilt. Der Frost in der Erde blieb daher die einzige Hoffnung, und sehr lange konnte mein Vater ihn davon überzeugen, daß der Frost noch immer in großer Tiefe vorhanden sei und das Graben eines Grabes zur Qual mache. Aber als mein Vater wenig später ein Grab grub und dabei vergnügt von dem Mädchen sang, das einst einen Ball zum Spielen bekam und in eine dunkle Gracht fiel, sah er, nachdem er bereits eine Stunde lang mühelos Sand nach oben geschaufelt hatte, den Mann neben dem Rhododendronbusch stehen.

Der Mann kam heran und sagte: »Es geht ja gut heute.«

»Wenn man nur erst diese verflixte Frostschicht hinter sich hat«, sagte mein Vater.

»Nun, ich stehe hier aber schon, seitdem du angefangen hast. Ich habe mich hinter dem großen Busch versteckt, und ich habe überhaupt nichts davon gesehen, daß du hacken mußtest. Du hast die ganze Zeit fröhlich gesungen. Wenn ich es jetzt mache, komme ich wahrscheinlich in dieses Grab. Nun, es gefällt mir ausgezeichnet. Dann auf Wiedersehen, würde ich sagen.«

Mein Vater erzählte das an einem Sonntagabend, und noch immer sehe ich seine Hand über dem Schachbrett schweben und über seiner Dame stehenbleiben.

»Was ich nur nicht verstehe«, sagte er, »ist, daß er auf Wiedersehen sagte.«

»Warum nicht?« fragte ich.

»Weil er sich noch am selben Abend erhängt hat.«

»Aber ist er danach denn nicht in der Leichenhalle aufgebahrt worden?«

»Ja, das ... Meinst du, daß er darum auf Wiedersehen sagte?«

»Ich denke schon«, sagte ich.

Aber mein Vater hörte nicht zu, er sagte nur: »Das hätte er doch nicht so wörtlich zu nehmen brauchen.«

»Wie wörtlich?« fragte ich.

»Daß ich sagte: Wenn der Frost vorbei ist, kannst du dich aufknüpfen. Er hätte es doch auch mit Gift oder Gas machen können.«

Der Hubschrauber

Um das Haus spukten abends Dutzende von Fledermäusen, die genau wie die Zumturms unterschiedlich groß waren. Es fehlte nur noch, sie hätten rotes Haar gehabt. Oder vielleicht hatten sie das auch, und es war in der Dunkelheit nur nicht zu sehen. Denn es war nachts in Imfeld so dunkel, daß man bequem im Freien Abzüge von Fotos hätte machen können. Ich stand Abend für Abend auf dem winzigen Dorfplatz, der mit mir allein schon wie von einer Menschenmenge besucht zu sein schien, erst recht, wenn noch ein rothaariges Zumtürmchen um die Ecke eines Hauses schaute; und während die Fledermäuse an mir vorüberschossen und Nachtfalter sich auf meine Schulter setzten, um sich davor zu schützen, daß sie von den Fledermäusen gefangen wurden, schaute ich zu den Sternen und dachte wieder daran, wie ich als Kind geglaubt hatte, daß jeder Stern das Licht eines Toten im Himmel sei. Kein Fleckchen am Himmel war ohne Stern, man konnte dort sehen, wie voll der Himmel schon war. »Es ist kein Platz für noch mehr Tote«, sagte ich zu mir selber, in dem verzweifelten Bemühen, die Krankheit meines Vaters aufzuhalten. Aber zur selben Zeit ging eine solche Ruhe von diesem so reich gestirnten Himmel aus, daß ich mich nicht nur wie Matthias Claudius »nicht satt sehn« konnte, sondern daß die Verbitterung und Wut, die sich gegen alle und jeden gerichtet hatten, insbesondere gegen alte Leute, von Tag zu Tag weniger wurden, und es schien, als würde ich – wenn auch nicht in diesem Augenblick, so doch später – akzeptieren können, daß mein Vater, und demzufolge auch ich selber, würde sterben müssen. Jeden Abend konnte ich unter dem Sternenhimmel mit größerer Überzeugung das Gedicht von Matthias Claudius murmeln: »Ich sehe oft um Mitternacht, / Wenn ich mein Werk getan / Und niemand mehr im Hause wacht, / Die Stern' am Himmel an«, und wenn ich dann nach Hause ging, um zu schlafen, mußte ich immer an den Schluß des Gedichts denken und daran, daß ich ihn nicht aufsagen konnte, weil es mir immer die Kehle zuschnürte bei den letzten Worten:

Dann saget unterm Himmelszelt
Mein Herz mir in der Brust:
»Es gibt was Bessers in der Welt
als all ihr Schmerz und Lust.«

Ich werf' mich auf mein Lager hin
Und liege lange wach

Und suche es in meinem Sinn
Und sehne mich darnach.

Aber ich lag nicht nur wach, weil ich »was Bessers in der Welt« ersehnte, sondern auch, weil ich Angst hatte und auf all die geheimnisvollen Geräusche innerhalb und außerhalb des Hauses horchte. Immer wieder dachte ich: Wenn mein Vater doch nur hier wäre, wie beruhigt würde ich dann schlafen.

Da es abends schon sehr kalt sein konnte, heizten wir den Speckstein-Ofen aus dem Jahr 1601, und alle zwei Tage holte ich Brot in dem einzigen Laden von Binn, wobei ich über einen schmalen Fußweg lief, hoch über der Binna, die noch so weit entfernt vom Meer war, daß sie es für nötig hielt, so schnell wie möglich dorthin zu strömen. Ich fragte mich immer, ob das Brot, wenn ich es auf den Pfad legte, von einem Steinesammler mitgenommen würde, denn es war so hart, daß man es besser mit Steinmetzwerkzeug als mit dem Messer bearbeiten konnte.

Wir wanderten in allen möglichen Richtungen durch das Tal und sprachen nicht mehr über die seltsame Fußspur. Eines Tages jedoch ging jemand mit Skiern über der Schulter an uns vorbei, und das brachte Hanneke auf die Idee, daß der Mann an der italienischen Grenze vielleicht auf Skiern weitergelaufen sein könnte und daß deshalb die Fußspur aufgehört hatte. »Aber dann hätte man doch eine

Skispur sehen müssen«, sagte ich, »obwohl ... wir haben nicht danach gesucht und nicht daran gedacht, es kann gut sein, daß wir sie übersehen haben.« Ja, das mußte des Rätsels Lösung sein, aber die relative Zufriedenheit über diese Hypothese wurde dadurch zunichte gemacht, daß es für die Fußspur am Silvesterabend keine vergleichbare Erklärung gab. Warum wollte ich das eigentlich so gern geklärt wissen?

Dann geschah etwas in diesem, abgesehen von der Binna, so ruhigen Binntal, das eine andere Erklärung für die verschwundene Spur nahelegte. Wir saßen nach dem Abendessen auf einer der Bänke, die an den Wänden des Hauses festgemacht waren, und sahen hinaus über das Tal. Die Sonne stand schon niedrig, beschien aber noch den ganzen Osthang der Bergkette, die das Tal an einer Seite abschloß. Oberhalb der Grenze von Licht und Schatten, die ungefähr mit dem Lauf der Binna zusammenfiel, tauchte plötzlich ein roter Punkt auf, der sich deutlich gegen die braune Wand des Breithorn abhob. Der Punkt schien am Berg aufwärts zu klettern, wurde aber gleichzeitig größer. Das war derart paradox, daß ich höchst erstaunt auf das rote Monster starrte und nicht einmal dazu kam, darüber nachzudenken, was es sein mochte. Der allmählich größer werdende Punkt erzeugte ein Geräusch, das in keinem Verhältnis zu seinen Ausmaßen stand, es war ein donnernder Lärm, der tausendfach von den

Felswänden zurückgeworfen wurde und das Tal mit einem ununterbrochen grummelnden Gewitter erfüllte. Wir waren nicht die einzigen, die das Geräusch hörten und den Punkt sahen; unter unserem Haus strömten die Zumturms an den Rand des Dorfes. Ich sah sogar einen ganz alten Zumturm aus dem Haus auftauchen, in dem sie alle wohnten, einen Zumturm, den ich noch nie zuvor gesehen hatte, einen Ururgroßvater mit solchen O-Beinen, daß er bei jedem Schritt mit dem rechten Knie gegen seinen Stock stieß, obwohl er ihn auf Armeslänge von sich weghielt. Sein Bart war schneeweiß, und von den einst zweifellos roten Haaren war nichts übriggeblieben als ein Kranz aus schneeweißem Schaum, etwa einen halben Zentimeter unterhalb seiner schwarzen Kappe.

Inzwischen wurde der rote Punkt noch größer, und noch immer wußte ich nicht, was es war. Daß der Punkt schnell flog, konnte ich zwar sehen, aber warum brauchte er so lange für die Strecke vom Breithorn nach Imfeld? Erst als der Punkt über Binn flog, sah ich, daß es ein blutroter Hubschrauber war. Da jetzt von nah und fern Menschen herbeiliefen, gingen auch wir aus dem Haus, um an der allgemeinen Aufregung teilzuhaben. Auf einer großen Wiese neben der ungestüm dahineilenden Binna wurden Vorbereitungen für die Landung des Hubschraubers getroffen. Über die Binna war offenbar ein dickes Seil gespannt, und Hanneke vermutete, daß es sich hier um irgendeine Übung handelte. Mir erschien das durchaus wahrscheinlich; es war dieselbe Atmosphäre wie in Maassluis bei einer Übung der Freiwilligen Feuerwehr. Mein Vater mimte dabei am liebsten das Opfer; als Bauer verkleidet, wurde er dann laut stöhnend und mit einem Ferkel unter dem Arm aus einem in Brand gesteckten, einsturzgefährdeten Bauernhaus getragen.

Der Hubschrauber stand jetzt über der Wiese, und ein Mann im Taucheranzug kletterte an einer Strickleiter herunter, und während er das tat, sah ich den Mann mit jener Fußspur vor mir, wie er die Strickleiter hinaufgeklettert sein konnte, nachdem er die Grenze erreicht hatte. Der Taucher näherte sich der Binna und ließ sich ins Wasser gleiten, während er sich mit beiden Händen am Seil festklammerte. Dennoch wurde er sofort von der wirbelnden Gischt erfaßt und verschwand für einen Augenblick völlig im Wasser, um gleich wieder aufzutauchen, den Körper um 180 Grad gedreht. Es schien, als tanze er im Wasser, und er kehrte sofort ans Ufer zurück, und auch das fiel ihm nicht einmal leicht, obwohl er doch nur einen halben Meter bis in die Mitte der Binna getanzt war. Einer der Zumturms knotete ihm ein dickes Seil um die Taille, und wieder ging der Taucher ins Wasser, während jetzt drei Zumturms das Seil festhielten. Ich blickte zu den Zuschauern; überall leuchtete in den Strahlen der untergehenden Sonne das rote Haar der Zumturms auf. Mutig begann ich zu zählen, jetzt würde ich endlich einmal feststellen können, wie viele es waren. Da sie sich aber ständig bewegten und da die Kleinen sogar eine Art Fangen spielten, mußte ich immer wieder beim Ururgroßvater anfangen, eins, und dann die Mutter, zwei, und dann die drei Zumturms beim Seil, drei, vier, fünf, und von da an wurde es schon schwierig. Außerdem drehte sich der Propeller des Hubschraubers, um ihn drei Meter über dem Boden zu halten, so schnell, daß ein Sturmwind über die Wiese fegte und jeder zusah, wie er in Sicherheit kam. Schnell gab ich das Zählen auf; auch jetzt würde es mir nicht vergönnt sein zu erfahren, wie viele Zumturms es insgesamt waren. Drei standen jedenfalls noch immer am Ufer der Binna und hielten noch immer das Seil des verzweifelt mit der aufspritzenden Gischt kämpfenden Tauchers fest.

»Will er etwa am Seil entlang den Fluß überqueren?« fragte ich Hanneke.

»Vielleicht geht es nur darum, den Felsbrocken in der Mitte zu erreichen«, sagte sie.

Und so schien es tatsächlich zu sein. Es war aber kein Gedanke daran, daß der Taucher sich ihm auch nur auf einen Meter nähern konnte. Irgendwann begann er den Rückzug, man konnte es daran sehen, daß die Zumturms das Seil jetzt nicht locker ließen, sondern es im Gegenteil strammzogen, doch der Mann in der Binna konnte auch ebensogut noch auf dem Weg zum Felsbrocken sein. Manchmal verschwand er sogar so lange unter Wasser, daß man schon befürchten mußte, er würde nicht wieder nach oben kommen. Der Hubschrauber ließ seinen Propeller schneller drehen, die Bäume an der Binna wurden fast zu Boden gedrückt, und der Hubschrauber stieg höher und flog plötzlich fort in Richtung Binn. Mit einem im goldgelben Sonnenlicht eleganten Bogen wendete er und näherte sich wieder dem Wasser, wobei er viele Zuschauer einfach zu Boden blies. Die Bäume an der Binna wurden zu kleinen Sträuchern zusammengedrückt, so daß das tosende Wasser deutlicher zu sehen war. Der Hubschrauber blieb genau in der Mitte über der Binna stehen, und ich blickte zur Sonne, die sich auf den silbern glänzenden Blättern des Propellers mitdrehte. Der kämpfende, immer wieder von Gischt umspülte Taucher erreichte das Ufer und wurde langsam an Land gezogen. Aus dem Hubschrauber kletterte ein zweiter Taucher die Strickleiter herunter, der beim Felsbrocken aufrecht im Wasser verschwand und dort offenbar stehen und sich sogar an den Granit anlehnen konnte. Nur sein schwarzer Kopf ragte noch aus dem Wasser, und manchmal sah man kurz seine schwarzen Hände, die in der Gischt etwas taten, das ziemlich viel Kraft zu erfordern schien. Ich stand noch immer auf dem Sandweg an der Wiese, aber Hanneke hatte sich einen Platz im Windschatten auf der anderen Seite der Wiese bei der Binna erobern können.

Der Mann in der Gischt hob einen Arm, und der Hubschrauber stieg senkrecht auf, wobei der Mann in gleichmäßiger Geschwindigkeit aus dem Wasser gezogen wurde. Sein schwarzer Taucheranzug glänzte vom herabtropfenden Wasser. Fast wäre dieses glitzernde Schwarz mit den im Sonnenlicht funkelnden Wassertropfen unaussprechlich schön gewesen, wäre da nicht unter dem Mann am Seil noch ein zweiter Körper in derselben ruhigen, gleichmäßigen Bewegung aus dem Wasser aufgestiegen. Ich schaute nur einen einzigen Augenblick hin, wandte mich dann sofort ab, denn es war ein Bild, von dem man weiß, daß es in diesem einen, winzigen Augenblick, da es auf der Netzhaut erscheint, für immer ein Brandmal hinterläßt. Der Junge, denn es war ein Junge, der dort unter den schwarzen Füßen des Tauchers hing, hatte blondes Haar, und sein Kopf hing herab, und noch tiefer, zu beiden Seiten des Kopfes, hingen seine Arme, und diese Arme wurden zum Teil von einem aufgeknöpften, lose herabhängenden blauen Oberhemd bedeckt, das schwer von Wasser war, genau wie die weiße Hose, die an seinen Beinen klebte. Es war vor allem dieser merkwürdig starre Bogen des Körpers, der links und rechts der Taille herabhing, wie es sonst nur durchtrainierte Ballettänzer können, wodurch man völlig sicher war: Dieser Junge ist tot. Ich ging fort, als der Hubschrauber sich schon wieder herabsenkte und den Jungen sorgsam auf die Wiese bettete, zwischen Hanneke und mir. Sie blieb stehen, während all die anderen Zuschauer mit einer Art Gier und Hast zu dem Jungen hinliefen und dabei, auch wegen des heftigen Windes, oft stolperten. Sie bildeten eine dichte Hecke um den Jungen, der nun nicht mehr zu sehen war. Ich staunte über das Gerenne all dieser Zuschauer, denn ich wollte auch gern rennen, aber dann so weit weg wie möglich von dem Ertrunkenen im Gras.

Während ich nach Imfeld hinaufstieg – und Hanneke folgte mir schon bald –, flog der rote Hubschrauber atemberaubend schnell fort, viel schneller, als er gekommen war. Eben stand er noch eindrucksvoll groß am Himmel, und schon war er ein Punkt am Breithorn, der während des scheinbaren Abstiegs kleiner wurde und sich plötzlich auflöste wie ein rotes Dampfwölkchen in der Abendsonne.

Als wir wieder im Haus waren und durchs Fenster der noch immer großen Betriebsamkeit auf der Wiese am Fluß und der Ankunft einer Ambulanz zuschauten, kehrte das kleine Mädchen zurück, das uns am ersten Tag unseres Aufenthalts im Binntal das falsche Haus gezeigt hatte. Direkt unter unserem Haus, an der Ecke des Weges auf dem freien Platz zwischen den mannshohen Disteln, traf sie ein anderes Zumtürmchen, ein jüngeres Schwesterchen, das offenbar von dem Geschehen nichts mitbekommen hatte. Sie standen dort in der untergehenden Sonne, das kleinere Mädchen hörte aufmerksam zu, und die Schwester mit dem schönsten roten Haar von allen Zumturms erzählte feierlich und langsam, was passiert war. Sie illustrierte ihre Geschichte mit verschiedenen Gesten und Haltungen ihres Körpers. Jetzt sah man den Taucher untergehen, dann kam er wieder nach oben. Da wurde ein Seil von ihren Brüdern locker gelassen, dort wieder eingeholt. Am Ende ihrer Geschichte beugte sie sich plötzlich nach hinten und ließ ihre Arme herabhängen, während sich auf ihrem Gesichtchen etwas ausbreitete, das nur Entsetzen genannt werden konnte. Sie blieb einige Zeit erstarrt in dieser Haltung stehen, vielleicht nicht nur, um ihrer kleinen Schwester zu zeigen, wie der Junge gehangen hatte, als er hochgezogen wurde, sondern auch, um selbst dieses Bild zu verarbeiten. Sie war noch klein, zu klein eigentlich für die richtige Krümmung ihres Körpers, dafür aber konnte sie ganz viel rotes Haar herunterhängen lassen. Das andere Mädchen versuchte, es ihr nachzumachen, und das gelang wahrhaftig, obwohl sie natürlich noch kleiner war. Sie stellten sich wieder aufrecht hin, krümmten sich erneut, kamen wieder hoch, ließen Hände und Kopf wieder hintenüber herabhängen. Wenn ich von nichts gewußt hätte, hätte ich gedacht, daß sie ein Spiel spielten oder gymnastische Übungen ausprobierten, und vielleicht hätte ich dann sogar über die possierlichen Bewegungen der beiden kleinen Mädchen mit ihrem roten Haar gelacht. Die Mädchen lachten selbst plötzlich auch, ja, sie bogen sich vor Lachen, und sich biegend und winkend liefen sie zu dem großen Haus der Familie Zumturm. Ihr Lachen erstarb zwischen den vielen windschiefen Gebäuden, und als sie fort waren, wurde es auf einmal unwirklich still. Ich vermißte vor allem ein bestimmtes Geräusch und versuchte, mir klarzumachen, was es war. Ich schloß die Augen und wußte es plötzlich: Sogar um diese Zeit des Tages hörte man gewöhnlich noch das Klopfen der letzten Steinesammler, die auf der Suche nach Mineralien waren. Jetzt hörte ich sie nicht, vielleicht weil sie alle noch an der Binna standen und den toten Jungen betrachteten. Wie hatte sich das Geräusch doch noch angehört, war es nun wirklich dasselbe Geräusch gewesen wie in der Steinhauerei von Ai van Leeuwen? Während ich auf diesem Umweg jenen Ton in meine Erinnerung zurückzuholen versuchte, sah ich Ai van Leeuwen selbst vor mir, und ich sah eine Grabplatte, die mein Vater und er vergeblich zu bewegen suchten.

Die Räumung

Mindestens zehnmal hatte ich ihn schon darum gebeten, und jedesmal hatte er »Nein« gesagt. »Warum denn nicht?« »Weil du dafür noch viel zu klein bist. Und es ist auch überhaupt nicht erlaubt, niemand darf bei einer Räumung auf den Friedhof.« Aber wie oft er mir das auch sagte, es überzeugte mich nicht. Ich fand es merkwürdig, daß das unmöglich sein sollte. Mit meinem Vater war ich auf der Versteigerung gewesen; von ihm hatte ich im Garten im Westgaag gelernt, wie man Salat pflanzte und Trauben trocknete und eine Lore beladen mußte. Warum war das dann nicht möglich? Ich durfte doch auch sehen, wie mein Vater ein Grab machte, wie er die Gräberfelder mähte, wie er die Steine schliff und danach die Buchstaben anmalte, wie er am Samstagmorgen auf den Wegen zwischen den Gräbern Furchen zog und wie er im Herbst das Laub zusammenharkte. Aber das war nicht erlaubt. Es gab nur einen Trost: Niemand durfte dabeisein. Aber dieser Trost wurde mir an einem Mittwochnachmittag genommen, als mein Vater zu meiner Großmutter, die zu Besuch war, sagte: »Heute nachmittag Räumen.«

Niemand antwortete, denn dieses Wort hatte etwas Bedrohliches, etwas, das anders war als alles, was mit Graben oder Steineschleifen oder Grasmähen oder Laubharken zu tun hatte.

»Das wird eine ganz schöne Schufterei werden«, sagte mein Vater, »zuerst muß da eine Grabplatte runter.«

»Das machst du doch nicht allein?« fragte meine Großmutter.

»Nein, Ai van Leeuwen, der Steinmetz, hilft mir.«

Ich starrte meinen Vater plötzlich an.

»Und du hast gesagt«, sagte ich entrüstet, »daß niemand beim Räumen dabeisein darf.«

»Ja, aber ich kann diesen Stein nicht allein wegschaffen, dafür brauche ich einen Fachmann.«

»Er darf dabeisein und ich nicht«, sagte ich, keuchend vor Wut.

Es war fast wie Verrat, ich stieß meinen Teller weg und fing plötzlich an, unbändig zu weinen. Alles hatten wir gemeinsam gemacht, und nun durfte ich das nicht sehen, und Ai van Leeuwen, der Steinmetz, würde dabeisein dürfen.

»Ich werd dir eins hinter die Ohren geben«, sagte mein Vater, »dann weißt du wenigstens, warum du heulst.«

Aber diese Drohung hatte ich schon so oft gehört, daß ich deshalb keine Träne weniger vergoß, und als er mich tatsächlich schlug, weil er Heulen nun einmal nicht vertragen konnte, beugte ich mich nur etwas tiefer hinunter und schluchzte: »Er und ich nicht, er und ich nicht.«

»Kann er nicht dieses eine Mal mit?« fragte meine Großmutter.

»Du weißt doch, daß es nicht erlaubt ist, man kann doch kein Kind mitnehmen, wenn man jemanden ausgraben muß.«

»Wie lange liegt der da schon?«

»Neunundneunzig Jahre, haargenau, es ist Erste Klasse, siehst du, in der Dritten Klasse bleibt man höchstens dreißig Jahre liegen.«

»So lange schon? Dann sieht man doch nichts mehr davon, nur ein paar Knochen. So schlimm ist das doch nicht?«

»Das kann sein, aber ich bin nicht dafür.«

»Er hat doch wohl schon öfter Knochen gesehen?«

»Ja«, sagte ich, »beim Schlachter, ich hab wirklich keine Angst, ich will so gern mit.«

»Na, also dann«, sagte mein Vater, »wenn du nicht zu nahe rankommst.«

Aber so einfach schien es doch nicht zu sein, bei einer Räumung dabeizusein, denn als wir auf den Friedhof kamen, wartete da schon Ai van Leeuwen in einem schmutzigen blauen Overall, mit großen Brechstangen und einem Heber.

»Was soll der Jung hier?« fragte er.

»Er will das so gern mal mitmachen.«

»Das geht nicht. Ein Kind bei einer Räumung, bist du nun völlig verrückt?«

»Dieser Alte liegt da schon neunundneunzig Jahre, von dem ist nichts mehr übrig.«

»Denkst du. Wenn er verwachst ist, na, 'ne schöne Bescherung mit 'nem Kind dabei.«

»Dann jag ich ihn weg, dann muß er sich ins Bahrenhaus setzen.«

»Du mußt ihn wegschicken, wenn wir den Stein runter haben.«

Wie wunderlich spannend war dieser Dialog! Er bedeutete, daß etwas ganz Besonderes bevorstand, etwas, das ich nicht nur nie zuvor mitgemacht hatte, sondern das zur Welt der Großen gehörte. Es war, als schiene die Sonne heller, während wir über die Wege gingen, ich schräg hinter meinem Vater, der nun wieder merkwürdig stark das verkrüppelte Bein, wo ihn eine Stute getreten hatte, nachzog. Ich trug eine kleine Brechstange und fühlte mich dadurch nicht nur zum Geschehen zugehörig, sondern auch unentbehrlich. Ich schaute an Ai van Leeuwens Schulter, hoch über mir, vorbei nach den schnell dahinziehenden weißen Wölkchen, die ihre Schatten unaufhörlich über Wege, Beete und Steine gleiten ließen. Die kleinen Bäume neben den Grabsteinen raschelten im Wind, und die Luft war erfüllt vom Gurren der Ringeltauben. Wir kamen bei dem Stein an. Ich blieb stehen und schaute ins Gebüsch dahinter. Eine Heckenbraunelle störte sich nicht an unserer Gegenwart, sondern baute ruhig weiter an ihrem kaum zu sehenden Nest. Mein Vater holte eine Schubkarre, und ich betrachtete die bewußte Grabplatte. Es war ein lehmfarbener Stein, der leicht schräg lag wie ein Kopfkissen. Die Buchstaben des Namens waren ebensowenig lesbar wie die Jahreszahlen darunter. Aber unten auf dem Stein stand ein zweizeiliger Reim:

Wo du jetzt stehst, o Mensch, bin ich einmal gewesen,
Einst wirst du gleichen mir, und dort ein andrer lesen.

»Nein!« sagte ich laut, als ich den Reim gelesen hatte.

»Was, nein?« fragte Ai van Leeuwen.

»Na, das da, daß wir auch einmal so sein werden.«

»Ich denke doch.«

»Gar nicht wahr, der Herr Jesus kommt zurück auf den Wolken des Himmels, und dann gehen wir alle zusammen auf einer Wolke dem Herrn entgegen, lebendig und heil.«

»Woher weißt du das so genau?«

»Der Pastor hat es Sonntag gesagt.«

»Ja, Pastoren reden viel, dafür werden sie bezahlt.«

»Er kommt wieder, der Mond hatte neulich erst einen härenen Sack.«

»Ich will es mit dir hoffen, und dann am liebsten sofort, denn wie kriegen wir das Miststück jemals hier weg.«

Er starrte den Stein an, und ich schaute nach den schnell vorüberziehenden Wolken. Vielleicht waren es sogar Engel, die jetzt gleich herunterkommen würden. Sie würden den Stein beiseite schieben mit ihren Flügeln, und die Menschen würden sogleich aus der Erde auferstehen.

Aber nachdem mein Vater mit der Schubkarre, mit Seilen, noch mehr Brechstangen und anderen Geräten zurückgekommen war, begann ein mühevoller Kampf mit dem Stein. Eine halbe Stunde lang bewegte er sich keinen Millimeter, so sehr sie auch schufteten. Der Stein lag da mit einer seltsamen Art von Unerschütterlichkeit, allem trotzend, nicht nur den schnellen Wolken, die so spielerisch ihre Schatten über den Stein gleiten ließen, sondern auch dem Schweiß meines Vaters und von Ai van Leeuwen, die sich ihn immer wieder abwischten, wobei sie kurz Mütze und Hut lüfteten.

»Wir kriegen das Monstrum nie von der Stelle«, sagte Ai van Leeuwen keuchend.

»Nicht, wenn du mit deinen tolpatschigen Quanten immer wieder rückwärts gehst, sobald ich meine Brechstange darunter ansetze«, sagte mein Vater.

»Ja, danke bestens, wenn er anfängt zu rutschen und auf meinen Fuß donnert, komme ich hier nie wieder weg.«

»Eines schönen Tages wirst du doch hier liegen.«

»Aber bitte mit ganzen Füßen.«

»Wenn du nun erst mal ein bißchen nach links gehen würdest mit diesem Heber. Du stellst dich aber auch verflixt dumm an, du kommst bestimmt aus dem Westland?«

»Ja, na und?«

»Die Weisen kamen aus dem Osten.«

»Und als sie dagewesen waren, hatte der Steinmetz in Bethlehem eine ganze Menge Grabplatten für Kindergräber zu hauen.«

»Wenn er so einer war wie du, muß er Gold verdient haben.«

Der Stein verschob sich beim ersten Mal höchstens um ein paar Zentimeter.

»Hurra!« schrie Ai van Leeuwen. Er warf sein unbeschreiblich schmutziges dunkelbraunes Hütchen hoch in die Luft, wo es sofort von einem Windstoß weggetragen wurde zu einem benachbarten, noch nicht mit Grabsteinen bedeckten Feld und, sich überschlagend, vor Ai van Leeuwens grabschenden Händen übers Gras tanzte, bis es, vom Wind wieder hochgehoben, an einem einfachen Holzkreuz hängenblieb, das ein Grab markierte. Etwas verschämt holte er das Hütchen dort herunter und pflanzte es sich auf seinen riesigen Schädel.

»Der Anfang ist gemacht«, sagte er.

»Ja, ja, der Anfang vom Ende«, sagte mein Vater.

Vorläufig blieb es wirklich bei diesem ersten Anfang, wie sehr mein Vater und Ai van Leeuwen auch schufteten, und währenddessen trug der kräftige Wind jeden Augenblick Geräuschfetzen von der anderen Seite der Bahngleise herüber. Dort bewegten riesige Hebekräne lange Rohre von Key & Kramer, die unendlich viel schwerer sein mußten als dieser unerbittliche Grabstein und doch wie Federn durch die Luft schwebten. Die Heckenbraunelle trug unermüdlich Strohhalme für ihr Nest heran, und ganz nah bei uns scharrte eine Amsel ruhig zwischen den Steinen. Auf einem Friedhof sind die Vögel viel zahmer als anderswo, sie haben von den Toten nichts zu befürchten.

Gerade als der Stein sich dann endlich etwas bewegte, wurden wir von lauten Rufen aufgeschreckt. Als wir aufschauten, sahen wir einen Mann vor dem Friedhofseingang. Er schlug mit beiden Fäusten gegen den Drahtzaun am Tor und rief: »Mich kriegst du noch lange nicht.«

»Das ist Kees Vreugdenhil«, sagte mein Vater.

Ai van Leeuwen hob sein Hütchen und legte die Hand ans Ohr.

»Was schreit er eigentlich?«

»›Mich kriegst du noch lange nicht‹«, sagte mein Vater. »Das sagt er nun schon seit zwei Jahren, jeden Tag kommt er kurz vorbei, um es zu erzählen.«

»Ja«, sagte ich stolz, »ich hab ihn auch schon oft gesehen.«

»Nun mal im Ernst«, sagte Ai van Leeuwen.

»Glaubst du es nicht? Du siehst es doch mit eigenen Augen.«

Mein Vater legte die Hände an den Mund.

»Komm her, wenn du dich traust«, rief er.

»Mich kriegst du noch lange nicht«, schrie der Mann zurück.

»Früher kam er immer auf den Friedhof, um mir zu sagen, daß ich ihn noch lange nicht kriege, dann schlich er sich übers Gras an mich ran, und meistens sah ich ihn, aber manchmal auch nicht«, erzählte mein Vater, »wenn ich gerade einen Stein schliff oder ein Grab grub, und dann schrie er mir plötzlich ins Ohr: ›Mich kriegst du noch lange nicht.‹ Irgendwann hatte ich die Nase voll, ich bekam jedesmal einen Mordsschreck. Einmal kam er wieder bei mir angelaufen, hinten um die Steine rum, ich komm gerade aus einem Grab, in dem ich das letzte Brett festgeschlagen hatte, und ich seh ihn, und bevor er etwas sagen konnte, stoße ich ihn ins Grab. ›Nun hab ich dich‹, rief ich. Du hättest sehen sollen, wie schnell er versuchte herauszuklettern. Seitdem wagt er sich nicht mehr auf den Friedhof, jetzt steht er immer hinter dem Tor und schreit.«

Wir sahen zu dem Mann hinüber, der noch immer mit seinen Fäusten das Tor bearbeitete und noch immer denselben Satz wiederholte.

Mein Vater ballte die Fäuste und schrie: »Bevor es Ostern ist, liegst du hier unter der Erde.«

»Zum Donnerwetter, nein, ich bin noch gesund für zwei.«

»Du hast zu Hause einen Brotkasten voller Medizinflaschen, du schaffst es nicht mehr bis Sonntag, ich arbeite schon für dich, das Grab ist fast fertig.«

»Wenn du da schon liegst, lauf ich noch genauso fidel rum wie jetzt.«

»Du kommst neben ein nettes Frauchen, wenn du dich beeilst.«

Plötzlich ging Vreugdenhil zu seinem Pferd und Wagen, kletterte auf den Bock, und unter lautem Rattern setzte sich sein mit Küchenabfällen und altem Brot gefüllter Wagen in Bewegung.

»Damit verdient er sich noch ein hübsches Butterbrot«, sagte mein Vater, mehr zu sich als zu jemand anderem, und auch dann noch, als sie schon wieder mit dem hartnäckigen Stein zugange waren, murrte er über das geräuschvolle Intermezzo mit dem Abfallmann.

Von einer wirklichen Bewegung des Steins konnte indes noch immer keine Rede sein. Manchmal verschob er sich um einige Millimeter, aber durchaus nicht immer in die richtige Richtung, so daß der Fortschritt, der in einer Viertelstunde erreicht worden war, oft in wenigen Sekunden wieder zunichte gemacht wurde. Das provozierte dann jedesmal viele Flüche, in denen der Name Gottes jedoch tunlichst vermieden wurde.

»Das geht so nicht, Pau«, sagte Ai van Leeuwen, »wir müssen das wirklich anders machen.«

»Ja, du hast recht, wenn wir so weitermachen, sind wir nächste Woche noch dabei. Die haben Blei aufs Grab gelegt, es steckt bestimmt auch noch ein Sarg aus Eiche oder Blei darunter. Dann ist die Leiche noch tipptopp, und wir sind geliefert. Neulich hatte ich auch so was. Kommt eine Frau, sie fragt: ›Wo liegt mein Mann?‹ Ich suche es für sie heraus, ich zeige es ihr, aber es steht kein Stein auf dem Grab, wohl aber zwei andere Steine. ›Liegt er hier?‹ fragt sie. ›Ja‹, sag ich. ›Aber wer liegt denn noch da?‹ ›Nun, er liegt wunderbar mitten zwischen zwei Damen, besser geht es nicht.‹ Also, sie hat Himmel und Hölle in Bewegung gesetzt, um den Mann verlegen zu lassen, der mußte da weg. Ich sag noch zu ihr: ›Es ist doch kein gemischtes Doppel‹, aber es half nichts, sie hat einen Haufen Zaster dafür lockergemacht, und verlegt worden ist er, das heißt, ich habe ihn ausgraben und wegbefördern müssen, und es war ein Sarg aus Pappel, noch in tadellosem Zustand und bleischwer.«

»Ich muß einen größeren Heber haben, ich geh ihn eben holen«, sagte Ai van Leeuwen. »Wenn es dann noch nicht klappt, mußt du mal die Gemeinde zu Hilfe holen, die haben doch Kräne, oder?«

»Ja, aber eh du die hier aufgestellt hast, ist der ganze Laden platt und kaputt.«

»Was willst du sonst machen?«

»Wir schlagen ihn kaputt.«

»Ja, bist du nun völlig verrückt, so ein wertvoller Stein, daraus mache ich glatt zwei neue.«

Er ging und drückte dabei immer wieder kurz sein viel zu kleines Hütchen fest auf den Kopf. Er lief im Zickzack zwischen den Beeten hindurch, und manchmal wurde sein Unterkörper dem Blick durch die Steine entzogen, so daß er über den Wegen zu schweben schien wie ein blauer Engel mit einem Hütchen. Ich konnte gar nicht genug davon bekommen, ihm nachzublicken, nicht nur weil er einen so unvorhersehbaren Kurs einschlug, sondern auch weil er so langsam ging, vielleicht aus lauter Vorsicht. Ein schnellerer Schritt wäre ja bei diesem kräftigen, fast stürmischen Südwestwind für das hin und her balancierende Hütchen fatal gewesen. Wie er dort so ging, war er für mich die Quintessenz allen Erwachsenseins, unbegreiflich und unabwendbar zu einer ganz anderen Welt gehörend, anders als mein Vater, der mir so viel näher war. Ich wußte ganz sicher, daß ich nie dazugehören wollte, zu der Welt von Ai van Leeuwen, und doch ahnte ich, daß ich dieser Welt, indem ich bei der Räumung dabei war, näher kam. Ich wollte am liebsten weggehen, aber jetzt noch nicht, jetzt, wo ich allein war mit meinem Vater und es mir nicht mehr soviel ausmachte. Ich ging langsam zu dem Stein und stieß dagegen, etwas, das absolut lächerlich und dennoch absolut selbstverständlich war, so daß ich das brüllende Gelächter meines Vaters gar nicht begreifen konnte.

»Wolltest du ihn ganz allein wegschieben?« schrie er fröhlich.

»Ach was, nein«, sagte ich, »aber man kann nie wissen.«

Ich stieß gegen einen der unter dem Stein liegenden Betonklötze, wie um die Härte zu prüfen, auf jeden Fall, um das Unbehagen wegzustoßen. Da hatte ich das Gefühl, daß der Klotz etwas nachgab, und ich stieß noch einmal, während ich meine Fäuste in den Hosentaschen ballte. Dann passierten drei Dinge gleichzeitig: Mein Vater zog mich mit einer Hand grob fort, der Betonklotz kippte, und der Stein begann zögernd zu rutschen. Mein Vater drückte seinen weißen Holzschuh gegen den Stein, aber das bewirkte natürlich nichts mehr. Der Stein glitt unaufhaltsam weiter, nicht gleichmäßig, sondern holpernd und unsicher, als ob er stotterte. Manchmal sah es so aus, als läge er wieder still, und dann kam noch einmal Bewegung hinein, wie es schien, an einer anderen Stelle. Aber das mußte eine Sinnestäuschung sein; ein Stein ist ein Stein, und wenn er sich bewegt, geschieht das auf allen Seiten gleichzeitig. Aber so sah es nicht aus, vielleicht weil die spärlichen Schatten des kümmerlichen Baumes hinter dem Stein mit seinem gerade sprießenden Grün sich unregelmäßig bewegten. Und während er sich so bizarr bewegte und auch nicht bewegte, erschien plötzlich ein grauweißer Fleck darauf, genau über dem Reim, und dieser Fleck, der doch nichts anderes war als Vogelmist, markierte die Stelle, an der die Grabplatte einen Augenblick später in zwei Teile auseinanderbrach. Der Teil mit dem Reim fiel polternd auf den Weg, der andere Teil glitt auf dieselbe Weise weiter, als wäre nichts geschehen, und landete auf dem Teil, der sich nicht mehr bewegte, ja, glitt ruhig, sich merkwürdig darauf stützend, darüber, bis auch er zum Stillstand kam und alles eine Frage der Absprache zu sein schien, der Stein ordentlich in zwei Stücke geteilt und aufeinandergestapelt, wobei zuvor noch mit einer grauweißen Markierung von höchster Hand angegeben worden war, wo der Stein sich zu spalten hatte. Sprachlos vor Überraschung standen wir da und schauten auf das Eigenleben der Grabplatte. Aber viel Zeit, um überrascht zu sein, blieb mir nicht, denn was nun unter dem Stein hervorkam, eingeschlossen von Betonklötzen, war mindestens ebenso spannend. Zwischen dem völlig verwelkten Gras stoben Hunderte von Tierchen davon, Mauerasseln, Tausendfüßler, kleine Käfer und zwei träge Kröten. Sogar Würmer sah ich. Sie hatten es offenbar gewagt, an diesem kühlen, feuchten Platz aus der Erde zu kommen, und waren nun auf einmal dem hellen Sonnenlicht ausgesetzt. Sie versuchten, sich so schnell wie möglich einzugraben, und ich dachte: Laßt doch, gleich werdet ihr von meinem Vater sowieso wieder ausgegraben. Alle diese Wesen suchten in erster Linie Schatten, ich hatte noch niemals so viel Leben auf einmal gesehen, so viel scheinbar ziellos herumrennende Myriapoden und Mauerasseln. Aber daß sogar Kröten dabeisein würden, wer hätte das gedacht?

»Das ist mir eine schöne Bescherung«, sagte mein Vater, »Stein in zwei Teile. Wenn Van Leeuwen zurückkommt, zertrampelt er sein Hütchen vor Wut, er kann jetzt natürlich nie mehr zwei schöne Steine daraus herstellen. Vielleicht kann er noch zwei kleine Steine für zwei Kindergräber daraus hauen. Na ja, wir werden sehen, der Stein ist jedenfalls da weg.«

Mit seiner Brechstange stieß mein Vater vorsichtig die Betonklötze fort. Jede Bewegung seiner Hände verursachte nochmals stürmische Aktivitäten, weil sich die Schatten wieder verschoben. Auch als er anfing, die weißen Grassoden auszustechen, sah ich immer wieder neue Ströme von Leben davoneilen, so als würde unter seinen Händen die ganze Erde zu leben beginnen, als würde er dem Leben selbst zu Leibe rücken und nicht dem Tod. Ich brachte die Grassoden zu einem kleinen Feld, auf dem noch keine Grabsteine standen, stapelte sie vorsichtig auf, um diese feuchten, viereckigen Welten unter meinen Händen sowenig wie möglich zu stören.

Als mein Vater den ersten Sand wegschaufelte, der unter den Grassoden freigelegt worden war, spürte ich eine seltsame Spannung in meinem Körper, die verdächtig viel Ähnlichkeit mit Angst hatte. Ich starrte jede Schaufel voller Sand an, ich wollte da nicht hinsehen, ich wollte die schnell vorüberziehenden Wolken ansehen, die in der Luft hängenden Röhren von Key & Kramer, die Vögel, die so eifrig mit Nestbauen beschäftigt waren, aber auf das, was ich wollte, wurde keine Rücksicht genommen. Ich mußte einfach der ruhigen, zielsicheren Art zusehen, in der mein Vater Schaufel um Schaufel nach oben beförderte. Und dennoch war es nichts als Sand, was dort langsam herabrieselte auf den Haufen, der bereits bis an die untersten Zweige des Bäumchens reichte. Was würde jetzt zuerst geschehen? Würde mein Vater auf einen Sarg stoßen? Oder würde der Sarg schon vermodert sein? Aber dann mußten doch Holzstückchen auftauchen? Ich sah kein Holz, ich sah nichts als grauen Sand und ein paar weiße Muscheln, die, immer wenn mein Vater eine neue Schaufel hochwarf, schneller als die Sandkörner herunterfielen. Vielleicht war hier überhaupt nie jemand begraben worden, ich hoffte es wenigstens. Und dieser Stein? Vielleicht einfach von woanders her hierhin gelegt, weil irgendwo anders Platz geschaffen werden mußte.

»Es steckt nichts drin, was?« sagte ich mutig zu meinem Vater. »Es ist ganz leer, nur Sand.«

»Ach ja«, sagte mein Vater, »und dies hier?«

Er suchte im Sand, nahm mit geschlossener Faust etwas heraus, das er mir in die Hand gab. Ich ließ es so liegen, wie es auf meine Hand gelangt war, öffnete sie nur so weit wie möglich. In meiner Handfläche lag ein kleines, rosa Knöchelchen. Es sah genauso aus wie die Knöchelchen, die in einer Karbonade waren, es war nur auf eine andere Art feucht, und es klebte Sand daran. Aber wieviel Ähnlichkeit es auch mit etwas hatte, das ich schon kannte, ich zitterte dennoch so entsetzlich, daß sogar der Knochen auf meiner Hand sich hin und her bewegte. Das hier hatte zu einem Menschen gehört, zu dem Mann mit dem kurzen Reim, und ich würde auch einmal so sein, das fühlte ich plötzlich. Es war kein Platz für einen anderen Gedanken.

»Na, siehst du wohl?« sagte mein Vater.

Ich wollte antworten, aber ich konnte nicht. Die Worte waren zwar irgendwo vorhanden, aber so dick, so angefüllt, daß sie sich nicht bewegten. Meine Zunge schien wie aufgedunsen, sie füllte meinen Mund bis in alle Ecken und klebte an meinem ausgetrockneten Gaumen. In meinem Bauch spürte ich einen wilden, stechenden Schmerz, und dann waren doch noch Worte da, wie sehr dicker Sirup, Worte, die, so schien es, Stunden brauchten, um ausgesprochen zu werden, gegen den Wind an. Ich wagte auch nicht, meinen Mund richtig zu öffnen, denn der Wind wollte hinein, um mich aufzublasen, so daß ich platzen würde.

»Ich geh weg«, stammelte ich.

»Ja, geh nur«, sagte mein Vater ruhig.

Aber ich konnte mich nicht mehr bewegen, ich stand nur da, noch immer so heftig zitternd, daß man es als ein Wunder bezeichnen konnte, daß der Knochen auf meiner Hand liegen blieb. Ich wußte, daß es helfen würde, wenn es mir gelänge, ihn hinunterzuwerfen, aber das wagte ich nicht und konnte es auch nicht, weil er zu einem Menschen gehört hatte. Mein Vater nahm den Knochen von meiner Hand und legte ihn auf den Sandhaufen und warf Sand darüber. Dann nahm er mich bei der Hand, der Hand, die den Knochen nicht berührt hatte, und zog mich vorsichtig über den Kies. Ich ließ mich willig mitführen, obwohl sich meine Füße kaum bewegen wollten.

»Du siehst so weiß aus wie eine Leiche«, sagte er ruhig, »geh mal schnell nach Hause.«

Erst am Tor ließ er mich los, und ich ging ganz langsam auf dem Fußweg am Drahtzaun entlang. Ich merkte, daß ich jetzt genauso langsam ging wie Ai van Leeuwen, und das wollte ich nicht, aber ich konnte nicht schneller gehen. Ich trug meine Hand vor mir her, weit geöffnet, es klebte noch Sand dran. Wenn ich ihn nur so schnell wie möglich abspülen könnte, dann würde ich sie wenigstens irgendwann wieder schließen können. Während ich dort lief, kam Ai van Leeuwen zurück. Er fuhr in seinem Auto an mir vorbei und winkte mir zu. Aber ich konnte nicht zurückwinken, denn ich konnte meine rechte Hand nicht gebrauchen, die mußte ich weiter vor mir her tragen, bis ich sie gründlich gewaschen hatte. Ich versuchte noch, mit meiner linken Hand zu winken, aber da war er schon vorbei, und überdies wollte sich der linke Arm auch nicht heben.

Die Flucht vor dem dritten Oktober

Im Binntal ließ ich meine Wut zurück. Wieder in Leiden, blieb lediglich ein Gemütszustand, den ich in Ermangelung eines besseren Ausdrucks mit dem Wort »Beruhigung« bezeichnete und der mich, wenn ich vorm Spiegel stand und mich ansah, regelmäßig dazu brachte, kurz die Achseln zu zucken, als wollte ich zu jemandem sagen: Ich kann es auch nicht ändern. Allerdings öffnete mir diese Beruhigung, wenn es denn eine war, die Augen für die Musik des hochbetagten Richard Strauss. Immer wieder hörte ich die *Vier letzten Lieder* und seine *Metamorphosen*, und ich dachte immer wieder: Es ist, als hätte er das komponiert, nachdem er gestorben ist.

Vielleicht war diese Beruhigung nur die Abwesenheit von Wut, der Wut, die eine so gute Waffe gegen den Tod gewesen war. Jetzt, da ich mich beruhigt hatte, schien der Tod wieder viel näher, mußte er abermals verarbeitet werden, und das brachte mich dazu, etwas zu tun, von dem ich selbst nicht richtig verstand, warum ich es tat. Am Vorabend zum Gedenken an die Befreiung Leidens rief ich meinen Vater an und fragte, ob ich am nächsten Tag kommen und Laub zusammenharken dürfe. Warum wollte ich das? Auch mein Vater war neugierig, verstand nicht, warum ich kommen und eine solche einfache Arbeit machen wollte. Ich wußte selbst ebensowenig, warum ich es wollte, sagte nur zu ihm: »Ich dachte, daß du vielleicht etwas Hilfe gebrauchen könntest, jetzt, wo du noch nicht ganz wieder gesund bist.«

»Nicht ganz gesund? Ich bin so gesund wie zehn andere. Die von der Feuerwehr schlage ich alle beim Billard, und meinen Bruder Klaas spiel ich auch glatt unter den Tisch.«

»Ich hab es früher so gern gemacht«, sagte ich.

»Ach was«, sagte er, »du hast es gemacht, weil du vom Blumenhändler ein *kwartje* pro Sack Blätter bekommen hast.«

»Ich will morgen aus Leiden weg«, sagte ich, »die feiern hier morgen den dritten Oktober, und das ist so etwas Schreckliches, Straßenmusik, Umzug, Kirmes, und deshalb dachte ich: Ich werde noch einmal wie früher bei meinem Vater Laub harken, dann brauche ich nichts von all den Leuten zu sehen, die an den Aalverkäufern vorbeibummeln.«

»Wenn du ruhig zu Hause bleibst, stören sie dich doch auch nicht?«

»Doch, man hört die Straßenmusik und den ganzen Tag den Lärm von den Leuten, die am Haus vorbeilaufen.«

»Na, mich würde das nicht stören, aber wenn du gern kommen willst, halt ich dich natürlich nicht davon ab, da liegt eine Schicht von ungefähr zehn Zentimetern Kastanienblättern auf der Vierten Klasse, wenn du die wegschaffen willst, hast du meinen Segen.«

Und so lief ich am nächsten Tag mit der langen Harke über der Schulter zur Vierten Klasse, und ich dachte: Warum will ich nun eigentlich so gern mal wieder Laub zusammenharken? Während ich um mich herum die Herbstfarben leuchten sah und den Geruch von Moder und Humus einatmete und das ruhige, müde, goldene Sonnenlicht durch die Bäume schien, wußte ich, daß ich auch deshalb dort lief, weil das Sterben hier am einfachsten zu verarbeiten sein würde, hier, zwischen den Grabsteinen, die bis zu den untersten Buchstaben noch im Nebel standen. Gleich über dem Boden gab es eine Grenze zwischen Sonne und Nebel, eine Grenze wie eine schwebende Fläche, auf der der ganze Kirchhof trieb. Überall sah ich Blätter auf die Grenze fallen und darunter verschwinden, als würden sie ertrinken.

Ich harkte die heruntergefallenen Blätter zusammen. Ich dachte: Ich sollte jetzt, heute, vorsichtig mit meinem Vater über seine Krankheit sprechen. Ich muß ihm nicht alles erzählen, aber etwas, so daß er einen Anfang machen kann, damit fertig zu werden, jetzt, wo er noch hier auf dem Friedhof herumlaufen kann. Hier macht das alles nicht soviel aus, hier ist der Tod keine Bedrohung, hier ist alles so selbstverständlich: Grabsteine, Särge, Beerdigungen, die Trauer der anderen. Mit jeder Bewegung meiner Harke durch das Gras schien der Tod näher zu kommen und selbstverständlicher zu werden. Ich harkte bis zum Jüdischen Friedhof, sah dann plötzlich etwas, worüber ich so erstaunt war, daß ich die Harke ins Gras warf und mich auf die Suche nach meinem Vater machte. Er schliff einen weißen Stein auf dem Feld mit den Mietgräbern Zweiter Klasse, ging jedoch sofort mit, und gemeinsam schauten wir uns die drei jungen Steinkäuzchen an, die auf dem untersten Ast einer Kastanie saßen.

»Das ist ziemlich spät«, sagte ich.

»Es ist die zweite Brut«, sagte mein Vater.

Sie trugen noch ihren ersten Flaum. Es sah aus, als wären die beiden außen sitzenden Steinkäuzchen aus Marmor, wie altmodische Buchstützen, und würden das mittlere Steinkäuzchen, das größte der drei, aufrecht halten. Sie saßen nur da, totenstill, und blickten mit großen, staunenden Augen auf die bemoosten, halb eingesunkenen Steine des Jüdischen Friedhofs. Während ich sie anschaute, dachte ich überrascht: Also deshalb bin ich hierhergekommen, weil ich meinem Vater sagen wollte, was los ist. Weil ich es nicht mehr länger allein tragen kann, weil ich von dem Geheimnis befreit sein möchte. Oder weil ich ihn vorbereiten will, so daß er besser damit fertig werden kann, wenn es soweit ist? Ich versuchte, mich selbst davon zu überzeugen, daß letzteres der Grund war, wußte aber, daß ich mich betrog, daß ich da nur stand, um das Geheimnis von mir abzuschütteln, es notfalls im Anblick der drei Steinkäuzchen hinauszuschreien. Aber ich hatte keine Gelegenheit, auch nur ein Wort zu sagen, denn während wir dort standen, näherte sich ein Mann, in dem wir schon bald den ältesten Beerdigungsunternehmer von Maassluis erkannten. Sogar von weitem konnte man sein riesiges Kinn sehen, ein Kinn, das mir als Junge Angst eingejagt hatte, weil es einem Beil ähnelte. Wenn der Beerdigungsunternehmer redete, hatte man den Eindruck, als hackte er.

»So, nichts zu tun heute?« fragte er uns.

»Wir sehen die Steinkäuzchen an«, sagte mein Vater.

»Was kannst du dir dafür schon kaufen«, sagte er. »Übermorgen hab ich eine Beerdigung für dich nach Johannes 19, Ende von Vers 41.«

»Machst du Witze? Eigenes Grab, Erste oder Zweite Klasse?«

»Erste Klasse.«

»Erste Klasse? Was für ein Unglück, du weißt doch, was Prediger 4, Vers 6 sagt?«

»Weiß ich – dann lies mal Sprüche 3, Vers 30.«

»Wann wird die Beerdigung sein?«

»Markus 15, der erste Teil von Vers 25.«

»Um drei? Sonst kommst du immer um zwei.«

»Die Familie will es, ich kann auch nichts dran machen.«

»Wer ist es?«

»Tuitel, er war ein halbes Jahr krank, wie du weißt.«

»Der sollte doch einen heißen Tag erleben?«

»Ja, aber die haben zufällig Sonntag eine Predigt von Pastor Meijnen gehört, im Radio, und der hat in seiner Predigt gesagt, daß eine Kremation nicht nach des Herrn Wort ist.«

»Nein, so was! Meijnen, der ist hier auch mal gewesen, eine Tante von ihm liegt hier. Er hatte damals zuerst in Schiedam gepredigt, ich also hin auf dem Fahrrad, denn ...«

»Ja, ich weiß, das lohnt sich immer.«

»Genau, na, ich hin, und er predigt über die Schwiegermutter von Petrus, die mit Fieber zu Bett lag. Wunderbare Predigt. Die Woche drauf predigte er in Vlaardingen. Ich wieder hin auf dem Fahrrad. Worüber predigt er? Die Schwiegermutter von Petrus lag mit Fieber zu Bett. Und die Woche drauf predigte er hier. Wovon handelt die Predigt? Du rätst es schon, die Schwiegermutter von Petrus lag mit Fieber zu Bett. Na, am nächsten Tag hatte ich ihn hier auf dem Friedhof wegen seiner Tante, und er fragt mich, wo sie liegt, ich suche es heraus und laufe mit ihm zur Zweiten Klasse, und wir kommen an einem mit Brettern zugedeckten Grab vorbei, auf dem noch Blumen liegen von einer Beerdigung am Samstag vorher, und ich sag zu ihm: ›Wissen Sie, wer da beerdigt ist, Herr Pastor?‹ ›Nein‹, sagt er. ›Die Schwiegermutter von Petrus‹, sag ich, ›die lag drei Wochen mit Fieber zu Bett und ist dann gestorben.‹ Du hättest sein Gesicht sehen sollen!«

Der Beerdigungsunternehmer lachte so merkwürdig, daß ich um die Muskeln fürchtete, an denen sein Kinn hing. Aber er unterdrückte sein Lachen und sagte: »Ich wollte dich eigentlich mal kurz sprechen, Pau, dein Sohn braucht nicht dabeizusein.«

»Du meinst, du willst nicht, daß er hört, was du für Schäbigkeiten verhackstücken willst?«

»Er darf es gern hören, es ist kein Geheimnis, aber was ich nicht weiß, macht mich nicht heiß, nicht wahr?«

»Wenn es so genau drauf ankommt, möchte ich lieber, daß er dabeibleibt, ich kenne dich jetzt zwanzig Jahre – Jesaja 1, Vers 15 könnte ganz gut für dich in der Bibel stehen.«

»Das ist nicht dein Ernst, Pau, wir sind immer so gut miteinander ausgekommen.«

»Du bist aber auch mit Vreugdenhil ganz gut ausgekommen, und du weißt, was aus ihm geworden ist.«

»Ich habe nie richtig mit Vreugdenhil zusammengearbeitet, das hat mein alter Herr getan, ich war damals nur Ansager im Betrieb meines Vaters.«

Er wandte sich mit schlauem Lächeln zu mir und reckte sein Kinn noch weiter vor. Wenn er einer Frau einen leidenschaftlichen Kuß gibt, dachte ich, läuft er Gefahr, daß er ihr gleichzeitig den Kopf abhackt.

»Ich hab mit zehn als Ansager angefangen«, sagte er zu mir, »zuerst mußte ich nur den Tod von Kindern ansagen. Ich war ein ›Kinderleichenbitter‹. Ich sah wunderhübsch aus als kleiner Junge mit meinem Zylinder und meinem schwarzen Anzug, es ist ein Jammer, daß heutzutage nur noch so wenig Kinder sterben und daß nicht mehr angesagt wird, denn mein Enkel wäre wie geschaffen dafür. Ja, ich bin schon mehr als sechzig Jahre im Dienst. Voriges Jahr habe ich jubiliert, und da bekam ich das hier.«

Er zog ein glänzendes marmornes Feuerzeug aus der Tasche und gab es mir. »Es ist schade, daß ich nicht rauche«, sagte er, »ich kann zwar nichts damit anfangen, aber wunderschön ist es doch.«

Ich betrachtete das Feuerzeug und dachte erstaunt: Manchmal geschehen Dinge, die man in einem Buch gelesen hat und wovon man denkt, das kann nicht wahr sein. So steht in *Oliver Twist* etwas wie: Er steckte seinen Finger in die Schnupftabakdose, ein sinnreiches kleines Modell eines Sarges. Währenddessen betrachtete ich das marmorne Feuerzeug, das die Form eines kleinen Grabsteins hatte, auf dem über dem »Ruhe sanft« zwei ineinandergreifende Zweige abgebildet waren.

Er sagte: »Hab ich von der *Verenigde Steenhouwersfederatie* geschenkt bekommen, als ich sechzig Jahre jubilierte.« Er nahm mir den Stein aus der Hand und sagte zu meinem Vater: »Wenn wir nun mal eben zum Reden in dein Bahrenhaus gehen, können wir deinen Sohn hier ruhig allein lassen bei den ... eh, was sagtest du noch, was es waren?«

»Steinkäuzchen«, sagte ich.

»Was willst du«, fragte mein Vater mich, »mitkommen oder weiterharken?«

»Laß mich man hierbleiben«, sagte ich.

»Dein Sohn kennt Prediger 1, Vers 18«, sagte der Beerdigungsunternehmer mit einem energischen Beilschlag seines Kinns.

Sie gingen, und ich harkte das Laub zusammen, um Platz zu schaffen für neue Blätter. Ich dachte: Wie soll ich nun jemals einen Anfang machen mit dem, was ich ihm sagen will, wenn immer andere dazwischenkommen? Und doch, dachte ich, muß er etwas erfahren, muß er irgendwie vorbereitet werden, jetzt, wo er noch nicht krank ist und es noch Herbst ist. Ich blickte meinem Vater nach, der mit seinem Weggenossen im Haus für die Totenbahren verschwand. Sonnenstrahlen streiften seinen Kopf, und er sah, verglichen mit dem Beerdigungsunternehmer, noch so jung aus. Ich versuchte, mir vorzustellen, wie es wäre, wenn man erfährt, daß man bald sterben muß. Aber ich konnte es mir nicht vorstellen, konnte nur an das Gedicht *Sinds ik het weet*

(»Seit ich es weiß«) von Jacqueline van der Waals denken. Würde es so sein, wie sie es darin schildert? Sollte für meinen Vater, gläubig wie er war, auch gelten: »Seit ich es weiß, ist Gott mir näher«? Wenn es so wäre, durfte ich dann weiterhin schweigen, mußte ich nicht dann gerade reden? Schrieb sie doch weiter:

> Und oft, im Ernst des ird'schen Spiels verloren,
> So ernst und doch so tief wie nie zuvor,
> Da fühl ich plötzlich Gottes Lächeln über mir.

Aber wie konnte ich sicher sein, daß mein Vater es genauso erleben würde wie Jacqueline van der Waals? Daß ich, wenn ich ihre Bücher las, mich ihr sehr verwandt fühlte – obwohl ich niemals solche Gedichte würde schreiben können –, garantierte noch nicht, daß mein Vater etwas wie Verwandtschaft spüren oder auch nur Nähe zu ihrer Lyrik empfinden würde. Aber vielleicht wußte er es schon, genau wie sie es gewußt hatte, obwohl

> Auch wir noch miteinander meiden
> Das böse Wort, das schon beim Sprechen
> Unsauber klingt und hart und beinah grob.

Ja, so war es. Ängstlich hatte ich es vermieden, auch nur eine Andeutung zu machen, und vielleicht harkte ich jetzt nur deshalb Laub, um diesen Zustand zu beenden. Aber was würde ich gewinnen, wenn ich es erzählte? Für mich würde sich nichts ändern, für ihn aber alles. Und dabei wollte ich von dem Geheimnis befreit sein, wollte ich darüber sprechen, nicht mit irgend jemandem, sondern mit meinem Vater.

Ich hatte an dem Tag keine Gelegenheit mehr, irgend etwas zu sagen. Ich harkte Laub zusammen, und mein Vater führte Besucher herum und mußte einmal sein Gebiß zu Hilfe nehmen, um eine Dame, die sich hartnäckig darüber beschwerte, daß er die Kirchhofsruhe mit einem Motorrasenmäher entweihe, vom Friedhof zu verscheuchen.

Todmüde von der ungewohnten Arbeit ging ich am späten Nachmittag mit ihm nach Hause. Der Weg war viel zu kurz für irgendein Gespräch. Zudem brachte ich es überhaupt nicht fertig, außerhalb des Friedhofs mit ihm darüber zu sprechen. Auf dem Friedhof hätte eine realistische Möglichkeit bestanden. Ich hätte ihn nach dem Grab seines Vaters fragen können oder, anknüpfend an die Schwiegermutter von Petrus, mit ihm über den Tod seines Schwiegervaters sprechen können. Aber das hätte dann auf dem Friedhof geschehen müssen.

Als wir ins Haus meiner Eltern kamen, sagte mein Vater zu meiner Mutter: »Heute verflixt viel Volk übern Weg gelaufen«, und als er mit einer Tasse Kaffee am Ofen saß, erzählte er: »Kommt doch heut morgen Jojé Langeveld auf den Friedhof, und der will was mit mir kungeln. Er wollte es unbedingt unter vier Augen mit mir bereden, wollte nicht, daß Maart dabei war, stimmt's, Maart?«

»Ja«, sagte ich.

»Na, ich mit ihm ins Bahrenhaus. Weißt du, was er wollte? Du kommst nie drauf. ›Paulus‹, sagt dieser alte Schurke zu mir, ›du und ich, wir kriegen oft von Leuten, die ein Familienmitglied zu betrauern haben, zu hören: Wohin gehen wir am besten wegen eines Grabsteins? Nun hat sich in Schiedam ein neuer Steinmetz niedergelassen, es ist ein großer Betrieb mit zehn Mann, und diese Steinhauerei will uns einen tüchtigen Schuß Provision geben, wenn wir sie empfehlen. Und sieh mal, Pau, wenn wir zusammenarbeiten, wenn alle diese trauernden Seelen von dir wie von mir zu hören kriegen, daß da in Schiedam ein seriöser Steinmetz ist, fallen die Aufträge für einen lieben Grabstein wie Äpfel vom Baum.‹ ›Und was ist mit Van Leeuwen‹, sag ich. ›Van Leeuwen, den drängeln wir hübsch raus, wir sorgen zu zweit oder, wenn's irgend geht, zu dritt oder viert dafür, denn ich werd auch mit meinen Kollegen reden, daß wir Van Leeuwen ganz rausdrängeln‹, sagt er. ›Und warum das, bitte?‹ sag ich. ›Hat Van Leeuwen dir jemals Provision gezahlt, wenn du jemandem empfohlen hast, bei ihm einen Stein zu bestellen?‹ sagt er. ›Ich hab nie jemandem empfohlen, zu Van Leeuwen zu gehen, ich sag immer zu jedem, du bist total meschugge, wenn du einen Stein auf ein Grab stellst, es ist das Schlimmste für einen Grabmacher‹, sag ich. ›Nun‹, sagt er, ›von diesem Schiedamer kriegen wir zehn Prozent, und du weißt ja, Geld stinkt nicht, dafür willst du dann doch sicher gern ein Auge zudrücken, auch wenn du was gegen Grabsteine hast.‹ ›Was bist du doch für ein raffgieriger Schurke‹, sag ich zu ihm, ›hast du noch nicht genug gescheffelt? Du bist schon weit über die Siebzig.‹ ›Ich kann es sehr gut gebrauchen, genau wie du und jeder andere, ich bin kein Verächter von 'nem kleinen Profit, unser Heiland und Seligmacher protestierte auch nicht, als Maria seine Füße mit kostbarem Öl salbte, und es ist doch auch schön, wenn du was hinterlassen kannst, das ein bißchen nach Erbschaft aussieht. Aber Van Leeuwen hat mir nie was geben wollen, er sagt immer, daß er mich empfiehlt und es selbstverständlich sei, daß ich ihn auch empfehle. Aber ich glaub ihm kein Wort, daß er mich empfiehlt, nein, das ist gelogen. O Pau, ich würde ihn so gern rausdrängeln‹, sagt er. ›Aha, darum geht es dir‹, sag ich. ›Na und? Sieh mal, mit diesem Van Leeuwen kannst du kein Ding schaukeln ...‹, sagt er. ›Ja, darum mag ich ihn so gern‹, sag ich. ›Also, du machst nicht mit?‹ fragt er. ›Seh ich so aus?‹ sag ich. Na, er sprang auf, wie von der Tarantel gestochen, er sagt: ›Mit dir ist auch gar nichts anzufangen, du bist schon genau so ein frommer Heuchler wie Van Leeuwen.‹ ›Wem der Schuh paßt, kriegt eine Prothese‹, sag ich zu ihm, und er schimpfte noch eine Zeitlang weiter, sagt doch tatsächlich noch zu mir, ich würde Maleachi 3, Vers 8 bis 10 nicht richtig kennen. ›Dachtest du wirklich‹, sag ich zu ihm, ›daß ich nicht weiß, was da steht: ‚Bringt den Zehnten ins Vorratshaus.' Aber es geht dir überhaupt nicht ums Geld‹, sag ich zu ihm, ›es geht dir darum, Van Leeuwen eins auszuwischen, einem Mann, der hier immer grundehrlich gearbeitet hat und der immer bereit ist, mir zu helfen, wenn ein Stein gehoben oder woanders hingestellt werden muß, obwohl er weiß, daß ich jedem sag: Stell nie, nie und nimmer, einen Stein auf ein Grab. Du hast bestimmt gedacht‹, sag ich zu ihm, ›ich kann es einfach mal versuchen, wer wagt, gewinnt. Na, dann merk dir jetzt mal, daß ich dich nämlich nie und nirgendwo mehr empfehlen werde. Du hast sicher gedacht, Pau ist arm, und ich bin ein Betrüger, und wenn die zusammenkommen, dann gibt der Herr den Augen beider das Licht, wie es in Sprüche 29, dreizehnter Vers heißt, aber da liegst du hübsch verkehrt, die Schachtel Streichhölzer geht nicht auf, nein, mein Freund, bestell du deinen Acker woanders.‹«

Meine Mutter schnitt Brot, und mein Vater stand auf und setzte sich an den Eßtisch. Ich folgte ihm, und mein Vater und meine Mutter falteten die Hände, und mein Vater betete:

»Oh, Vater, du labst alle Kreatur,
So segne auch uns und die Gaben dein,
gib daß ohn Völlerei wir nur
demütig uns der Speis erfreun.
Damit wir leben seliglich
In unsres Herren Christi Namen
Dein Reich besitzen ewiglich –
Wer das begehrt, der spreche: Amen.«

Ich dachte: Wie es für Gott wohl sein mag, so in Reimen angeredet zu werden? Ob Er wohl etwas von Dichtkunst versteht, etwas darüber weiß, was es für jemanden bedeutet, wenn der Tod mit von der Partie ist? Nein, dachte ich, Er kann nichts davon verstehen, denn Er weiß nichts vom Tod. Er ist nie gestorben und wird nie sterben, Er hat es alles stellvertretend Seinem Sohn aufgeladen, ist selbst schön aus der Schußlinie geblieben. Stellvertretend leiden, dachte ich, jawohl, das stellvertretende Leiden Christi, aber Er hat nicht uns, sondern Seinen Vater vertreten. Nein, Gott, dachte ich, du verstehst nichts von Poesie. Ich dachte an die vergangenen Monate, ich dachte an die Gedichte, die mir immer wieder durch den Kopf gegangen waren, an das Gedicht von Jacqueline van der Waals und an ein anderes Gedicht, das *Gedicht*, und es war alles so, wie Obe Postma es beschrieben hat: ein Vater, eine Mutter, ein Kind, und der Abend ging wirklich um das stille Haus, und wir schwiegen, als ob wir lauschten, und vielleicht hatten wir jeder unseren eigenen Traum. Aber die Stunde des Herumwanderns fing erst nach dem Essen an, und ich wäre bestimmt kurz zum Hafen gegangen, wenn mein Vater nicht eine Partie Schach vorgeschlagen hätte. Wir stellten die Steine aufs Brett, und mein Vater sagte wie immer: »Zuerst muß ich deine beiden Pferde haben, egal wie. Wenn ich die einmal hab, besieg ich dich.«

Wir spielten, und er jagte so lange hinter meinen Pferden her, bis er sie aus dem Feld geschlagen hatte. Ich wunderte mich, daß es mir nicht gelang, dem etwas anderes entgegenzusetzen als eine einfallslose Verteidigung, und er sagte, nachdem er das erste Spiel gewonnen hatte: »Es ist doch traurig, daß du sogar beim Schachspielen gegen mich verlierst, obwohl ich nicht die Bohne davon verstehe, da kannst du dir vorstellen, was passieren würde, wenn du mit mir Dame spielen würdest, denn das kann ich wirklich, und es ist nur, weil es mir so zuwider ist, Mitglied in einem Dame-Klub zu werden, sonst hätte ich sofort den Koepermann vom Tisch gefegt, und du mit deinem Verstand müßtest doch besser Schach spielen als ich.«

Während des zweiten Spielchens fing er an, von seinem Vater zu erzählen, als wüßte er, daß ich an diesem Tag an dessen Grab hatte denken müssen. Ich hörte über das Schachbrett hinweg eine lange Geschichte auf mich zukommen und sah bei einigen

Passagen, wie seine rechte Hand mit einem Bauern darin in der Luft stehenblieb.

»Mein Vater kaufte nach einem Brand das ganze Lager einer Holzsägemühle auf, Tausende von hier und da angesengten Holzschuhen, und ließ sie auf einer Versteigerungsschute nach Maassluis kommen. Meine Brüder mußten sie an der Veerstraat abladen. Es waren drei Gemüsekarren voller Holzschuhe, und mein Vater brüllte meine Brüder an: ›Wehe, ihr verkauft sie nicht alle‹, und nach ungefähr zwei Wochen waren fast alle Paare verkauft. Es war nur noch ein Hundekarren voll übrig. Da sagte mein Vater an einem Samstagnachmittag zu mir: ›Zum Maasdijk mitkommen‹, ich war da ungefähr sechs. Na, wir raus auf den Deich mit diesen miesen Holzschuhen und dem Karren mit dem alten schwarzen Hund, den mein Vater nicht weggeben oder ersetzen wollte, dieser geizige, raffgierige alte Lump, wir also alle Holzschuhe auf dem Maasdijk verkauft, ein Paar Holzschuhe mit schwarzen Spitzen – sie sahen aus, als seien sie als Streichhölzer benutzt worden – für fünfundvierzig Cent, fünf Paar mit Rabatt für zweieinhalb Gulden, wie der gewiefte Gauner immer wieder schrie – und die Leute kauften auch noch fünf Paar von diesen abgebrannten Streichholzköpfen –, und als wir alle losgeworden waren, machten wir uns auf den Rückweg, und da sagte der alte Gauner zu mir: ›So, ich auf den Karren und du hinten schieben‹, und da hab ich ihn ganz bis nach Hause geschoben, zusammen mit dem Hund, der schon lange nicht mehr vor einen Karren gehörte, ich bin fünf Kilometer gelaufen, und er, ein Mann von vierzig, saß auf dem Karren, und ich, ein kleiner Junge von gerade sechs Jahren, lief dahinter.«

Nach einem oder zwei Zügen folgte die Moral von der Geschichte: »Als ich so dahinlief, sagte ich zu mir: Wenn ich später Kinder hab, werde ich sie ganz anders behandeln.«

Während er das sagte, schwebte ein Läufer plötzlich über dem Brett, und die Bewegung seiner Hand erstarrte.

»Und doch«, sagte er, »hab ich dich geschlagen, hab ich dich jahrelang jeden Abend verdammt noch mal geschlagen.«

»Ich glaube, du bist am Verlieren«, sagte ich.

»Nein«, sagte er und stand auf, ging zum Ofen und schüttete Kohlen hinein.

»Noch ein paar Jahre«, sagte er, »dann ist das nicht mehr nötig, dann machst du so ein Türchen hier vorne auf, und dann kannst du so ein kleines Atömchen (er kniff ein Auge zu, als spähte er nach etwas, das eigentlich zu klein war, um gesehen zu werden) in den Ofen tun, und dann brennt er von Oktober bis Weihnachten, und du brauchst dich weiter nicht darum zu kümmern.«

»Unsinn«, sagte ich, »du solltest lieber einen Gasherd anschaffen. Wer heizt denn heute noch mit Kohle?«

»Ich warte auf das Atom«, sagte mein Vater.

»Das erlebst du doch nicht mehr«, sagte ich.

»Denkst du?« fragte er plötzlich wachsam. »Denkst du denn, daß ich schon so bald den Löffel abgeben muß?«

»So bald nicht«, sagte ich so arglos wie möglich, »aber bevor man Kernenergie nutzen kann, dauert es noch Jahrzehnte, und du brauchst wirklich nicht zu denken, daß du dann ein kleines Atömchen in den Ofen stecken kannst.«

»Bis dahin geht das. Aber sag mal, denkst du wirklich, daß ich es nicht mehr so lange machen werde?«

»Wie kommst du denn darauf?«

»Ich weiß es nicht, beruhigt bin ich nicht.«

»Weswegen?«

»Wegen dieser Operation.«

»Wenn es dir schlecht ginge, würdest du bestimmt nicht so gut Schach spielen wie jetzt.«

»Vielleicht läßt du mich ja absichtlich gewinnen. Ich hab meinen Vater auch absichtlich gewinnen lassen beim Dame-Spielen.«

»Ja, als er weit über achtzig war.«

»Sicher, so alt bin ich noch nicht, aber vielleicht weißt du mehr und läßt mich darum gewinnen.«

»Worüber sollte ich mehr wissen?«

»Über diese Operation.«

Er sah mich an und begann dann plötzlich zu lachen. »Was für ein ernstes Gesicht«, sagte er, »begreifst du denn nicht, daß ich dich auf die Schippe nehme? Ich führ dich nur ein bißchen an der Nase rum, denn ich seh doch genau, daß du alles dransetzt, um zu gewinnen, und doch schaffst du es nicht.«

»Du mußt jetzt mal aufhören mit diesem Unsinn über das Atom«, sagte ich, »nie wird jemand ein kleines Atömchen in den Ofen stecken können, das ist wirklich glatter Unsinn, wie kommst du eigentlich darauf?«

»Junge, Junge«, sagte er voller Schadenfreude zu meiner Mutter, »bei ihm klappt es mal wieder nicht, er verliert wieder gegen seinen alten Vater, auch wenn er sechs Jahre studiert hat.«

»Wer sagt, daß du mein alter Vater bist«, sagte ich, »soll ich dich mal wieder an die Predigt von Pastor Duursema erinnern? Du weißt genau, daß er damals gesagt hat: ›Ihr könnt immer sicher sein, daß der Himmlische Vater euer Vater ist, aber von eurem eigenen Vater wißt ihr es niemals sicher, das müßt ihr glauben.‹«

»Ja, ja, das hättest du wohl gern, was, daß ich nicht dein Vater wäre, daß du dich nicht für einen solchen Klotz zu schämen brauchst. Aber von wem sonst als von mir hast du deine Augen? Ob ich nun in den Spiegel gucke oder in deine Visage, ich seh genau dieselben Augen. Und von wem hast du diese Begabung?«

»Von meiner Mutter«, sagte ich. »Wenn ich wirklich dein Sohn wäre, könnte ich nur Dame und Schach und Billard spielen und Steine so glatt schleifen, daß kein Buchstabe mehr draufsteht.«

»Ja, morgen früh nehm ich wieder einen in die Mangel, morgen früh wird wieder mit frischer Unlust angefangen.«

»Warum mit frischer Unlust? Du darfst doch alle Steine von der Dritten Klasse runterwerfen?«

»Ja, das ist zwar schön, aber ich hab keinen Spaß mehr dran, seit der Operation bin ich eigentlich immer nur für mich zugange, ich wollte, ich könnte etwas anderes tun. Am liebsten würde ich bis zu meiner Rente auf dem Land arbeiten.«

Er verschob einen Turm und schrie: »Matt«, aber das stimmte noch nicht ganz. Ich gab jedoch auf, es hatte keinen Sinn, noch weiter Schach zu spielen. Strahlend sprang er von seinem Stuhl auf, lief durchs Haus, und es schien, als sei er jünger als ich.

»Ich hätte den Garten nie aufgeben sollen«, sagte er.

»Du hast deine Arbeit aber doch jahrelang mit Freude gemacht«, sagte ich.

»Ich hab jetzt keine Freude mehr dran, ich wollte, ich würde wieder im Garten arbeiten und du würdest wieder zu mir gelaufen kommen.«

»Weißt du das noch?« fragte ich erstaunt.

»Ob ich das noch weiß? Natürlich weiß ich das noch, du warst erst so ein kleines Kerlchen, du konntest noch nicht einmal über deine Holzschuhe pinkeln, und doch kamst du zu mir gelaufen, ganz aus Maassluis kamst du zu mir gelaufen, obwohl ich dich doch jeden Abend geschlagen und getreten habe.«

Henoch

Meine früheste Erinnerung an den Tod ist der unter der schwarzen Trauerdecke hervorströmende Urinstrahl, der sprudelnd und schäumend im Rinnstein zum Gully floß. Die Trauerdekke hing zu beiden Seiten des Pferderückens fast bis auf die Straße herab, und hier und da berührte eine ihrer Quasten die Steine. Durch die Quasten hindurch strömte laut plätschernd das Wasser, das unter der Trauerdecke noch hellgelb war, aber immer dunkler wurde, je mehr es sich dem Abfluß näherte. Bläschen trieben darauf, von denen einige schon platzten, bevor sie unter der Trauerdecke zum Vorschein gekommen waren, während andere es bequem bis zum Gully schafften. Ich konnte nicht sehen, welches der beiden Pferde vor der schwarzen Kutsche das Wasser produzierte. Das eine Pferd schnaubte, warf seinen Kopf zurück, auf dem zwischen den Ohren zwei große schwarze Quasten befestigt waren. Sie schwankten hin und her, und ich wartete jeden Moment darauf, daß sie herunterfallen würden. Vielleicht hoffte ich es sogar. Das Pferd scharrte mit einem Huf auf den Pflastersteinen, die

Funken sprühten viel deutlicher auf als sonst, weil es so dunkel war unter diesen bedeckten Pferderücken, und ich dachte: Dieses Pferd macht es. Ich bückte mich, ich versuchte, zwischen den Rädern der Kutsche hindurch etwas von den Bäuchen zu sehen, und im Dunkeln sah ich tatsächlich vage die Umrisse des seltsam großen Organs, das den Urin auf die Straße sprühte. Aber nicht das schnaubende, mit seinem Huf scharrende Pferd produzierte den Urin, nein, es war das andere, so unbewegliche Pferd, das Wasser ließ und immer weiter Wasser ließ, als wollte es das Feuer löschen, das der Huf seines Nachbarn aus der Straße schlug, und es war etwas, das man nie vergaß: dieses rotglühende Flakkern im Dunkeln und das Wasser daneben – schäumend, als wenn es selber lebte – und das Wiehern des Pferdes, das kein Wasser ließ, und bei alledem die unwirkliche Ruhe der Umstehenden, die weder redeten noch sich bewegten, sondern nur dastanden und auf den Augenblick warteten, da der Sarg aus dem Haus von Nachbar Kraan nach draußen getragen wurde. Ich hatte den Sarg am Tag vorher gesehen, als er hineingebracht wurde, und schon da wußte ich, daß Nachbar Kraan gestorben war. Was das bedeutete, wußte ich nicht – er war fort, das war das einzige. Jeden Tag hatte er, solange ich mich erinnern konnte, hinter dem von Schiefblatt eingerahmten Fenster des Vorderzimmers an seinem Platz gesessen, groß und hochgewachsen und beeindruckend mit seinem in den späten Nachmittagsstunden, wenn die Sonne hereinschien, glänzendroten, kahlen Schädel. Niemals blickte er auf, wenn man vorsichtig hineinschielte; er hämmerte einfach weiter auf den Schuhen des ganzen Viertels, die er besohlte oder mit neuen Absätzen versah. Die Schuhe waren jetzt nicht zu sehen, denn vor dem Fenster hing ein weißes Bettlaken, ebenso wie vor den Scheiben aller anderen Fenster in unserer Straße. Auch vor unserem Fenster hing ein frischgewaschenes Bettlaken, wodurch im Hause eine merkwürdig stille Dämmerung entstand, die einen zu flüstern mahnte, statt zu sprechen, und was ein Lachen oder Lächeln unmöglich machte.

Das Wasserlassen hatte aufgehört, aber ich saß noch immer in der Hocke, denn das riesige, kaum sichtbare Organ schrumpfte langsam zusammen; es schien, als würde es hochgehoben. Während ich noch aufmerksam dorthin spähte, hörte ich plötzlich eine Stimme: »Schämst du dich nicht?«

Erschrocken blickte ich mich um. Hoch über mir stand Onkel Job, der mich mit glitzernden Augen durch seine Brille ansah.

»Geh weg, hau ab, hast du keine Manieren?«

Ich stand auf, ging aber nicht weg. Onkel Job weichen? Wenn ich das meinem Vater erzählte, würde er wütend werden. Ich blieb stehen, jetzt genauso still wie alle anderen, wie Nachbar Van Baalen, der eine schwarzseidene Mütze trug, wie Jannetje

Smoor, die trotz Trauer doch mit einem schmalen Streifen rosa Unterrock unter ihrem schwarzen Kleid geschmückt war, wie Kareltje van Wolferen, der auch jetzt von Kopf bis Fuß in seinen braunen Ledermantel gehüllt war und der eine braune Ledermütze trug, unter der gerade noch seine Knopfaugen zu sehen waren, wie Nachbar Admiraal und Japie Voogd, der letzte schon jetzt betrunken, obgleich es vielleicht gerade ein Uhr war, aber diesmal sang er keines seiner selbstgemachten Lieder über das Meer und den Schnaps und die Moneten, und wie Onkel Job, der noch seinen weißen Schlachterkittel trug und sich dadurch von den anderen abhob. Ja, alle standen sie da, und ich sah, wie Nachbar Van Baalen ehrfürchtig die Mütze abnahm, als der Sarg nach draußen getragen und in die erste Kutsche gestellt wurde. Dem Sarg folgte Nachbarin Kraan in demselben dezenten Schwarz, das sie immer trug, aber es gab doch einen Unterschied. Auf ihrem schwarzen Hütchen trug sie sonntags zum Kirchgang immer ein buntes Federchen, und diesmal war sogar das Federchen schwarz, und dieses Federchen bewegte sich, immer wenn Nachbarin Kraan sich bewegte, wie ein Vögelchen in der Sonne. Ich konnte meine Augen nicht abwenden, bis sie in der Kutsche verschwunden war und der Trauerzug sich in Bewegung setzte. Aber wie langsam das alles ging, es dauerte Stunden, so schien es, bevor der Zug aus der Straße und die Deichauffahrt hinauf war. Als sie endlich dem Blick entschwunden waren, erklangen plötzlich überall laute Stimmen, und Onkel Job, noch immer neben mir, begann mich auszuschelten und drehte mir mit seiner rechten Hand das Ohr um, weil ich mich gebückt hatte, um das Wasser lassende Pferd anzusehen. Ich rannte nach Hause, trotzte dem grauen Dämmerlicht des Bettlakens vor dem Fenster und rief meiner Mutter entgegen: »Sie sind weg, und Onkel Job hat mich ausgeschimpft und mich am Ohr gezogen, weil ich das Pferd ansehen wollte …«

»Du mußt dich bei Onkel Job um gar nichts kümmern.«

»Wo ist Nachbar Kraan jetzt?«

»Im Himmel.«

»Aber dieser Sarg?«

»Ja, sein Körper liegt nun im Sarg, aber seine Seele ist im Himmel beim Herrgott. Wenn man stirbt, geht die Seele aus dem Körper.«

»Oh«, ich schwieg einen Augenblick, fragte dann: »Muß das Bettlaken jetzt noch hängenbleiben?«

»Ja, bis heute abend.«

Ich war auf einmal unendlich traurig bei dem Gedanken, daß die Dämmerung im Hause noch so lange ertragen werden mußte, und so bedrückt, weil Onkel Job mich ausgeschimpft hatte, daß ich mich nach meinem Vater sehnte. Wenn er nur da wäre, dann wäre alles in Ordnung. Aber jetzt – diese Pferde, dieser Sarg, dieses schwarze Federchen. Komisch, der Sarg war weniger bedrückend und unheilverkündend gewesen als das schwarze Federchen und dann die zweimal zwei Quasten auf den Köpfen der Pferde.

»Ich geh zum Garten«, sagte ich plötzlich.

»Zum Garten? Ganz allein? Das ist unmöglich, dazu bist du noch viel zu klein.«

»Ich bin überhaupt nicht mehr klein, und ich weiß genau, wo das ist.«

»Es sind anderthalb Stunden zu Fuß, und du kennst den Weg nicht.«

»Ich kenn den Weg, man muß einfach zum Deich laufen und dann auf dem Deich bis zum Häuschen von Marie und dann um die Kurve und dann zum Blikken Loods, und dann ist es noch ein kleines Stück zum Tol, und da geht man runter, in den Westgaag. Ja, und dann läuft man einfach immer weiter, bis man da ist.«

»Bist du dir sicher, daß du dich nicht verlaufen wirst?«

»Ich bin da doch schon so oft gewesen.«

»Ja, aber nie allein.«

»Ja, aber ich kann es bestimmt finden.«

»Du mußt es selbst wissen. Aber nicht mit anderen Leuten sprechen und auf keinen Fall mit anderen Männern mitgehen. Versprichst du mir das? Wenn sie sagen: Du darfst ein Stück hinten auf dem Fahrrad mit, mußt du nur ganz doll den Kopf schütteln, auch wenn du die Männer gut kennst.«

»Auch wenn es Onkel Job ist?«

»Ja, auch dann. Vorsichtig sein, tüchtig zulaufen, gut aufpassen. Der Tol, das ist das schwierigste, wie kannst du das finden?«

»Das kann ich finden«, sagte ich feierlich, »weil das die einzige Stelle am Deich ist, wo es zwei Deichabfahrten gibt.«

Sie blickte mich an, und ich sah den Stolz in ihren Augen.

»Wie tüchtig du doch bist«, sagte sie, »nun, dann lauf, aber keine Bonbons annehmen, von niemandem nicht, und mit niemandem mitgehen.«

Und so stieg ich in der windigen Frühjahrsluft die Treppe neben den Abwassermühlen hinauf und lief auf dem Deich geradewegs zum Garten meines Vaters. Es ist ganz einfach, dachte ich, man muß immer nur auf dem Deich weiterlaufen bis zum Tol. Nur der Tol ist schwierig, da muß ich gut aufpassen. Manchmal sah ich zurück, denn immer wieder dachte ich: Gleich kommt sie mir nach, um mich doch noch aufzuhalten. Aber sie kam nicht, und auch Onkel Job war weit und breit nicht zu sehen. Was ich sehr wohl sah, waren die Trauerkutschen, die offenbar schon von der Beerdigung zurückkamen. Oder waren es andere Kutschen? Sie fuhren vor mir her auf dem Deich, und das machte meine Wanderung plötzlich beinahe überflüssig, denn gerade vor den Kutschen und den Pferden war ich geflohen. Aber auch vor der stillen Dämmerung. Bei der Deichabfahrt zur Weverskade fuhren die Kutschen nach unten und blieben bei einem großen Kutschenhaus stehen, und als ich sie, selber hoch oben auf dem Deich, dort unten stehen sah, wußte ich, daß es richtig war, vor ihnen zu flüchten. Ich ließ sie hinter mir, auch wenn sie schon allein durch die Biegung im Deich noch lange zu sehen waren, wenn ich schräg zurückblickte. Je weiter ich kam, desto harmloser wurden sie, denn die Trauerdecken wurden von den Rücken genommen, und die Quasten wurden entfernt, und die Pferde wurden ausgespannt. Es hatte je länger desto weniger etwas mit dem Tod zu tun, es wurde je länger desto mehr ein ganz normales Bild von zweimal zwei Pferden und zwei Kutschen. Die Pferde wurden auf die Weide gelassen, und die Kutschen wurden eine nach der anderen ins Kutschenhaus geschoben, und einer Rückkehr schien nun nichts mehr im Wege zu stehen. Aber ich war schon so weit – dort kam schon das Häuschen von Marie, und außerdem roch es so herrlich und war der Himmel so schön blau und trieben die Wolken so hinreißend schnell über den Himmel.

Auf einmal sah ich wieder das schwarze Federchen vor mir. Wie es wohl sein mochte zu sterben? Oder würde ich nie sterben? Nein, ich würde nicht sterben, ich würde leben bleiben, bis der Herr Jesus zurückkam auf den Wolken des Himmels, ich würde eins, zwei, drei in den Himmel aufgenommen werden, lebendig und heil, genau wie mein Vater und meine Mutter. Oder vielleicht würde ich, wenn ich nicht lange genug lebte, um die Wiederkunft Christi zu erleben, ein Mann Gottes werden wie der Prophet Elias, und dann würde ich, genau wie er, mit feurigen Rossen und einem feurigen Wagen in einem Sturm gen Himmel fahren. Aber bevor es soweit wäre, würde ich noch lange leben müssen, um ein Mann Gottes zu werden, ich würde sehr alt werden müssen, älter als Nachbar Kraan.

»Na, Kerlchen, ganz allein unterwegs?«

Ich blickte auf. Neben mir fuhr ein freundlicher, schon etwas älterer Mann auf seinem Fahrrad, der mich lächelnd ansah.

»Wohin geht's denn?«

»Zu meinem Vater.«

»Wo ist dein Vater?«

»Im Garten bei Frau Poot im Westgaag.«

»Wie heißt dein Vater?«

»Pau.«

»So, bist du also ein Sohn von Pau und Lena.«

Er mußte mit dem Vorderrad schlenkern, um nicht zu stürzen, ich ging jetzt noch etwas langsamer.

»Also bist du ein Enkel von Arie van der Giessen. Der beste Gärtner im ganzen Westland, sein Gemüse: immer Exportqualität. Willst du hintendrauf ein Stück mitfahren?«

»Nein.«

»Warum nicht?«

»Ich lauf lieber.«

»Na, aber wenn du mitfährst, bist du doch schneller bei deinem Vater. Ich kenne deinen Vater, das ist der fröhlichste Mann bei der Versteigerung und immer sehr gutes Gemüse, nur das von deinem Großvater ist noch besser. Ich selbst bin auch Gärtner, weißt du, ich hab gleich beim Tol einen Garten, du könntest bis dahin mitkommen.«

Ich schüttelte den Kopf. Das sollte ich tun, hatte meine Mutter gesagt, nicht sprechen, sondern den Kopf schütteln.

»Du mußt es selbst wissen, dann nicht. Tschüs.«

Er fuhr weiter, blickte sich immer wieder kurz um, lachte, deutete mit der einen Hand auf seinen Gepäckträger, und ich schüttelte immer nur den Kopf, und langsam verschwand er unter diesen schnellen Wolken aus meinem Blick. Oh, wie wunderschön waren sie, diese kleinen, rasch hintereinanderher eilenden Wölkchen, die vor mir her flogen, mir den Weg zu zeigen schienen. Wenn ich so weiterlaufe, dachte ich, komme ich von selbst nach Hoek van Holland, und dann sehe ich das Meer. Wie schnell mochten die Wölkchen am Meer sein? Ich wußte es nicht, ich sah den Wiesenkerbel an der Deichböschung, der sich auch so heftig bewegte, und die jungen Weiden, durch die der Wind mit liebkosendem Flüstern eilte. Ich war nun auf gleicher Höhe mit dem Häuschen von Marie, einer

Frau, die ich noch nie gesehen hatte, die aber, wie es hieß, seit Menschengedenken in diesem Häuschen wohnte. Immer wenn ich, vorn bei meinem Vater auf dem Fahrrad, an dem Häuschen vorbeikam, hatte ich gehofft, sie würde nach draußen kommen.

»Wie sieht sie aus?« hatte ich meinen Vater immer wieder gefragt.

»Sie ist alt.«

»Warum sieht man sie nie?«

»Sie sitzt immer drinnen.«

Nun hoffte ich zum erstenmal, daß sie nicht nach draußen kommen würde, und ich wußte selbst nicht, warum ich jetzt auf einmal Angst vor ihr hatte. Ich hörte das zornige Grunzen ihrer unsichtbaren Schweine, als ich an dem baufälligen Gebäude, das sich dort einsam an den Deich drückte, vorbeilief. Sie kam nicht nach draußen, wie immer, sie existierte vielleicht gar nicht, sie war auch schon tot, genau wie Nachbar Kraan, der nun im Himmel bei Gott war. Deshalb grunzten die Schweine so böse. Nachbar Kraan war hoch über diesen dahineilenden Wolken, weit hinter diesem hellen Blau – bei Gott. Aber Gott ist überall, Gott konnte ebensogut auf dem Deich sein, war vielleicht sogar auf dem Deich. Gott liebte ich von ganzem Herzen und mit all meinem Verstand, das wußte ich genau, denn das hörte ich jeden Sonntag in der Zuiderkerk, Gott liebte ich vielleicht sogar noch mehr als meinen Vater und meine Mutter. Vielleicht? Nein, ganz bestimmt. »Wer Vater oder Mutter mehr liebet denn mich, der ist meiner nicht wert«, hatte der Herr Jesus gesagt. Gott sorgte für alles, Gott liebte alle Menschen, liebte alle Menschen so sehr, daß Er Seinen eigenen Sohn ans Kreuz hat schlagen lassen. Einen solchen Gott mußte man doch unendlich lieben, einen, der Sein eigenes Kind opferte für deine Sünden. »Gott«, murmelte ich, »ich hab dich furchtbar lieb«, und während ich das sagte, schien es, als ginge Er neben mir. Nein, es war niemand auf dem Deich zu sehen, weit und breit nicht, aber Er konnte jeden Augenblick erscheinen und dann neben mir hergehen, genau wie Er neben Henoch gegangen sein mußte. »Und Henoch wandelte mit Gott, und auf einmal war er nicht mehr da, denn Gott hatte ihn hinweggenommen.« Hatte meine Mutter mich vielleicht vor Gott gewarnt? Hatte sie deshalb nicht genau gesagt, warum ich nicht mit fremden Männern mitgehen durfte? Ein solch fremder Mann konnte Gott sein, und wenn man Gott sehr liebte, nahm Er einen hinweg, so wie Er Henoch hinweggenommen hatte, und dann war man nicht mehr da, und das wollte meine Mutter natürlich nicht. Oder war sie eifersüchtig, weil ich Gott mehr liebte, lieben mußte als sie, um Seiner würdig zu sein? Wollte sie deshalb nicht, daß ich mit einem Fremden mitging, der Gott sein konnte? Wenn Er mich hinwegnahm, würde sie mich nie wiedersehen, und dann würde sie traurig sein und mein Vater auch, das wußte ich sicher, sie würden schrecklich traurig sein, denn sie liebten mich bestimmt mehr als den Herrgott, und das war auch erlaubt, denn in der Bibel wurde nicht gesagt, daß man Gottes nicht würdig sei, wenn man seine Kinder mehr liebte als Ihn, nein, da wurde nur gesagt, daß man Gottes nicht würdig sei, wenn man seinen Vater und seine Mutter mehr liebte. Aber merkwürdig war das schon, ich wollte gern mit Gott wandeln, genau wie Henoch, aber ich wollte nicht hinweggenommen werden. Na gut, wenn Gott erschiene, würde ich es Ihm schon erklären. Herr Jesus, würde ich sagen, ich will wohl hinweggenommen werden, aber das würde meinem Vater und meiner Mutter soviel Kummer bereiten, also warte doch noch ein bißchen, es hat ja keine Eile, und Dein Vater weiß doch, wie schlimm es ist, wenn es einem Kind nicht gutgeht. Hat Dein Vater nicht geweint, als Du am Kreuz hingst, und Deiner Mutter gab es doch auch einen Stich durch ihr Herz?

Aber auf dem Deich war Gott noch nicht zu sehen. Wohl rauschte der Wind, und ich meinte Seinen lieblichen Namen zu hören, und links am Weg schoß das Grün schon so hoch auf, daß Gott sich darin gut aufhalten konnte, ohne gesehen zu werden. Ja, da bewegte sich schon das Gras, und zwischen dem Wiesenkerbel erhob sich ein Mann mit hochroten Wangen, und kaum einen Moment später auch eine Frau, die ihr Kleid herunterschob, und ich starrte verblüfft die Frau an und ihr merkwürdig rot geflecktes Gesicht. Der Mann rannte auf einmal auf mich zu. Ich wollte weglaufen, aber es war schon zu spät, er hielt mich am Arm fest und fuhr mich an: »Du hältst das Maul, du sagst kein Wort davon.«

»Ja, ja«, sagte ich.

»Du sagst nichts?«

»Nein, Meneer.«

»Wirklich nicht?«

»Nein, Meneer, wirklich nicht.«

»Denk dran, wenn du was sagst, bring ich dich um.«

Er ließ mich los, und dann stand auch die Frau bei mir. Ich sah erstaunt ihre roten Wangen an, es war etwas Mattes und Trauriges und doch auch Fröhliches in ihrem Gesicht. Sie beugte sich herunter und lächelte mich an. »Guten Tag, du erzählst es nicht weiter, nicht wahr?«

»Nein, Mevrouw«, sagte ich.

»Dann bist du ein großer Junge. Willst du einen Bonbon?«

»Nein.«

»Warum nicht?«

»Ich mag keine Bonbons.«

»Du magst keine Bonbons? Dann einen Apfel?«

»Nein.«

»Warum nicht?«

»Davon kriegst du das Scheißen, sagt mein Vater.«

Sie lachte fröhlich, und es war etwas in diesem Gesicht und in diesen Augen über diesen geröteten Wangen, was mich ganz glücklich machte. Sie war eine so schöne Frau, wie ich nie eine gesehen hatte, nicht weil ihr Gesicht so schön war, sondern weil ihre Wangen so rot waren, als stünden sie in Flammen.

»Also, du willst wirklich nichts?«

»Nein, Mevrouw, ich muß zum Garten meines Vaters.«

»Ganz allein?«

»Ja.«

»Wer läßt nun so ein Kind ganz allein auf dem Deich laufen? Die sind doch verrückt. Wo ist der Garten von deinem Vater?«

»Im Westgaag.«

»Das ist noch ein ganzes Stück.«

»Ach, nein«, sagte ich, und ich ging weiter und ließ sie erstaunt zurück. Ich blickte mich um, sie winkte mir zu, und ich winkte zurück und wußte plötzlich, daß ich sie liebte. Dennoch konnte sie nicht Gott sein, denn Gott war ein Mann. Warum stimmte mich das für einen Augenblick traurig? Ich wußte es nicht, ich wußte nur, daß ich wegen der Glut in ihrem Gesicht ganz plötzlich angefangen hatte, sie zu lieben. In der Ferne glänzte Blikken Loods in der Sonne, und als ich zurückblickte, schien Maassluis schon ganz schön weit weg zu sein, und die Zeiger der Turmuhr konnte ich nicht mehr erkennen.

Wie mochte Gott aussehen? Hatte Er, genau wie die Männer, die vorhin den Sarg trugen, einen schwarzen Anzug an? Oder würde Er vielmehr ganz in Weiß sein, wie eine Braut. Und leuchtend. Er konnte auch aussehen wie ein brennender Dornbusch. Aber Er konnte sich natürlich verkleiden, und als ich das dachte, fiel mir auf einmal ein: Vielleicht war der Mann auf dem Fahrrad ja Gott. Er wußte, wie mein Vater und meine Mutter hießen, er wußte, wie mein Großvater hieß und was er machte, ja, er wußte alles, genau wie Gott. Aber Gott auf dem Fahrrad? Das kam mir so merkwürdig vor, davon wurde in der Bibel nie gesprochen, und doch war es nicht völlig ausgeschlossen, denn Gott konnte alles. Also auch Fahrrad fahren. Aber dieser Mann hatte doch gar nicht ausgesehen wie Gott; so ein kleines, unansehnliches Männchen mit einem braunen Jägerhut und einem eleganten Federchen am Hutband. Ein schwarzes Federchen, ich sah es plötzlich vor mir, während ich vorhin kaum darauf geachtet hatte, ein schwarzes Federchen, genau wie am Hut von Nachbarin Kraan. Warum sollte dieser Mann ein schwarzes Federchen tragen an einem braunen Hut, wenn er nicht Gott war und nichts vom Tod von Nachbar Kraan wußte.

Ein Auto überholte mich, war im Handumdrehen

an Blikken Loods vorbei, dessen Dach so in der Sonne blendete, daß es weh tat. Auf der anderen Seite des Weges kämpfte ein Fahrradfahrer mit dem Gegenwind, und ich dachte: Wenn mein Vater dort fahren würde, könnte er diesen Mann augenblicklich überholen, mit oder ohne Gegenwind. Nach dem Radfahrer folgte eine Dame auf einem Fahrrad, die noch mehr Mühe mit dem Wind hatte, und bei Blikken Loods liefen kleine schwarze Gestalten in der Frühlingssonne herum, und über meinem Kopf flog ein Schwarm Gänse quer über den Weg. Es war, als ob Gottes Atem alles beseelte. Ja, Elias hatte Er in einem Sturm mit einem feurigen Wagen in den Himmel geholt, aber demselben Elias war Er zuvor in einer Windstille erschienen. Nun, windstill war es keineswegs, und das beruhigte mich plötzlich irgendwie – Er würde jetzt bestimmt nicht erscheinen, es wehte viel zu stark. Wie war das Wetter gewesen, als Er Henoch hinaufholte? Darüber erzählt die Bibel nichts. Adam war Er erschienen, wandelnd in der Abendkühle. Es war zwar kühl, aber nicht Abend. Warum hatte ich Angst vor Gott? Ich konnte Ihm doch einfach sagen, wenn Er kommen und neben mir gehen würde: »Herr Jesus, ich liebe Dich bestimmt mehr als meinen Vater und meine Mutter, aber es würde ihnen so viel Kummer bereiten, wenn Du mich jetzt hinwegnehmen würdest, vielleicht kannst Du noch ein bißchen warten. Henoch war doch auch schon sehr alt, als Du ihn hinwegnahmst?« Wie alt? Daß ich das nicht genau wußte – wie dumm. Methusalem war 969 Jahre alt geworden – der Älteste von allen, aber Henoch? Henoch war der Vater von Methusalem, konnte in jedem Fall nicht als kleines Kind hinweggenommen worden sein. Henoch wandelte mit Gott, »und Henoch wandelte mit Gott, und auf einmal war er nicht mehr da, denn Gott hatte ihn hinweggenommen«. Und wie? Warum stand darüber nichts in der Bibel? Hatte ihn hinweggenommen – nicht wie Nachbar Kraan in einem Sarg und einer Kutsche mit zwei Pferden davor, das eine mit Feuer und das andere mit Wasser. War Nachbar Kraan denn nicht mit Gott gewandelt?

»Kein frommerer Mann als Nachbar Kraan«, hatte ich meine Mutter oft sagen hören. Aber ja, er hatte da immer in seinem Kranz aus Grün gesessen, er war nie gewandelt. Vielleicht hatte Gott doch einmal zu ihm gesagt: »Kraan, komm nun mal nach draußen für eine tüchtige Wanderung«, aber Kraan hatte natürlich gesagt: »Ich muß erst noch diese Schuhe besohlen und den anderen Schuh nähen, und da muß noch eine neue Hacke drunter, und da müssen noch neue Schuhbänder rein, keine Zeit heute.« Deshalb war Kraan jetzt in einem Sarg weggebracht und nicht emporgehoben worden wie Henoch. Nein, ich wollte nicht in einen Sarg, aber ich wollte auch nicht emporgehoben werden. Ja, später schon, aber jetzt nicht, jetzt noch nicht. »Warte noch ein bißchen, Herrgott«, betete ich, »bitte warte noch ein bißchen.«

Ich kam an Blikken Loods vorbei. Das Dach glänzte so grell im Sonnenlicht, daß ich mit abgewandtem Kopf vorbeiging. Ich schaute den Deich hinunter über die grünen Knospen des noch nicht aufgeblühten Klatschmohns hinweg zu dem weißen Häuschen von Janus Hoekveen auf der Weverskade. Die hohen Pappeln rund um das Haus bewegten feierlich ihre Wipfel, als hätten sie den Wind gezähmt. Auf der Weverskade fuhr, gegen den Wind an, der Mann mit dem braunen Jägerhut. Mit einer Hand drückte er den Hut ab und zu auf den Kopf, also konnte es nicht Gott sein. Der brauchte natürlich keine Angst zu haben, daß Sein Hut wegwehte. Man konnte außerdem sehen, daß es ihn viel Mühe kostete, gegen den Wind anzukommen. Nein, kein Gedanke daran, daß es Gott war. Gott würde den Wind drehen lassen können oder gegen ihn anfahren können wie ein Engel. Gott würde bestimmt nicht auf einem so rostigen Fahrrad fahren. Aber der Mann trug noch immer das schwarze Federchen an seinem Hut, und er hatte alles gewußt. Gott konnte natürlich auch extra so tun, als wäre Er nicht Gott, um mich zu täuschen. Ich spähte aufmerksam zu dem Fahrradfahrer auf der schmalen Weverskade, dachte dann plötzlich, daß er nach oben blicken könnte, wieviel Mühe es ihn auch kosten würde, mit diesem kräftigen Wind im Gesicht den Kopf zu heben. Deshalb tauchte ich unter in dem schon hohen Gras zwischen dem blühenden Wiesenschaumkraut; ich kroch ein Stück durch die Grashalme zu einem Weidengebüsch und versteckte mich dort. Ich konnte den Mann jetzt genau sehen, aber er mich nicht, wenn er nach oben blickte. Und doch – wenn es Gott war, nützte es gar nichts, sich zu verstecken. Er würde einen doch immer sehen, auch wenn Er tausendmal gegen den Wind anfuhr. Der Mann war jetzt bei einer der drei Brücken über den Fluß angekommen, die zu einer Deichauffahrt führte. Er hielt, lüftete den Hut, wischte sich den Schweiß von der Stirn und sah dann aufmerksam den Deich entlang, zuerst noch in Richtung von Blikken Loods, dann rückwärts in meine Richtung. Ich duckte mich tiefer ins Gras, lugte durch die Grashalme und sah ihn dort stehen, wie er immer wieder den Deichrand absuchte, den Kopf immer wieder hin und her wandte und jedesmal den Hut lüftete, um sich den Schweiß abzuwischen. Ich wußte plötzlich sicher, daß es nicht Gott sein konnte, Gott würde genau wissen, wo ich war, brauchte nicht den Deich entlangzustarren. Ich war mir auch sicher, daß der Mann mich suchte, und das machte mir angst, und doch war da zugleich der beruhigende Gedanke: In jedem Fall ist es nicht Gott, Gott sei Dank. Der Mann schob das Fahrrad die Deichauffahrt hinauf auf den Deich, starrte lange auf den Weg in Richtung Blikken Loods, stieg auf und fuhr dann in meine Richtung. Ich kauerte mich noch mehr zusammen hinter dem Weidengebüsch, und er kam sehr schnell vorwärts, weil er jetzt mit dem Wind fuhr, und ich sah, wie er die Deichböschung nach einem Lebenszeichen absuchte. Für einen Augenblick schien es, als schaffte er es doch noch, mich zu finden, denn er zögerte, als er ganz nah herangekommen war – vielleicht weil das Gras am Abhang zertreten war –, fuhr aber weiter, sich schwarz abzeichnend gegen den Himmel, der von meinem Platz aus nur eine Kante zu sein schien. Er schwebte über dem Grasstreifen, über dem Wiesenkerbel – der untere Teil seiner Reifen war nicht einmal zu sehen, und er pfiff eine unruhige Melodie, ein aufgeregtes Liedchen, das nun wirklich keinem Psalm glich. Aber ich wußte ja schon, daß es nicht Gott sein konnte. Das schwarze Federchen wiegte sich im Wind, und ich dachte: Was soll ich jetzt machen? Ich wagte nicht, den sicheren Schutz des Weidenbusches aufzugeben, aber ich konnte da auch nicht liegen bleiben. Zurück konnte ich nicht, er würde mich mit seinem Fahrrad immer einholen können, mit oder ohne Gegenwind. Weitergehen in seine Richtung? Niemals. Ich kroch langsam durch das Gras nach oben, schaute den Deich entlang und sah ihn über den weißen Beton verschwinden, womit der Deich planiert war. Ich wagte nicht aufzustehen, erkannte ihn vor dem Horizont nur noch als schwarzen Umriß, der aus dieser Entfernung gar kein Tempo mehr hatte, sondern immer kleiner wurde. Er fuhr eine Abfahrt vor dem Tol hinunter. Was würde er jetzt tun? Wieder auf die Weverskade fahren, gegen den Wind? Ich wartete nicht ab, überquerte hastig den Deich, rannte an der dichten Weißdornhecke entlang, bis ich zu einer Öffnung kam, und zwängte mich hindurch. Auf der anderen Seite der Hecke war ein schmaler Streifen Gras zwischen Acker und Weißdorn, und auf diesem Streifen rannte ich an der Hecke entlang, die mich den Blikken all derer entzog, die auf dem Deich fuhren oder liefen. Ich hatte den Wind im Rücken und konnte schnell weiterrennen, spähte aber doch immer wieder kurz durch die seltenen Öffnungen in der Hecke über den Deich. Ich sah ihn nicht und rannte weiter, obgleich weiter hinten Leute Unkraut verbrannten und ich wieder für einen Augenblick an den brennenden Dornbusch denken mußte. Mir war klar, daß der Mann sehr wohl auf die Idee kommen konnte, ich würde hinter der Weißdornhecke laufen. Aber ich mußte weiter, ich war jetzt viel näher beim Garten meines Vaters als bei uns zu Hause.

Auf der Höhe vom Tol angekommen, schaute ich lange durch eine kleine Öffnung in der Hecke. Ich sah den Mann nicht und überquerte vorsichtig den Weg, ließ mich auf der anderen Seite des Deichs ins Gras fallen und spähte über die Weverskade. Kein Radfahrer in Sicht. Nichts als wiegendes Schilfrohr neben einem schmalen Weg. Dennoch wagte ich nicht aufzustehen. Ich schaute in den Westgaag – der sich schlängelnde Weg lag hell und still in der Sonne. An seiner rechten Seite, im Fluß, erhob sich zwar hohes Schilfrohr, aber darin würde ich mich nicht verstecken können. An der linken Seite war ein atemberaubend hoher, schräger Abhang, der schon gemäht war. Auch da würde ich mich dem Blick des Mannes nicht entziehen können, für den Fall, daß er hinter mir her war. Was nun? Ich lag im Gras, die Sonne schien auf mich herab, als ob alles in Ordnung wäre, und überall wiegten sich die Baumkronen. Da sah ich auf dem Bauernhof, der links von der Straße lag, eine Kutsche. Sie erinnerte mich zuerst an die beiden Kutschen, die ich an diesem Tag gesehen hatte, aber das kleine hellbeige Pferdchen vor der Kutsche hatte keine Ähnlichkeit mit den beiden stattlichen Pferden von vorhin. Es stand da, den Kopf gesenkt, wie die Statue eines Ponys, und ich erkannte das Tier, bevor ich die Kutsche erkannte. Auf dem Hof liefen friedlich Hühner herum, eine weiße Gans watschelte vorbei, und man sah ein kleines Mädchen mit weißer Schürze und einer Schleife im Haar. Ich rutschte auf dem Gras hinab, lief hastig über die Brücke, auf der früher einmal ein Zollhäuschen gewesen sein mußte, und schlenderte auf den Hof. Außer dem Mädchen und den Hühnern und der Gans waren zwei Männer dort. Und mitten auf dem Hof standen zwei Schweine, so ruhig, als hätten sie schon seit Stunden so gestanden. Das eine, größere Schwein lag auf dem Rücken des anderen und winkte mit dem Schwänzchen. Es war fast, als würde es mit seinen beiden Vorderpfoten das andere Schwein umarmen. Einer der Männer, der ältere von beiden, sagte zu dem Mädchen: »Jetzt mußt du genau hinsehen, wie oft Berend blinzelt, dann weißt du, wie viele Ferkel kommen.«

Ich betrachtete aufmerksam das Schwein, das so selbstbewußt auf dem Rücken des andern lag. Seine Augen waren weit aufgesperrt, und es zwinkerte nicht ein einziges Mal mit den Lidern. Dann stieg es plötzlich herunter und schnaubte entrüstet, lief dann zur Kutsche und zu dem alten Mann. Der Eberbauer (ich hatte ihn schon erkannt) lief hinterher und sagte: »Das hast du wirklich gut gemacht.«

Das Tier grunzte wie zur Antwort und sprang so, aus dem Stand, in die Kutsche. Der Eberbauer schloß das schwarze Türchen, und ich hörte ein gutmütiges Grunzen, das der Eberbauer mit einem fröhlichen Lachen beantwortete. Dann sah er mich.

»So, so, was machst du denn hier? Wo ist dein Vater?«

»Im Garten.«

»Wie kommst du dann hierher?«

»Zu Fuß.«

»Ganz vom Garten her?«

»Nein, von zu Hause.«

»Sollst du denn zum Garten? Ist etwas mit deiner Mutter?«

»Nein, ich wollte einfach zu meinem Vater gehen. Darf ich ein kleines Stück mitfahren?«

»Natürlich, setz dich mal neben mich auf den Bock. Ja, vorsichtig aufsteigen, so, erst den rechten Fuß, dann den linken, nein, deine Hand hier, ja, jetzt den anderen Fuß nachziehen, ho, ho, warte, ich heb dich eben hoch, ich komm rum, ja, gut so. Wie ein Fürst, was, wie ein Fürst sitzt du da. Jetzt ich noch, und dann geht's los. Hü! Alter, hü!«

Er schüttelte die Zügel, und das Pferdchen hob den Kopf, blieb aber ruhig stehen. Er schüttelte nochmals, und nun setzte das Pferd zögernd seine Beine in Bewegung, und wir zockelten langsam in den Westgaag.

»Das hier hat seine beste Zeit wirklich hinter sich. Aber Berend, Junge, Junge, was ist der noch in Form. Na, besser das Tier hinter mir ist in Form als das Tier vor mir – da kann Berend sich nämlich schön erholen, wenn wir hier in so einem Zuckeltrab durch den Westgaag fahren, denn ich hoffe, daß er heute noch eine Sau decken kann, zwei wäre wohl zuviel verlangt, aber eine geht noch, was, Berend?« Er schlug mit seinem linken Arm leicht hinter sich auf die Kutsche.

Wieder hörte ich das beruhigende Grunzen, das der Eberbauer mit den Worten beantwortete: »Es gefällt dir auch noch immer, was, in deiner Kutsche? Soweit ich weiß, sind da noch zwei Sauen heiß, also, wenn es irgend geht, was, Berend?«

Er schwieg einen Augenblick, wandte sich dann an mich: »Was hältst du davon, Sohn von Pau, meine Frau sagt zu mir: ›Du mußt die alte, abgetakelte Kutsche ausrangieren, du mußt ein Auto kaufen und so einen kleinen Viehwagen dahinterhaken, und dann nimmst du zwei Eber mit statt einem, dann kriegst du viel mehr fertig an einem Tag. Während der eine sich erholt, läßt du den anderen dekken, immer abwechselnd sozusagen, du kommst schneller voran, verdienst mehr.‹ ›Ja‹, sag ich dann, ›aber du brauchst nicht zu denken, daß du zwei Eber in einen Wagen setzen kannst. Nur wenn es Brüder sind, die von klein auf zusammen aufgewachsen sind, geht's.‹ ›Dann stell doch eine Trennwand in den Wagen.‹ ›Ja, das ginge schon‹, sag ich dann, und ich find auch was dran, aber ich kann doch meine Kutsche noch nicht aufgeben, ich kann mich noch nicht von ihr trennen, es ist ein so ruhiges und angenehmes Arbeiten, verstehst du, mit nur einem Eber, und ich verdien ein gutes Zubrot damit, was will ich mehr?«

»Ich würde nie ein Auto nehmen«, sagte ich.

»Nun hörst du es mal aus Kindermund, was, Frau, nie ein Auto, siehst du wohl. Und warum nicht?«

»Na, ich finde solch ein Pferchen so schön.«

»Willst du die Zügel mal halten?«

Er drückte mir das Geschirr in die Hand, und das Pferdchen lief ruhig weiter und schien gar nicht gemerkt zu haben, daß jetzt jemand anders die Zügel hielt.

»Ja, du, dieser neumodische Kram, das ist nichts. So 'n Auto – du mußt erst deinen Führerschein machen, na, und dann ich noch in meinem Alter, ich gehör schon seit zwanzig Jahren zum alten Eisen, ich hab schon Kinder, die größer sind als ich, Piet, mein Ältester, überragt mich so um fünfzig Zentimeter, nein, ich schaff es noch bis an mein Grab mit dieser Kutsche, warte, gib mir eben die Zügel rüber, da will ein Fahrrad vorbei.«

Und da fuhr er, der Mann mit dem braunen Jägerhütchen. Direkt neben uns. Er hätte mich bequem anstupsen können, aber er sah nicht einmal zu uns her, hielt nur seinen Hut fest und schlingerte am Pferd entlang, das den Mann ungerührt vorbeifahren ließ. Ich schaute hinauf zu den Wolken, und es war, als sähe ich Gott auf Seinem Thron sitzen, und Er sah mich auch, Er wunderte sich über mich, weil ich die Zügel schon wieder festhalten durfte, Er winkte Seinem einzigen Sohn und sagte: »Sieh mal dort, das Pünktchen im Westgaag, das ist die Kutsche vom Eberbauern, genau dort in der Mitte zwischen Tol und der breiten Autostraße, ja, da zwischen dem Schilfrohr am Fluß mit den Seerosen und den grünen Seerosenblättern. Es geht zwar langsam, aber sie kommen doch voran, und das kleine Jungchen lenkt das Pferd.«

Ich sah es vor mir, so deutlich, als wäre es Wirklichkeit, und ich hörte das Schwein grunzen und den Eberbauern kichern, und das Schilfrohr räusperte sich. Weiter vorn radelte der Mann mit dem braunen Jägerhütchen, und er hatte sich noch kein einziges Mal umgeblickt. Wir fuhren und fuhren, ohne viel voranzukommen, und der Eberbauer redete noch immer.

»Acht Eier kriegt Berend jeden Abend, stimmt's, Berend? (Er wandte den Kopf zur Kutsche.) Und er schluckt sie runter wie Lakritze, ach, er ist doch ein guter Kerl. Nur daß er so ungeschickt schraubt, man würde doch meinen, daß er allmählich Erfahrung haben müßte, aber von wegen, jedesmal wieder diese elende Arbeit. Als ob er die Öffnungen in den Sauen nicht richtig finden kann; vielleicht haben sie die alle an einer anderen Stelle. Weißt du, springen tut er wie sonst keiner, trotz seines Gewichts, aber das Schrauben ist immer noch nicht das Wahre, nun ja, bei den Menschen wird es nicht viel anders sein. Es ist schon ein Job, du bist immer unterwegs, und manchmal ist keine Sau in der ganzen Region mehr, die brünstig ist, dann hast du eine Zeitlang Ruhe. Es ist verrückt, was, aber so ein Tier, so ein Eber, der verschleißt von diesem Schrauben. Meiner Meinung nach mußt du es sachte angehen lassen, so als Mann, du verschleißt davon.«

Er schwieg wieder und schüttelte bekümmert den Kopf.

»Berend ist schon ganz hübsch fertig, ich denke nicht, daß er es noch lange macht. Ich müßte ihn kastrieren lassen, damit sein Fleisch genießbar bleibt, aber ich glaube nicht, daß ich Berend jemals aufessen kann. Und ich verkaufe ihn auch nicht. Man hängt an so einem Tier, weißt du, vor allem an Berend häng ich sehr. Er ist immer guter Laune, ist nie krank, ist munter, obwohl er älter wird, und seine Verdauung ist noch immer in bester Ordnung – ich hab noch nie einen Tierarzt geholt –, nur dieses Schrauben, weißt du, das ist sein Schwachpunkt. Nun ja, es macht nichts, besser er schraubt schlecht, als daß er dabei so schreit wie Klaas, mein voriger. Der hatte ihn genauso schnell drin wie wir früher unsere Hand im Klingelbeutel, wenn wir extra Geld brauchten, aber dann fing der vielleicht an zu schreien. Ganz Maasland konnte es hören, wie er das genoß! Oh, Klaas, Klaas, du hast dich zu Tode gebürstet, ach, ach ... verflucht noch mal, da haben wir den schon wieder auf seinem Fahrrad. Gib mir mal eben die Zügel, ja, du lenkst, als hättest du nie was anderes getan, aber es ist doch besser, wenn ich sie mal kurz nehme. He, du Zappelphilipp, willst du immer weiter so besoffen hin und her schwanken? Es ist das letzte Mal, daß ich dir ausweiche.«

Der Mann mit dem braunen Jägerhütchen fuhr wieder an uns vorbei, jetzt in entgegengesetzter Richtung, und er sah mich und schaute mich zuerst überrascht an, dann winkte er mir strahlend zu.

Wir waren dicht an der Autostraße, mußten lange warten, denn der Eberbauer wollte sie erst überqueren, wenn kein Auto mehr zu sehen war. Da standen wir, im Sonnenlicht und im Schatten, das Pferdchen ließ den Kopf sinken, und die seltenen Autos flogen vorbei. Immer war, entweder von links oder von rechts, ein Auto in der Ferne zu sehen, und deshalb warteten wir geduldig auf den einen, ruhigen Augenblick, der einfach nicht kommen wollte. Es war, als schliefen wir ein, als würden wir für immer mit dem Westgaag verwachsen und mit dem hohen Schilfrohr am Weg. Der Eberbauer rutschte nach hinten, sein Mund öffnete sich, ein Bläschen zerplatzte auf seinen Lippen. Behutsam zog er die Mütze über die Augen und sagte noch: »Zieh einfach an den Zügeln, wenn überhaupt nichts kommt«, und dann schlief er, und nochmals zerplatzte geduldig ein Bläschen. Ich sah die Straße entlang, fest entschlossen, nicht zu fahren, auch wenn kein Auto in Sicht sein sollte. Wir standen da, und wieder sah Gott auf uns herab, und Er wunderte sich darüber, daß wir nicht weiterfuhren. Dann grunzte plötzlich das Schwein, und ich erschrak so, daß ich die Zügel anzog, und die Kutsche setzte sich in Bewegung, während der Eberbauer ruhig weiterschlief. Wir überquerten die Straße, und ein Auto bremste vor uns mit beängstigendem Quietschen, ein zweites sah uns rechtzeitig ankommen und fuhr langsamer, um uns vorbeizulassen. Der Fahrer des ersten Autos stieg aus, schrie etwas und stieg wieder ein. Es erschien alles so unwirklich, als schliefe ich auf dem Bock und träumte. Aber es war der Eberbauer, der eine Bläschen blies, das einfach nicht platzen wollte. Wir fuhren weiter auf dem noch schmaler werdenden Weg, und ich blickte auf die fensterlose Mauer eines Bauernhofs, auf die die Sonne schien und die Äste eines Apfelbaums schwarze Schatten warfen. Weiter vorn gleißte die Sonne auf dem niedrigen Glas der Melonengewächshäuser, so daß man die Augen zukneifen mußte, und daher schaute ich zum Polder hinüber, der auf der anderen Seite des Flusses lag. In der Ferne erhoben sich die beiden Türme von Maasland, und ich sah auch, daß der Wind abflaute, denn ein Stück weiter hingen die Wolken schon still am Himmel, und über mir eilten sie auch lange nicht mehr so schnell dahin. Das Pferd zuckelte weiter, bis ein zorniges Gegrunze aus der Kutsche zu hören war. Ich blickte mich um und sah einen Schweinefuß in einer der vielen Ritzen in der Kutschenwand. Das Gegrunze weckte den Eberbauern zwar nicht, machte aber seinen Schlaf unruhig; die Bläschen verschwanden, und statt dessen murmelte er etwas, und zugleich drückte der Eber in der Kutsche das Türchen, das nur oben mit einem Klotz verriegelt war, so weit auf, daß ich seine Schnauze sehen konnte. Ich stieß meinen Nachbarn an. »Er will raus«, rief ich.

»Was, wer?«

Die Mütze schob sich nach oben, und der Eberbauer wachte auf, blickte erstaunt um sich, runzelte kurz die Stirn, lachte dann aber fröhlich.

»Da wären wir fast bei Stien vorbeigefahren. Ja, Berend, du hast recht, mein Lieber, wir sind schon zu weit, wir fahren ein Stück zurück, es ist doch was, so 'n Tier, da weiß er doch glatt, und das, obwohl er in einer dunklen Kutsche sitzt und nichts sehen kann, daß wir schon am Stall von Stien vorbei sind, und es ist doch schon wieder ein paar Monate her, daß er sie gedeckt hat. Aber er hat nun mal immer schon eine Schwäche für Stien gehabt, ja, ja, Berend, nur ruhig, wir fahren zurück, nur noch etwas weiter, denn hier können wir nicht wenden.«

Das Schwein protestierte nichtsdestoweniger laut, als wir weiterfuhren, und drückte mit aller Kraft gegen das Türchen, so daß der Klotz auf einmal nicht mehr hielt und der riesige Kopf sich nach draußen schob, während das Gegrunze noch lauter wurde und zorniger klang als vorher.

»Noch einen Augenblick Geduld, Berend, mußt du nun unbedingt das Türchen wieder kaputtmachen? Denk dran, ich reiß das runter, und dann kriegst du Regen auf deinen Kopf und stehst im Zug, wenn wir losfahren. So, wir sind da, ich werd dir erst mal eben runterhelfen, es ist für dich jetzt nur noch ein kleines Ende, und wir fahren dann zurück. Nein, laß dir doch helfen, Dickkopf, du hättest dir die Beine brechen können, grüß deinen Vater.«

Ich sauste davon, sowohl um den letzten Teil meines Ausflugs so schnell wie möglich hinter mir zu haben, als auch aus Angst vor dem lauthals quiekenden Schwein, aber als ich um die Kurve war, lief ich langsamer. Der Wind hatte sich gelegt, und durch die Luft zogen zarte Frühlingsdüfte, die einen taumelig machten. Ich wanderte ruhig weiter, hier waren überall Häuser; wenn der Mann mit dem dunkelbraunen Hütchen wiederkommen würde, konnte ich sofort auf einen Hof laufen und um Hilfe rufen. Komisch, dank dieses Mannes hatte ich weniger Angst vor der Begegnung mit einem wandelnden Gott. Es war sogar, als würde ich nun niemals mehr Angst haben vor Gott auf der Straße, als wüßte ich nun, daß es so etwas einfach nicht gibt und auch nie gegeben hat, außer in den Tagen von Henoch. Gott, der einfach wie ein ganz normaler Mann über die Straße geht. Nein, das gibt es nicht, vor einem solchen Gott hatte ich keine Angst mehr. Aber ich wußte auch, daß ich fortan immer Angst haben würde vor Männern wie dem Radfahrer mit dem braunen Hütchen, und ich wußte außerdem, daß Gott auch unsichtbar gegenwärtig sein konnte. Ja, es war schon, als wandelte ich mit Gott, denn der Wind hatte sich gelegt, und es duftete unaussprechlich schön nach Leben und Frühling, so daß ich immer kleiner wurde, ein Punkt in einer immer weiter werdenden Landschaft. Die Türme von Maasland wichen zurück, der Polder wurde immer breiter und größer, und ich wurde nichtiger, kleiner als das kleinste Insekt, ich schrumpfte zusammen, ich war schon fast unsichtbar in einem riesigen Raum. Und dieser Raum, dieser immer größer werdende Raum, das war Gott. Mein Herz klopfte, und mein Atem pfiff, ich rannte wieder am Wasser entlang und am Schilfrohr und den gelben Schwertlilien. Ich wußte, daß ich mich beeilen mußte, denn es würde jetzt nicht mehr lange dauern, bis ich hinweggenommen würde. »Und Henoch wandelte mit Gott, und auf einmal war er nicht mehr da, denn Gott hatte ihn hinweggenommen.«

Da war das Haus von Frau Poot, der Eigentümerin des Gartens, den mein Vater gepachtet hatte. Ich rannte über das Grundstück, am Haus vorbei, sah meinen Vater vor einem der Gewächshäuser stehen, rannte an der Lore vorbei, vorbei am Misthaufen, vorbei an den Treibhäusern. Mein Vater sah mich, und er blickte erstaunter, als ich ihn je hatte blicken sehen. Noch immer war ich ein Pünktchen in einem unermeßlichen Raum, bis ich seine Beine umklammerte und mein Gesicht an seine Manchesterhose drückte, nicht nur um meine Augen an dem Stoff abzuwischen, sondern auch um vor ihm zu verbergen, daß Tränen darin standen. Gerade noch rechtzeitig, dachte ich, gerade noch rechtzeitig, und ich wußte, daß ich verloren hatte und Gottes nicht würdig war, denn, das war mir klar, ich liebte meinen Vater mehr, viel mehr als Gott.

»Wo ist deine Mutter?« fragte er.

»Zu Hause«, sagte ich so laut wie möglich zu dem schwarzen Stoff seiner Hose.

»Bist du denn allein?«

»Ja, ich bin zu Fuß gekommen.«

»Zu Fuß, das ganze Ende? Ganz allein?«

»Ja.«

Er hob mich plötzlich hoch, und ich wußte nicht, ob er es tat, weil er wütend oder weil er besonders froh war. Aber er schien weder wütend noch froh zu sein, er rief lauthals: »Arie, Arie, nun hör dir das mal an, mein Sohn hier, kommt ganz allein aus Maassluis gelaufen, ist das nicht unglaublich?«

Ich hörte den Stolz in seiner Stimme und sah, wie erstaunt Nachbar Van der Hoeven mich, so hoch in der Luft schwebend, anblickte, und doch war ich selbst überhaupt nicht stolz – nur erleichtert und zugleich unglücklich, weil ich mich unwürdig wußte in den Augen Gottes, der mich beinahe hinweggenommen hätte und jetzt böse zusah, wie mein Vater mich zu Ihm emporhob, als wollte er Ihm zeigen, daß ich sein Besitz und nicht Sein Besitz war.

»Du kommst übrigens gerade noch rechtzeitig«, sagte mein Vater, »ich wollte eben zu Ai Kip gehen, einer seiner Knechte ist krank, und er hat mich gefragt, ob ich zum Melken komme. Wenn ich schon dagewesen wäre, hättest du mich ganz schön verpaßt.«

»Nachbar Kraan ist weggebracht worden«, sagte ich.

»So«, sagte er.

»Und Onkel Job hat mich ausgeschimpft, weil ich die Pferde angeguckt habe.«

»Dieses Ekel! Da hast du zwei jüngere Brüder, noch dazu Zwillinge, und der eine, Huib, ist ein netter Kerl, aber der andere ...«

Er trug mich, hoch über seinem Kopf, durch den Garten. Ich erzählte von der Kutsche, von Nachbarin Kraan, von dem Federchen, und alles, was ich sagte, war nicht nur an ihn, sondern auch an Ihn gerichtet, der alles so gut sehen konnte, weil ich in der Luft schwebte. Erst beim Haus von Frau Poot setzte er mich ab, um mich einen Augenblick später wieder hochzuheben und vorn aufs Fahrrad zu setzen. Und sofort kamen wir im jetzt sonnigen, windstillen, schattenreichen Westgaag in Fahrt.

Mein Vater sang:

»Ach, Mutter, schenk mir einen Spielball,
Den hatte ich immer so gern,
Wie herrlich könnte ich dann spielen
Dort droben bei unserm lieben Herrn.«

Während er sang, rückten die Türme von Maasland näher und der Polder wurde kleiner. Die Wolken eilten nicht mehr so unwirklich hoch über den Himmel, und ich dachte: Nun sieht Gott mich hier fahren, und Er hätte mich beinahe hinweggenommen, hier, bei den Schwertlilien. Was wird Er jetzt denken? Jedes Wort aus dem Liedchen meines Vaters vergrößerte den Abstand zwischen Gott und mir; jeder liebevolle Puff meines Vaters in den Rükken, jede schnelle Bewegung seiner rauhen Hand über mein Haar verminderten die Angst vor Gott. Ich dachte: Wenn Er jetzt genauso zuschaut wie vorhin, als ich vorn beim Eberbauern saß, sieht Er bestimmt, daß mein Vater mich so sehr liebt, daß er mich gar nicht entbehren kann.

Bei Ai Kip angekommen, fuhren wir auf den Hof. Mein Vater bremste mit den Holzschuhen im Kies ab, und das machte so viel Lärm, daß die herumlaufenden Hühner davonstoben. Mein Vater stellte mich über den Fahrradlenker hinweg auf den Boden. Wir gingen zu dem eingezäunten Stück hinter dem Stall. Mein Vater nahm einen Melkschemel und begrüßte Ai Kip und Thijs Loosjes, den ältesten Knecht. Er setzte sich unter eine rotgescheckte Kuh, und das wunderte mich, denn ich hatte ihn immer sagen hören: Die Roten und die Blassen, die kannst du lieber lassen, aber vielleicht war keine andere Kuh da. Ich schaute den sicheren Griffen zu, mit denen er die Zitzen des Euters bearbeitete. Er bewegte beide Hände abwechselnd auf und ab, und jedesmal spritzte ein feiner, weißer Strahl in den Eimer, und die schäumende Masse aus dicken Blasen, die nie platzten, wurde immer höher. Und über dem

Schaum, diesem Fest aus großen Blasen, hing ein feiner, durchsichtiger Nebel, der immer wieder für einen Augenblick dem weißen Strahl auswich. Bei der zweiten Kuh, einer schwarzgescheckten, durfte ich auch melken. Ich hatte das schon einmal gemacht, aber wenn ich allein unter einer solchen Kuh saß, hatte ich noch immer Angst vor dem peitschenden Schwanz und vor den ungeduldigen Bewegungen, womit sie den Kopf dann schräg zurückwarf. Ich traute mich nur zu melken, wenn mein Vater in unmittelbarer Nähe war, und dann war es wie ein Wunder, denn man wußte nicht, warum gerade diese Bewegung – kurz die Fingerspitzen mit einer gewissen Kraft an den Zitzen entlang von oben nach unten bewegen und hier und da besonders drücken, und immer eine bestimmte Geschwindigkeit beibehalten – die Milch in den Eimer spritzen ließ. Es waren Tausende von Bewegungen denkbar, aber nur eine davon brachte Erfolg, und diese eine Bewegung konnte man nur lernen, wenn man nicht allzuviel Angst und viel Geduld hatte. Neben uns melkte Thijs Loosjes viel ruhiger als mein Vater.

»Noch keine Heiratspläne?« fragte ihn mein Vater.

»Nein, warum sollte ich?«

»Mann, du bist schon zwanzig Jahre verlobt.«

»Viel länger.«

»Gut, also länger. Ich begreif das nicht.«

»Es verlangt auch keiner von dir, daß du das begreifst.«

»Hast du denn überhaupt keine Lust, mit deinem Frauchen mal unter die Decke zu kriechen?«

»Wenn man sie zu sich ins Haus holt, will sie vielleicht mit einem am selben Tisch sitzen.«

»Na, und was ist dabei?«

»Ich halt das nicht aus, es ist gerade richtig so, sonntags sehe ich sie zweimal, wenn ich mit ihr zur Kirche gehe, und das ist mehr als genug, und das übrige – nicht mit mir.«

»Früher, als ich hier noch gearbeitet hab und du noch auf dem Leeuwenhof erster Knecht warst, hatten wir hier einen Stier, den man beim besten Willen nicht dazu kriegen konnte, eine Kuh zu bespringen. Zuerst sieht man sich das ein paar Jahre an, denn man denkt: Solche Launen gehn vorüber, aber sie ging nicht vorüber, und Ai Kip sagt zu mir: ›Pau, wir müssen das Tier schlachten, wenn man ihn behält, haben wir das Problem in fünfzig Jahren noch.‹ ›Nun‹, sag ich, ›besser, du schlachtest ihn nicht jetzt, du mußt nämlich alles gleich zu den Moffen bringen, besser, du gehst zum Tierarzt und bittest ihn, daß er ihm den Führerschein abnimmt, dann kannst du ihn bis zur Befreiung mästen.‹ ›Nein‹, sagt er, ›wir schlachten ihn schwarz.‹ Na, wir ihn im Stall schwarz geschlachtet und auf einen Wagen geladen, und ich eine Kuhle gegraben, um ihn aus dem Weg zu haben, und das Tier raus zur

Kuhle, und ich spring in die Kuhle, um die Erde noch etwas eben zu machen, und da krieg ich doch auf einmal einen auf die Birne. Ich dachte sofort: Da hast du die Moffen. Aber da war gar nichts los: Die Vorderhaxe von dem Stier war vom Wagen gerutscht. Wir haben gut davon gegessen: Ab und an gruben wir ihn aus und schnitten ein Stück ab.«

»Was willst du damit sagen?«

»Nichts, ich erzähl dir das nur, weil dieser Stier genauso war wie du. Hast du wirklich vor, niemals mehr daraus zu machen als nur eine Verlobung?«

»Ja, ich heirate niemals.«

»Niemals ist aber ein langer Tag. Ich hab auch immer gedacht, daß ich nie wieder bei einem Chef arbeiten werde, und nun hab ich doch Pläne, mich abzusetzen.«

»Was hast du denn vor?«

»Ich hab mich bei der Gemeinde beworben, für die Grünanlagen. Oder auf dem Kirchhof.«

»Auf dem Kirchhof?«

»Ja, früher, wenn ich als kleiner Junge mit meiner Mutter am Friedhof bei Boonersluis vorbeiging, hab ich immer zu ihr gesagt: ›Wenn ich groß bin, will ich da arbeiten.‹«

»Haben sie dich denn schon angenommen bei der Gemeinde?«

»Ich muß nachher hin. Mit den Herren reden. Ich denk, daß ich nach dieser Kuh mal Schluß mache.«

Als wir am Tor standen und Ai Kip meinen Vater für das Melken bezahlte, sagte der Bauer plötzlich: »Ich hab noch so ein hübsches Brett, ich sah dich da ankommen, mit deinem Sohn vorn auf der Stange, wenn du nun aber das Brett von mir auf die Stange montierst, kannst du deinen Sohn hochherrschaftlich draufsetzen, ich brauche das Brett sowieso nicht mehr.«

»Gib mal her«, sagte mein Vater.

Ai Kip verschwand im Schuppen und kehrte mit einem runden Brett zurück, das mein Vater im Handumdrehen auf die Stange montiert hatte. Dann hob er mich auf das Brett, und Ai Kip sagte: »Dann mußt du auch noch die beiden Fußstützen dranmachen, die hab ich auch für dich, hier, unter den Lenker mußt du sie montieren.«

Und auch die Fußstützen wurden an das Fahrrad montiert, und dann fuhren wir los. Ich saß so fürstlich auf dem Brett, wie ich noch nie gesessen hatte. Ich konnte mich jetzt viel besser mit den Händen am Lenker festhalten, und ich sah links und rechts von mir die riesigen, behaarten Pranken meines Vaters. Ich schaute seine rechte Hand an, die so locker den Griff des Lenkers festhielt. Wie harmlos sah diese Hand aus, aber ich wußte, daß mein Vater nichts lieber tat, als anderen Leuten damit die Hand zu drücken, und ich sah vor mir, wie er, freundlich lächelnd, jemandem, der ihn nicht kannte, zum erstenmal die Hand schüttelte und wie der andere plötzlich mit schmerzverzerrtem Gesicht versuchte, seine Hand aus der großen Faust meines Vaters zu befreien, und wie ihm das nicht gelang.

»Was ist denn?« fragte mein Vater dann. »Dir scheint plötzlich irgendwas weh zu tun.«

Sogar Gott, dachte ich, sogar Gott würde Sich vielleicht in die Hose machen vor Schmerz, wenn mein Vater Ihm die Hand drückte, und ich seufzte, es war ein so vergnüglicher Gedanke, daß auch Gott meinem Vater nicht gewachsen war. Wir fuhren direkt auf die untergehende Sonne zu, bis wir zum Tol kamen. Als wir auf den Deich hinauffuhren, konnten wir die Sonne zuerst nicht sehen, weil die hohe Weißdornhecke den Weg säumte. Ich sah mich wieder hinter der Hecke rennen, und ich sah noch Rauch aufsteigen von dem Feuer, das kein brennender Dornbusch gewesen war, und bei jeder Betonfuge, die das Fahrrad kurz erschütterte, widerstand ich dem Bedürfnis, meinen Vater anzusehen. Nein, er wußte nicht, was passiert war, wußte nur von Nachbar Kraan und Onkel Job und dem Federchen. Ich sollte es ihm auch besser nicht erzählen, er würde dann bestimmt sagen: Warum bist du so bange, du brauchst niemals vor niemandem bange zu sein, ich bin das auch nicht. Ich sah auch die Stelle im Gras, wo ich gelegen hatte, um nach dem Mann mit dem braunen Jägerhütchen Ausschau zu halten, und es war schön, daß ich noch sehen konnte, wo ich das Gras zertreten hatte. Dort war es gewesen, und nun fuhr ich mit meinem Vater daran vorbei, und ich konnte hinsehen, ohne Angst zu haben. Wir fuhren ruhig weiter, und ich zählte, wie lange wir von Betonfuge zu Betonfuge brauchten. Beim Blikken Loods hörte die Hecke auf, und da hing die Sonne über dem Fluß – schon rot jetzt, so daß man hineinsehen konnte, ohne geblendet zu werden. Auf dem Fluß fuhr ein riesiges Schiff mit schlaff hängenden Flaggen in Richtung Meer, und auf den Bahngleisen, die den Polder zwischen dem Deich und dem Waterweg in zwei Teile schnitten, fuhr lautlos ein Zug. Ich hörte nur das Sirren der Fahrradreifen, ich hörte nur die Stimme meines Vaters, wie er mit einer gleichmäßigen, trägen Gemütlichkeit die Worte sang: »Ach, Väterchen, ach, Väterchen, kommst du wieder nach Haus.« Die Sonne fuhr mit uns, und ich dachte einen Augenblick: Sollte Gott die Sonne sein? Die Bibel erzählte ja, Gott sei ein Feuer, das blind macht. Wenn Gott die Sonne war, müßte Er jetzt wieder sehen, daß wir dort fuhren, mein Vater und ich, und daß kein Platz war für einen Dritten, daß es so gut war und nicht anders. Henoch wandelte mit Gott, und ich fuhr auf dem Fahrrad, auf der Höhe des Häuschens von Marie, mit meinem Vater, und vielleicht war ich Gottes nicht würdig, weil ich meinen Vater mehr liebte als Ihn, aber es konnte mir gleich sein, dort, hoch oben auf dem Deich, vorn auf dem Fahrrad, mit den Händen am Lenker und meinen Füßen so bequem auf den Fußstützen, den Blick einmal auf den riesigen Feuerball auf der gegenüberliegenden Flußseite gerichtet und dann wieder auf die langen, langen Schatten von meinem Vater und mir, die neben uns dahineilten über den weißen Beton und viel schneller voranzukommen schienen als wir und uns doch nie einholten. Es war, als würden wir bis an das Ende aller Zeiten dort zusammen fahren, mein Vater und ich, und als würde die Sonne immer so niedrig über dem Wasser stehenbleiben. Aber plötzlich waren unsere Schatten fort, als wir in die Stadt hineinfuhren und die Sonne nicht mehr sahen, weil die niedrigen Häuser am Deich im Weg waren. Wir fuhren durch die Hoogstraat, und mein Vater sagte: »Ich stell dich hier um die Ecke an die Mauer, du kannst runterkommen, du kannst auch sitzen bleiben, ich geh kurz und rede wegen meiner Bewerbung.«

Er lehnte sein Fahrrad gegen die fensterlose Mauer des Rathauses, genau vor der Treppe, die zum Hafenkai hinter den Häusern der Hoogstraat führte. Ich konnte die Sonne jetzt wieder sehen. Sie hing so dicht über dem Wasser, daß nicht einmal mehr Platz war für das kleine Boot von Dirkzwagers Schiffsagentur, das ausfuhr, um die letzten Nachrichten eines großen Schiffs zu hören, das auf dem Weg zum Meer war. Das Boot nahm für einen Augenblick einen Teil der Sonne weg; ich konnte es sehen, weil sowohl die Eisenbahnbrücke als auch die Kippenbrug offen waren. Das Boot verschwand, und die Sonne berührte das Wasser, und der Hafen wurde ein Flammenmeer. Ich hatte so etwas noch nie gesehen, denn die Eisenbahnbrücke und die Kippenbrug hatte ich noch nie in dem kurzen Augenblick am Spätnachmittag, wenn Sonne und Wasser sich berührten, geöffnet gesehen. Dort, am Eingang des Hafens, stand die Sonne wie ein zorniger Wächter, und ich mußte an den geheimnisvollen und beängstigenden Bibeltext denken: »Und er vertrieb den Menschen und stellte östlich vom Garten Eden die Cherubim auf und des blinkenden Schwertes Flamme, den Weg zum Baum des Lebens zu bewachen.« Ich wußte plötzlich, daß die Sonne für mich dort stand, daß Gott sie dorthin gestellt hatte, weil ich mich an dem Nachmittag, genau wie Adam, von Ihm abgewendet hatte. Ich blickte auf das Wasser, das rot glühend an die Kaimauern schwappte, und ich dachte, erstaunt und voller Schuldbewußtsein und dennoch gleichzeitig zufrieden über meine Erkenntnis: Also das ist nun das Wasser des Lebens, das herfließt vom Thron Gottes und vom Lamm.

Der Monitor

Während die Möwe das Junge gierig verschlang, knipste jemand, der unsichtbar blieb, eine Lampe neben der Wandtafel an, und eine schreibende Hand erschien in dem runden Lichtkegel. Das Bild des weißen Vogels verschwamm; die Beinchen des Kükens, die noch aus dem Schnabel heraussahen, verblaßten, und die Möwe schien mit dem Herunterschlucken zu warten, bis die Hand an der Tafel ihre weißen Worte abgeliefert hatte. Die Hand konnte die Mitteilung nicht genau in den Lichtkegel plazieren; das Wort »Telefon« war unvollständig und weniger gut lesbar als: »'t Hart, Leiden, dringend ans ...«, und es wurde wieder dunkel im Saal. Die Ehrung von Niko Tinbergen wurde mit der Vorführung seines Films *Signals for Survival* fortgesetzt. Ich eilte nach vorn, schon da völlig sicher, was der Grund für die Störung war. Mein Schwager war am anderen Ende der Leitung: »Ich habe eine traurige Nachricht für dich. Dein Vater liegt im Krankenhaus. Es ist sehr ernst. Ob du sofort kommen könntest.«

Ich rannte zum Bahnhof und fragte mich ständig,

ob ich nicht besser eine Straßenbahn oder ein Taxi nehmen sollte. Als ich endlich im Zug saß, dachte ich: Nun ist es schon zwei Monate her, daß ich versucht habe, ihm etwas zu erzählen, und die ganze Zeit über ist nichts passiert. Aber warum habe ich nicht gewagt, wenigstens etwas anzudeuten? Weil ich mir vorgenommen hatte, bis zu den ersten Krankheitssymptomen zu warten? Aber von Krankheit war auch nach dem dritten Oktober nichts zu merken gewesen. Oder hatte es etwas mit der Geschwulst zu tun, daß mein Vater in den vergangenen Monaten immer böser geworden war? Vor allem nachts, hatte ich von meiner Mutter gehört, konnte er beängstigend zornig werden. Er richtete sich dann im Bett auf und schrie: »Ich bring sie alle um, alle, all diese Lumpen, die versucht haben, mich unterzukriegen.«

Er rief das im Schlaf und weckte sich selbst damit, weinte dann über alles, was ihm angetan worden war. Alle von Kindesbeinen an unverarbeitet gebliebenen Demütigungen kamen hoch, er wendete wieder jeden einzelnen Käse, den er in seiner Kindheit hatte wenden müssen, er sah wieder vor sich, wie er mit dreizehn Jahren das Haus verlassen hatte und beim Abschied von seinem Vater zu hören bekam: »Ich bin froh, daß ich diesen Mitfresser los bin.« Wenn er soweit gekommen war mit seiner nächtlichen Geschichte, folgte in der Regel eine Prozession reicher maasländischer Hofbesitzer, und zum Schluß erschien das größte Monster, der Gärtner Poot. Auch ich wurde in die Wut mit einbezogen, denn ich mochte zwar »ein heller Kopf« sein, war aber dennoch vom Glauben abgefallen und hatte eine Frau geheiratet, die nicht nur zu klein und zu mager war und ein Brille trug (und vor allem das war merkwürdig, denn meine Mutter hatte auch eine Brille getragen, als mein Vater sie kennenlernte), sondern außerdem ungläubig war.

Ich dachte während der Bahnfahrt an den Geburtstagsbesuch. Gut eine Woche vorher war er bei uns gewesen und hatte, als er mir zum Geburtstag gratulierte, gesagt: »Du machst dir nichts, aber auch gar nichts daraus, daß wir hierherkommen, um dir zu deinem Geburtstag zu gratulieren, wir könnten genausogut wegbleiben, du bist froh, wenn wir wieder abhauen.«

Er hatte den ganzen Nachmittag unbeweglich auf einem Stuhl mit Armlehnen gesessen, ungewöhnlich schweigsam für seine Verhältnisse und mürrisch vor sich hin starrend mit diesen grünlich flackernden Augen, mit denen er Hunde so anblicken konnte, daß sie zuerst anfingen zu jaulen und sich dann, den Schwanz zwischen die Beine geklemmt, pfeilschnell davonmachten. Nur ab und an hatte er den Mund geöffnet, um etwas zu sagen: »Wenn ich immer auf solchen Stühlen sitzen müßte, wie du sie hier hast, hätte ich's schnell im Rücken, bei mir auf dem Friedhof sitzt man sogar auf einer Bahre besser.«

Danach hatte er wieder lange Zeit geschwiegen, um plötzlich, unerwartet, zu bemerken: »Warum hast du hier eigentlich nirgends ein Foto von deinem Vater und deiner Mutter hängen?«

»Warum denn?«

»Wir sind sicher zu gering, genau wie in dem Buch von Bordewijk, dieser Anwalt hat ganz kleine Porträts von seinen Eltern auf seinem Schreibtisch stehen und ganz große von seinen Schwiegereltern.«

»Ich habe hier auch keine Porträts von meinen Schwiegereltern hängen.«

»Nein, weil du zu feige bist zuzugeben, daß du dann große von ihnen und kleine von uns aufhängen würdest.«

»Wie kommst du darauf?«

Er hatte nicht geantwortet, hatte nur wütend vor sich hin gestarrt und mit regelmäßigen Unterbrechungen leise, aber anhaltend gepfiffen. Vor allem dieses Pfeifen, das ich so gut von früher kannte, war beängstigend gewesen, und jedesmal wenn ich ihn ansah, hatte ich gedacht: Er ähnelt doch genau dem Vater von David Schearl in *Call It Sleep*. So ein Mann ist er, aber man merkt es meistens nicht, weil er seine Wut normalerweise in den ihm eigenen Humor umsetzen kann.

Ich war tatsächlich froh gewesen, als er am Ende des Nachmittags gegangen war; in unserem Haus hatte ein Geruch von gekochter Milch und schwerem Van-Nelle-Tabak gehangen. Beim Abschied hatte er drohend gesagt: »Du bist jetzt genauso alt wie ich, als du geboren wurdest.«

Ich hatte nach seinem Weggehen Fenster und Türen geöffnet. Ich hatte damit die Gerüche vertreiben können, aber mein Groll war geblieben. Ich hatte gedacht: Die ganzen Monate habe ich mir Sorgen um ihn gemacht, habe mich stellvertretend für ihn damit auseinandergesetzt, daß er bald sterben würde. Aber es ist alles umsonst gewesen; er ist nicht krank geworden. Ich habe im Dunkeln vor meiner Musikanlage gesessen; ich habe einen alten Mann umgefahren und bin ins Binntal gereist und habe Laub geharkt, alles um seinetwillen. Aber er hat mich betrogen; es kann gar nicht die Rede sein von einer schrecklichen Krankheit. Das einzige, was passiert, ist, daß er hierherkommt und pfeift. Ja, die Gerüche hatte ich mit frischer Luft vertreiben können, aber das Pfeifen war im Zimmer hängengeblieben, denn es war schon vorbei gewesen und konnte daher nicht durch ein geöffnetes Fenster vertrieben werden.

Ich saß im Zug und wunderte mich über meinen Groll von vor einer Woche. Unbegreiflich! Ich war nicht darüber erleichtert gewesen, daß er nicht krank geworden war, nein, es war Rachsucht gewesen. Wenn er nur nicht gepfiffen hätte, dachte ich, wäre mir der Gedanke, betrogen worden zu sein, gar nicht gekommen. Aber ich hörte wieder meine

Tirade gegen Gott nach dem Gebet meines Vaters am dritten Oktober und war mir dessen doch nicht ganz sicher.

Ich sah hinaus auf die Polder im Regen und wunderte mich, daß es so früh am Nachmittag schon so dunkel war. Ich schaute zum Horizont, der sich kaum veränderte, und dachte wieder an die täuschende Ferne von Dickens, wußte plötzlich, daß sie in *Dombey and Son* beschrieben wurde, dachte daraufhin an Tom Pinch in *Martin Chuzzlewit*. Es schien, als müßte der Bemerkung meines Vaters: Du bist genau wie Tom Pinch, auf einmal eine tiefere, bisher noch nicht ausgelotete Bedeutung zugestanden werden. Pinch hatte Pecksniff nicht durchschaut, war der einzige, der ihn anerkannt und bewundert hatte, während alle anderen wußten, daß der Architekt ein scheinheiliger Schurke war. Verhielt ich mich meinem Vater gegenüber genauso wie Pinch gegenüber Pecksniff? War mein Vater ein vulgärer, unkultivierter Mann, der sich hinter banalen Scherzen versteckte, und ich der einzige, der das nicht wahrhaben wollte?

In Leiden sah ich Hanneke im Regen auf dem Bahnsteig stehen, und ich war froh, daß ich nicht allein zu meinem Vater zu fahren brauchte, denn es war, als könnte ich die Scham über meinen Groll nicht verbergen, wenn ich mit ihm allein wäre. Sie wußte, in welchem Krankenhaus er lag, wußte jedoch nicht, weshalb er so überstürzt eingeliefert worden war. Ich wunderte mich auch darüber: Konnte ihm die Geschwulst in der Bauchspeicheldrüse so plötzlich und so stark zu schaffen machen? Die ganze Zeit über war nichts passiert, hatte es ausgesehen, als sei er eher auf dem Weg zum Mutterschoß denn zum Grab, und nun sollte akute Lebensgefahr bestehen? Es fiel mir schwer, das zu glauben, und ich konnte mich schon gar nicht darüber freuen, daß es auf einmal doch passierte, auch wenn das dem Kummer der vergangenen Monate wieder einen Sinn gab.

Wir nahmen nach meiner Zugfahrt gen Süden ein Taxi zum Krankenhaus, und es war halb sechs, als wir dort eintrafen. Ich hatte erwartet, daß ich sofort zu meinem Vater gelassen würde. Aber das war keineswegs der Fall. Anderthalb Stunden vor der Besuchszeit, was ich denn dächte! Ganz aus Amsterdam gekommen und mich beeilt? Sehr gut, denn wenn der Zustand sich plötzlich verschlimmerte, müßten wir alle in der Nähe sein. Aber jetzt bestand keine akute Lebensgefahr, und daher durfte ich nicht zu ihm. Der Arzt sei bei ihm, und danach brauche er Ruhe, es sei sogar die Frage, ob wir ihn um sieben Uhr überhaupt besuchen dürften. Aber trotzdem dableiben, auf keinen Fall nach Hause gehen, denn er konnte jeden Augenblick wieder in Lebensgefahr sein.

Wir saßen auf einer Bank auf einem dunklen Flur im ersten Stock, ganz in der Nähe der Intensivstation, und ich dachte: Das Schreckliche ist noch dazu, daß sie einen in Zimmern unterbringen und sterben lassen, die so heißen.

Von meiner Mutter erfuhr ich, was geschehen war. Um halb neun, gerade als Quaavers sich bei ihm im Haus für die Totenbahren aufhielt, war er plötzlich auf den Boden gestürzt, bei vollem Bewußtsein übrigens. Er war aufgestanden, hatte sich auf einen Stuhl gesetzt, und ein eilig von Quaavers herbeigerufener Arzt hatte sofort festgestellt: Herzanfall, gleich ins Krankenhaus. Er hatte dagegen mit der ihm eigenen Heftigkeit protestiert, wollte in jedem Fall die Zusicherung, daß er in einer Woche wieder nach Hause dürfe, um seinen Geburtstag zu feiern. Zu meiner eilig verständigten Mutter hatte er gesagt: »Ich will bei dir bleiben«, und er hatte sie so kräftig in den Arm gekniffen, sozusagen als Liebkosung, daß der blaue Fleck noch im Dämmerlicht des Flurs zu sehen war. Dennoch hatten sie ihn mit heulender Sirene weggebracht. Am Nachmittag war sein Herz stehengeblieben, aber durch Massage wieder in Gang gebracht worden.

Als meine Mutter das alles erzählt hatte, zögerte ich keinen Augenblick. Ich berichtete von dem Besuch beim Arzt an jenem schönen Frühlingsmorgen, von der Geschwulst an der Bauchspeicheldrüse, und es war geradezu, als erzählte ich es, um sie zu trösten. Um ihr zu sagen: Dieser Herzanfall bewahrt ihn vor einem viel schrecklicheren Schicksal;

und ich benutzte diesen Gedanken tatsächlich als Rechtfertigung für meine wirklich unnötige Geschwätzigkeit. Ich wußte jedoch genau, daß ich es nur erzählte, um von dem Geheimnis befreit zu werden, daß ich es hinausschleuderte, weil es mich erleichterte, darüber zu reden. Es war mehr als nur Erleichterung, es war, als könnte ich endlich wieder frei atmen, und während ich redete, schien es, als wenn das alles nicht wahr sei, nicht wahr sein könne: Mein Vater wäre längst krank gewesen, wenn es sich um eine solche Geschwulst gehandelt hätte.

Kurz nach sechs erlaubte die Oberschwester, daß ich ihn begrüßte. Er lag ruhig im Bett, und neben ihm auf einem Monitor war jeder Herzschlag als grüne, sich auf und ab bewegende Linie sichtbar. Systole und Diastole folgten regelmäßig aufeinander, da war nur ein kleines, bizarres zusätzliches Knötchen zwischen der Systole und der Diastole, eine kleine Unregelmäßigkeit, nichts, worüber man sich Sorgen machen oder vor dem man Angst haben müßte.

»Ich bin heute nachmittag zwei Minuten tot gewesen«, sagte er stolz, »sie haben mich wieder zum Leben erweckt, mit Herzmassage. Ist deine Mutter noch da?«

»Ja.«

»Sie kann ruhig weggehen, es ist nichts.«

»In einer Dreiviertelstunde darf sie dich besuchen, dann ist es sieben Uhr, bis dahin bleibt sie.«

»Sieben Uhr? Das ist unmöglich, es ist jetzt ungefähr drei Uhr.«

»Nein, es ist schon nach sechs.«

»Das gibt es nicht. Weißt du, daß sie mich heute morgen mit dem Krankenwagen und heulender Sirene hierherbefördert haben? Das habe ich noch nie erlebt! Du hast noch nie in einem solchen Auto gelegen, nicht wahr? Ich hab einen Vorsprung!«

»Nein, ich bin nie in einem Krankenwagen transportiert worden.«

»Man hört nichts von der Sirene.«

»Vielleicht weil man ...«

»Nein, du, ich war bei vollem Bewußtsein, und doch hab ich nichts gehört. Nun, danach hab ich hier gelegen, und sie haben sich den ganzen Tag mit mir beschäftigt, und jetzt ist es drei Uhr.«

Die Schwester bedeutete mir, daß ich gehen solle. Ich stand auf.

»Nächste Woche bin ich wieder zu Hause, um meinen Geburtstag zu feiern«, sagte er, »dann bin ich älter als mein Bruder Maarten.«

»Das bist du jetzt schon.«

»Ja, aber dann kann man es richtig sehen, dann bin ich achtundfünfzig, und er ist nur siebenundfünfzig geworden.«

»Ich gehe jetzt. Nachher um sieben Uhr bekommst du wieder Besuch.«

»Deine Mutter?«

»Ja.«

»Gut. Kommst du dann nicht mit?«

»Ich denke schon.«

Aber ich durfte ihn um sieben Uhr nicht besuchen; nur meine Mutter wurde zu ihm gelassen, denn er mußte soviel Ruhe wie möglich haben. Er war der schwerste Fall in dem Saal, lag dem Beobachtungsraum mit den sechs Monitoren am nächsten, die sechs Herzschläge von sechs Menschen anzeigten. Sie alle wären längst tot gewesen, wenn die Technik noch nicht so weit fortgeschritten wäre.

Als meine Mutter kurz vor Ende der Besuchszeit zurückkam, weinte sie. »Hanneke darf ihn noch eben besuchen«, sagte sie, »er hat mit mir gebetet, er hat so meine beiden Hände genommen und sie über seinen gefalteten Hände gefaltet, und dann hat er laut gebetet, daß er wieder gesund werden darf. ›Ich will noch so gern eine Weile weiterleben, für meine Frau und meine Kinder‹, hat er zu Unserm Herrn gesagt, ›aber nicht mein Wille, sondern Dein Wille geschehe.‹«

Während sie das erzählte, war es, als würde das Pfeifen von vor einer Woche auf einmal völlig unwichtig werden und mein Groll verschwinden. Das war mein Vater, *das war mein Vater*, der Mann, der allem und jedem die Stirn bot, der ohne Scham in einem Krankenhaussaal so laut gebetet hatte, daß andere es hatten hören können.

Hanneke kam zurück, sagte: »Er hat mich gebeten, ihm zu vergeben, daß er immer so unfreundlich zu mir gewesen ist. ›Es ist gut, du‹, habe ich zu ihm gesagt.«

Die Oberschwester erschien: »Einer der Angehörigen kann heute nacht hier schlafen, die andern müssen nach Hause.« Mein Bruder wollte bleiben, ich wollte bleiben. Ich blieb, weil ich der Ältere bin. Die anderen gingen. Ich saß in einem kleinen Wartezimmer, ich hatte nichts anderes zu lesen als diese langweiligen Illustrierten. Draußen auf der Schnellstraße raste der Verkehr vorbei, und das störte mich. Es war nicht still in dem Gebäude; immer schlugen Türen, und man hörte Schritte näher kommen, und jedesmal dachte ich, die Schritte seien auf dem Weg zu dem Wartezimmer. Ich setzte mich aufs Bett und sagte leise alle Gedichte von Bloem auf, die ich kannte. Es waren vielleicht dreißig, und es war erstaunlich, wie schnell ich alle dreißig geschafft hatte. Aber ich begann aufs neue, und sie wurden fast zu Beschwörungen, diese Gedichte, es war, als seien sie eigens für diese Situation geschrieben worden. Ich murmelte auch andere Gedichte vor mich hin, aber sie hatten bei weitem nicht die Kraft der Gedichte von Bloem, nicht einmal die Gedichte von Emily Dickinson. Immer wieder hörte man draußen das Rauschen eines vorbeirasenden Autos. Einmal führten die näher kommenden Schritte im Flur tatsächlich zu meinem Wartezimmer.

»Sie dürfen Ihren Vater noch einen Augenblick

besuchen, er ist jetzt ruhig, aber denken Sie daran, nur ganz kurz bleiben, nur gute Nacht wünschen.«

Ich ging über den Flur. Er war ganz nahe, zwei Türen weiter. Ich öffnete die Tür. Er lag still auf dem Bett, als schliefe er. Sogar die Unregelmäßigkeit zwischen Systole und Diastole war verschwunden, sein Herz schlug ruhiger als meines. Ich ging zum Bett, tippte vorsichtig mit einem Finger an seine Hand. Sofort öffnete er die Augen.

»Bist du noch da?« fragte er.

»Ja.«

»Bleibst du hier?«

»Ja.«

»Kannst du hier schlafen?«

»Ja, in einem kleinen Wartezimmer, gleich hier, zwei Türen weiter.«

»Ist deine Mutter nach Hause?«

»Ja.«

»Gut so, sie hat ihre Ruhe auch dringend nötig.«

»Ich wollte dir gute Nacht sagen.«

»Schön, ich glaub überhaupt noch nicht, daß ich sterben werde.«

»Nein, du siehst wieder sehr gut aus. Schlaf gut.«

Ich wollte schon wieder gehen, die Krankenschwester hatte ja deutlich gesagt: »Nur gute Nacht wünschen.« Außerdem wollte ich vermeiden, daß ich ihn auch nur im geringsten anstrengte. Jetzt mußte er Ruhe haben – die erste Nacht, darum ging es, die mußte er überstehen.

»Bleib noch eben«, sagte er.

»Nein, ich gehe, du mußt soviel Ruhe wie möglich haben, tschüs, gute Nacht.«

»Junge, bleib doch noch ein bißchen.«

Aber ich ging weg, ich winkte ihm zu, und das Mädchen in dem Beobachtungsraum lächelte mich an. Er schloß die Augen, er schien sofort einzuschlafen, und vielleicht war das auch so, denn er konnte von einem Augenblick auf den anderen einschlafen, und ich dachte: Das wird ihn retten, daß er so gut schlafen kann.

Als ich in mein kleines Zimmer zurückging, war ich davon überzeugt, daß ich ihn am nächsten Morgen quicklebendig vorfinden würde, und dann hatte er es geschafft. Ich wußte, daß bei einem Herzanfall die ersten vierundzwanzig Stunden kritisch sind. Ich ging also ins Bett, wie früh es auch sein mochte, was sonst sollte ich tun? Es reute mich etwas, daß ich mich so hatte einschüchtern lassen von der Schwester und nicht länger geblieben war. Aber es war besser so, er mußte still liegen und schlafen, und dann würde er die Nacht wohl überstehen. Ich lag im Bett, aber konnte nicht einschlafen. Ich murmelte abermals die dreißig Gedichte von Bloem vor mich hin, überschlug dabei jedesmal *In Memoriam*, wie wunderschön ich es auch fand, weil noch nicht die Rede war von *In Memoriam* und ich auch nichts davon wissen wollte. Doch dachte ich auch: Wenn es nun wahr ist, das mit dem Pankreaskopfkarzinom, dann ist es besser, wenn er jetzt an einem Herzinfarkt stirbt, als daß er am Leben bleibt und später auf eine entsetzliche Weise endet. Aber es war eine Überlegung, die etwas Bleiches, Schemenhaftes hatte, es war, als müßte man zwischen zwei abscheulichen Alternativen wählen, und wenn er diese Nacht überstand, würde er in jedem Fall noch einige Zeit am Leben bleiben, zwar mit einer Geschwulst an der Bauchspeicheldrüse, aber diese Geschwulst schien zu schlafen, oder vielleicht hatte sich auch ein Wunder ereignet. Das gab es ja, wenn auch ganz selten, bei einem Krebskranken, den man schon aufgegeben hatte.

Und währenddessen rauschten die Autos vorbei. Sie hinderten mich an einem Schlaf, der sonst auch nicht gekommen wäre. Immer wieder sagte ich mir leise die dreißig Gedichte von Bloem auf, und ich bedauerte, daß ich nicht mehr kannte, nahm mir vor, alle anderen Gedichte von ihm ebenfalls auswendig zu lernen, bestimmt, wenn mein Vater am Leben bleiben würde, denn dann würde ich sie später vielleicht noch bitter nötig haben. Ich müßte auch andere Gedichte auswendig lernen, ich überlegte, welche das sein würden, und das erste Gedicht, an das ich dachte, war selbstverständlich *Joun* von Obe Postma. Aber kannte ich das nicht schon auswendig? Ich versuchte, es aufzusagen. Es zeigte sich, daß es in meinem Gedächtnis vollständig gespeichert war, aber ich wußte nicht, wie ich alle diese friesischen Worte aussprechen mußte, und deshalb stieg ich aus dem Bett und schrieb es auf, hinten auf das Programm der Tinbergen-Ehrung.

Ich betrachtete das Gedicht wie ein Gemälde und wußte, daß es soviel für mich bedeutete, weil es von meinem Vater und meiner Mutter und mir selbst zu handeln schien, als ich noch bei ihnen gelebt hatte. Da war der Abend immer um das stille Haus gegangen, und wir hatten gelauscht, jeder mit seinem eigenen Traum, und alles, was längst versunken war, war wieder auf dem Strom des Lebens gesegelt. Hatte meine Mutter auf etwas gewartet, wie es in der zweiten Strophe hieß? Blüten waren da sicher gewesen; ich sah meine Mutter vor mir, so jung noch, und sie war »maienschön« gewesen. Und mein Vater war, während der Wind über den winterlichen Hof strich, losgezogen, auf stürmischen Pfaden. Stürmisches Wetter war es auch gewesen, als ich zu ihm gewandert war unter ächzenden Baumkronen. Und richtig war auch, daß ich, das Kind, über einem bunten Bild geträumt hatte, einem Bild, auf dem nicht ein Prinz und eine Fee abgebildet waren, sondern ein Boot. Es war das Bild eines kleinen Schiffs in der Obhut Jesu, das mein Vater auf Sperrholz geklebt und zu einem Puzzle zersägt hatte. Aber warum trieben mir die beiden letzten Zeilen immer wieder Tränen in die Augen?

Und wagt in seinem leichten Boot
Sich fort auf unbekanntes Meer.

Mit den beiden letzten Zeilen versuchte ich, mich in den Schlaf zu wiegen. Aber immer wieder ließ mich dieses »Jeder hat seinen Traum« aufschrecken. Welches war der Traum meines Vaters? Onkel Klaas beim Billard zu schlagen und einen Bauernhof zu haben mit Kühen und Äckern? Warum störte es mich, daß das so weit weg war von meinem eigenen Traum? Was war mein eigener Traum? Ich wußte es nicht einmal, aber das war auch gleich, wichtig war nur, daß es ein ganz anderer Traum war als der meines Vaters. Wenn unsere Träume besser aufeinander abgestimmt gewesen wären, hätte ich sehr wohl etwas sagen können nach dem Besuch beim Hausarzt, hielt ich mir vor. Oder war ich einem Geständnis oder dessen Anfang feige aus dem Weg gegangen? Oder hatte ich vielmehr sprechen wollen, um von dem Geheimnis befreit zu werden, während es besser war zu schweigen, und fühlte ich mich deshalb schuldig? Ich war im Frühjahr mit dem Fahrrad zu ihm gefahren und hatte im Herbst Laub bei ihm geharkt, aber dennoch war ich zurückgeschreckt, etwas auch nur anzudeuten, von dem ich einfach nicht wußte, ob ich es hätte sagen sollen oder nicht. Und jetzt hatte ich mich, bevor er etwas sagen konnte, zurückgezogen. »Junge, bleib doch noch ein bißchen.« Weshalb war ich nicht geblieben? Aus Angst vor der Schwester? Aus Angst vor dem, was er zu sagen hatte? »Wenn er diese Nacht stirbt«, sagte ich laut, »wie soll ich dann jemals damit fertig werden, daß ich weggegangen bin, als er mich bat, noch einen Augenblick zu bleiben?« Schon allein deshalb schien es ausgeschlossen, daß er in dieser Nacht starb. Sogar als ich damals als kleines Kind zu ihm gewandert bin, dachte ich, habe ich das Wichtigste vor ihm verschwiegen, habe ich ihm nicht erzählt, was auf dem Deich geschehen war. War das vielleicht der Anfang gewesen von so vielem anderem, das verschwiegen wurde, und kulminierte alles darin, daß ich die Mitteilung seines Hausarztes geheimhielt? Vielleicht hatte immer deshalb eine erstaunlich große Harmonie zwischen uns beiden bestanden, trotz des großen Unterschieds unserer Träume, weil ich soviel verschwiegen hatte. Ich hatte ihn geliebt, hatte deshalb geschwiegen und weil man so schwer an ihn herankommen konnte, weil er sich so sicher verschanzen konnte hinter seinen Späßen und Geschichten. Außerdem war da noch zusätzlich die Schwierigkeit seines Berufs – ich konnte nicht mit ihm über den Tod sprechen, weil er darin Herr und Meister war, weil er doch täglich mit ihm umging.

Ich sah die Linie auf dem Monitor wieder vor mir. Er wird es sicher schaffen, dachte ich, und dann habe ich noch Meere von Zeit, um mit ihm verschiedener Meinung zu sein, anstatt seinen Späßen und fröhlichen Geschichten zuzuhören. Er wird wieder gesund werden, und es kann gar nicht die Rede von einem Pankreaskopfkarzinom sein, das geht einfach nicht, dann wäre er schon längst todkrank gewesen, ja, er wird gesund werden, und dann werde ich ihm zeigen, daß ich kein Tom Pinch bin, dann werde ich ihm die Hölle heiß machen, und er mir, und dann wird es mehr Reibungspunkte geben als die beiden über Hitler und *Karakter*, dann werden wir uns gegenseitig in die Mangel nehmen, und vielleicht wird das auf Kosten der Harmonie zwischen uns beiden gehen, des Gefühls gegenseitigen Vertrauens, dieses: Wir zusammen gegen den Rest der Welt, aber wir werden besser wissen, was wir aneinander haben.

Ich lag da, wartete auf Schritte und döste ein. Träumte ich, oder war ich dabei, alte Erinnerungen wachzurufen? Ich schaute mit meinem Vater einen prächtigen Strauß weißer Lilien an, die von einem kräftig gebauten Mann abgegeben worden waren, dazu die Mitteilung, sie sollten auf die Grabstätte der Besatzung der *Volharding* gestellt werden. Der Mann war anschließend sofort weggegangen. Mein Vater hatte eine Zinnvase gesucht und diese auf das Feld mit den Kastanien gestellt, währenddessen sang er von dem Mädchen, das einen Spielball geschenkt bekommen hatte und in die Gracht fiel und ertrank.

»So ein prächtiger Strauß«, sagte mein Vater,

»und dieser Kerl will nicht einmal sehen, wohin sie gestellt werden, geht gleich wieder weg, wenn ich sie sofort weggeworfen hätte, wäre es ihm auch egal gewesen.«

Es war Herbst. Den ganzen Tag war strahlendes Wetter gewesen, und über dem Grabstein des Kapitäns der *Volharding* hing ein Wölkchen kleiner, trauernder Mücken. In den Hecken der Beete vor den Grabsteinen zirpten hier und da noch Grillen, und ein kräftiger Wind raschelte in den Birken. Beim Rhododendronbusch erklang das leise Trillern eines Rotkehlchens, und in der Luft zwitscherten die Schwalben, die sich zum großen Zug sammelten.

Mein Vater sah zum Himmel und sagte: »Kann sein, daß wir Nachtfrost kriegen.«

»Ja, es ist schon frisch genug«, sagte ich.

»Besser, diese Lilien heute nacht ins Haus für die Totenbahren stellen.«

»Ja, sonst sind sie morgen vielleicht verwelkt.«

»Oder sollen wir sie zu Hause übernachten lassen? Es ist schon soviel Kälte in der Luft, daß sie sogar im Bahrenhaus erfrieren könnten.«

»Du hast recht, es ist nicht bewölkt, also kann es durchaus mal tüchtig frieren.«

»Na, das kann man wohl sagen«, sagte er, und er wischte sich den Schweiß von der Stirn.

Mein Vater nahm die Lilien aus der Zinnvase, ging damit zum Ausgang, und ich folgte ihm. Es war warmes Herbstwetter, und ich hörte die Schritte meines Vaters auf dem Kies, weil er in schweren Holzschuhen darüberstampfte. Dann schlug eine Tür, noch immer waren Schritte zu hören, und jemand klopfte an die Tür meines kleinen Zimmers.

»Ja«, rief ich.

Eine unbekannte Krankenschwester öffnete die Tür.

»Es geht Ihrem Vater doch nicht so gut, gehen Sie lieber zu ihm, er kämpft mit dem Tod.«

Ich sprang aus dem Bett. Sie gab mir ein Handtuch und Seife.

»Sie können sich hier nebenan schnell frisch machen, und rufen Sie dann zuerst Ihre Mutter an.«

Ich wusch mich und zog mich an. Es war kurz vor fünf, sah ich auf meiner Armbanduhr. Ich rief meine Mutter an. Sie nahm sofort den Hörer ab, es war, als hätte sie die ganze Nacht neben dem Telefon gesessen.

»Ich hab hier im Zimmer auf dem Fußboden gewartet«, sagte sie.

»Komm schnell«, sagte ich, »es geht doch nicht so gut.«

Ich ging über den Flur ans Fenster. Ich wollte zwar zu meinem Vater gehen, aber ich hatte das Gefühl, es wäre unangemessen, wenn ich allein ginge. Es gehörte sich, daß ich auf meine Mutter wartete. Deshalb sah ich hinunter zur Auffahrt.

Aber die unbekannte Schwester kam zu mir, sagte drängend: »Gehen Sie jetzt zu Ihrem Vater.«

Ich ging in das Zimmer, in dem er lag. Als ich die Tür öffnete, schaute er kurz auf, murmelte etwas, vielleicht meinen Namen, und versuchte dann, die Infusion aus seinem Arm zu reißen. Die Schwester, die neben ihm saß und seinen linken Arm festhielt, hinderte ihn daran. Er versuchte, die Decke abzuschütteln, versuchte, seine Beine aus dem Bett zu schieben, und die Schwester sagte ebenso flehentlich wie streng: »Bleiben Sie doch ruhig, bleiben Sie liegen, bleiben Sie liegen.«

Ich hielt seine rechte Hand fest, und er versuchte mit aller Kraft, sie frei zu bekommen. Er hatte noch viel Kraft, trotz dieser merkwürdigen, flackernden grünen Linie auf dem Monitor, die sich wild über den Bildschirm bewegte und manchmal gar nicht mehr darauf erschien. Er murmelte unaufhörlich vor sich hin, aber ich konnte nicht verstehen, was er sagte, meinte nur manchmal das Wort »weg« zu hören. Das Murmeln war seltsam beängstigend. Aber seltsamer noch war der Ausdruck seiner Augen. Es war, als sähe er nichts, als läge ein Schleier darüber. Wir mußten ihn immer wieder mit sanfter oder manchmal nicht einmal mit ganz so sanfter Gewalt ins Bett zurückdrücken, und er kämpfte und rang, um sich zu befreien, nicht von uns, sondern von irgend etwas, wovor er weglaufen wollte, und das sagte er manchmal auch, obwohl das Wort »weg«

dann kaum verständlich war. Immer wieder sank er zurück in die Kissen, und immer wieder richtete er sich auf. Es war merkwürdig ruhig im Raum; ich konnte die fünf Bildschirme der anderen Monitore in dem Beobachtungsraum sehen. Die Kurve meines Vaters war nicht die einzige, die unregelmäßig war, und doch konnte man in all den anderen Linien wenigstens noch eine Systole und eine Diastole erkennen. In der meines Vaters nicht mehr. Manchmal bewegte er seinen Arm, als müsse er gegen einen Strom schwimmen, manchmal hatte er plötzlich doch beide Beine auf der Bettkante, immer an der Seite, wo die Schwester saß, und die drückte sie dann zurück, und sie sprach mit ihm, wie man mit einem ungezogenen Kind spricht. Wieder warf er die Decke von sich, zerrte an dem Schlauch mit der Infusion, rang mit einem unsichtbaren Gegner, der ihn zurückstieß. Noch einmal richtete er sich auf, schob verzweifelt die Decke weg, die die Schwester schon wieder ordentlich hingelegt hatte. Dann glitt er plötzlich zur Seite, zu mir herüber, fiel rückwärts auf den Rand der Kissen und atmete noch zweimal einen Lufthauch aus, genauso wie ich es ihn früher so oft hatte tun sehen, wenn er Rauchkringel blasen wollte. Auf dem Monitor wurde die Linie plötzlich flach und ruhig und kroch zu einem grünen, heller werdenden Punkt zusammen, der schließlich zur Mitte des Bildschirms trieb und leise, aber doch immer dringender um Aufmerksamkeit pfiff.

Hastig schaltete die Schwester den Apparat aus und sagte: »Es ist vorbei.«

Sie ging weg. Ich blieb sitzen. Er lag noch immer mit halbgeschlossenen Augen auf dem Rand der Kissen, sein Kopf war zur Seite geneigt, seine Hände noch verkrampft. Ich schob ihn in die Mitte des Bettes, und dann kamen zwei Schwestern, die verschiedene Schläuche abnahmen und ihn unter meinen Händen wegfuhren. Ich ging auf den Flur, ans Fenster mit dem Blick zur Auffahrt, und wunderte mich darüber, daß mein Vater, so kurz nachdem ich hereingekommen war, gestorben war. Ich blickte auf das matte Licht der Lampen in der Auffahrt. In diesem Augenblick bog ein Auto um die Ecke, und die Scheinwerfer schwankten über den nassen Asphalt. Zu meinem eigenen Erstaunen hörte ich mich selbst mit einem gleichgültigen Ton in der Stimme sagen: »Genau zu spät.«

Meine Mutter stieg als erste aus, mein Bruder und mein Schwager folgten. Sie gingen in einen Seiteneingang, ich lief ihnen entgegen, die Treppe hinunter.

»Er ist nicht mehr«, sagte ich zu meiner Mutter.

Wir stiegen schweigend die Treppe hinauf, gingen schweigend zu dem Zimmer, wohin das Bett gefahren worden war. Mein Schwager öffnete die Tür, und wir sahen zwei Schwestern an seinem Bett; die eine winkte ungeduldig: »Tür zu.«

»Oh, sie waschen ihn gerade«, sagte meine Mutter.

Nach ein paar Minuten durften wir zu ihm. Die beiden Schwestern schlossen die Tür hinter uns, und wir standen um das Bett herum, und er sah ganz anders aus als in dem Augenblick, als er die beiden letzten Atemzüge tat. Da war es gewesen, als hätte er gekämpft und mit Würde verloren, jetzt war er so verfallen, so entsetzlich tot, daß ich mir die bittersten Vorwürfe machte, ihn die paar Minuten allein gelassen zu haben. Wir standen einfach nur da, schauten ihn an; ich schaute seinen Mund an, der in dieser kurzen Zwischenzeit so eingefallen war. Dann gingen wir langsam über den Flur zur Treppe, wir sprachen noch kurz mit der Schwester, die mich geweckt hatte und die uns kondolierte und fragte, ob wir einer Autopsie zustimmten. Ich nickte. Wir gingen die Treppe hinunter, gingen durch den Flur, der zum Nachteingang führte. Es war ein erstaunlich langer Flur, ich hatte das Gefühl, als brauchten wir Stunden, und auf halbem Wege kamen uns in dem spärlich erleuchteten Dunkel drei Menschen entgegen, die sich in die Richtung bewegten, aus der wir kamen. Sie lachten fröhlich. Vor allem die junge Frau, die in einem Krankenstuhl saß und mit beiden Händen ihren kugelrunden Bauch festhielt, lachte fröhlich. Sie wurde von einem jungen Mann geschoben, der auch so vergnügt war, und die junge Krankenschwester, die mit kleinen Schritten daneben lief, lächelte der jungen Frau ermutigend zu und redete fortwährend mit ihr. Im nächsten Augenblick waren sie vorbei: Meine Mutter, so zeigte sich später, hatte sie nicht einmal gesehen.

Anhang

Einige Hinweise zum Text

Der Originaltext des auf den *Seiten 33, 101, 230f., 297f.* genannten Gedichtes *Joun* von Obe Postma (1868–1963), einem westfriesischen Lyriker, lautet:

Joun

De joun giet om it stille hûs;
Hja lûsterje; elts hat syn dream.
’t Is swalkjens skoft, hwat lang forsonk
Sylt wer op libb’ne stream.

De frou, hwer’t hja op wachtsje mei?
O wûnder wurk! Koe noch sa’n bloei
Him iepenteare maitiids-blank?
O joun! O tinzen’ licht gedjoei!

De wyn strykt troch it wintersk hôf;
De man giet mèi syn rûzich paed;
Dwylwegen nolk! O wyld bistean!
O frjemde tochten’ dippe saed!

De bern dream' oer har bûnte print,
De kleur'ge wrâld fan prins en fee,
En weagje yn har lichte boat
In reis nei ûnbekende sé.

Abend

Der Abend geht ums stille Haus;/sie lauschen, jeder hat seinen Traum./Jeder schweift jetzt fort, was längst versunken ist/segelt wieder auf raschem Strom.//Die Frau – worauf mag sie wohl warten?/O Wunderwerk! Kann denn noch einmal/solche Blüte maienschön aufgehen?/O Abend! O sinnend zartes Spiel!//Der Wind streicht durch den winterlichen Hof;/mit ihm zieht der Mann auf stürmischen Pfaden;/Irrpfade süß! O wildes Sein!/O seltsam Treiben in fremdem Bann!//Das Kind träumt vor seinem bunten Bild,/der farbigen Welt von Prinz und Fee,/und wagt in seinem leichten Boot/sich fort auf unbekanntes Meer.

(Dt. von Marianne Holberg)

Bei den Zitaten »Und eines Abends …« auf *Seite 25* und 26 handelt es sich um die Anfangs- bzw. Schlußzeilen des Gedichtes *Op een avond* des niederländischen Dichters Han G. Hoekstra (1906–1988).

Mit dem »zweiten Komponisten« *(Seite 100)* ist Johannes Brahms gemeint. Die »Stimme«, die seine Lieder singt – »O Tod, wie bitter bist du …« aus

den *Vier ersten Gesängen*, op. 121, 3 und »In goldnen Abendschein getauchet …« aus den *Zwei Gesängen*, op. 91, 1 – ist die der englischen Mezzosopranistin Kathleen Ferrier, die 1953 an Krebs gestorben ist.
Die auf *Seite 101* zitierten Gedichtzeilen stammen von dem niederländischen Lyriker J(akobus) C(ornelis), gen. Jacques, Bloem (1887–1966).
Der auf den *Seiten 122, 140, 171, 286, 301* genannte Roman *Karakter* des niederländischen Schriftstellers und Juristen Ferdinand Bordewijk (1884–1965) erschien 1938 und wurde 1998 von Mike van Diem verfilmt und als bester ausländischer Film mit dem Oskar ausgezeichnet.
Der auf *Seite 128* erwähnte niederländische Autor Jacob (Bob) den Uyl (1930–1992) verfaßte kurze Erzählungen, die meist von der Sinnlosigkeit des Daseins handeln.
Den Film *Signals for Survival*, der auf *Seite 283* erwähnt wird, wurde von dem Ethologen Nikolaas Tinbergen (1907–1988) gedreht. Tinbergen erhielt zusammen mit Konrad Lorenz 1973 den Nobelpreis für Physiologie und Medizin.
Der auf *Seite 286* zitierte Roman *Call It Sleep* stammt von dem amerikanischen Schriftsteller Henry Roth (geb. 1906) und erschien 1934 und 1970 u. d. T *Nenn es Schlaf* auf deutsch.

PIPER

Maarten 't Hart

Die Sonnenuhr

Roman. Aus dem Niederländischen von Marianne Holberg.
334 Seiten. Serie Piper

Leonie Kuyper führt ein bescheidenes Leben als Übersetzerin – bis ihre beste Freundin Roos, die Laborantin mit den knallroten, superlangen Fingernägeln, an einem Sonnenstich stirbt. Roos hat sie zur Alleinerbin bestimmt, allerdings unter einer Bedingung: Daß sie für die drei geliebten Katzen sorgt und in ihr Appartment zieht! Als Leonie sich auf diesen Deal einläßt, entdeckt sie nach und nach verwirrende Geheimnisse im Leben ihrer Freundin. Maarten 't Hart, der große Erzähler und Meister witziger Dialoge, hat einen komischen und höchst spannenden Roman geschrieben.

»Maarten 't Hart, ein wunderbar altmodischer Erzähler, offenbart in diesem Krimibubenstück lustvoll seine komödiantische Seite.«
Der Spiegel

01/1459/01/L

Maarten ’t Hart

Bach und ich

Roman. Aus dem Niederländischen von Maria Csollány.
Mit CD, zusammengestellt von Maarten ’t Hart.
261 Seiten. Serie Piper

Welche Rolle der Leipziger Thomaskantor Johann Sebastian Bach für das Leben und Schreiben des Schriftstellers Maarten ’t Hart spielt, kam schon in seinem Roman »Das Wüten der ganzen Welt« zum Ausdruck. Kenntnisreich rekonstruiert der Autor nun die Biographie Bachs, nähert sich vorsichtig, seriös und dennoch sehr persönlich seinem Lieblingskomponisten, beschäftigt sich mit der Legendenbildung und vor allem mit der Musik des großen Meisters. Eine fundierte und liebevolle Hommage an den Bach der Kantaten, der Kammermusik und der Konzerte.

»Ein einzigartiges, faszinierendes Buch, das nacheinander Irritation, Bewunderung, Stirnrunzeln, Faszination und so etwas wie Rührung hervorruft.«
Die Welt

01/1527/01/R

Pierre Péju

Die kleine Karthäuserin

Roman. Aus dem Französischen von Elsbeth Ranke.
192 Seiten. Gebunden

Eine französische Kleinstadt im November, kalter Regen fällt auf den Boulevard. Wie in Zeitlupe sieht der Buchhändler Etienne Vollard das Mädchen im roten Anorak auf seine Kühlerhaube aufschlagen. Ihn trifft keine Schuld, das Kind ist nach der Schule einfach auf die Straße gerannt. Eva überlebt schwerverletzt und liegt wochenlang im Koma, und während ihre Mutter die Besuche im Krankenhaus kaum erträgt, schafft Etienne, was sonst nur ein Vater könnte: Er, der seit jeher ein kultivierter Sonderling ist und schon lange niemanden mehr im Arm gehalten hat, spricht mit dem bewußtlosen Mädchen, erzählt ihm unermüdlich Geschichten, liest ihm die schönsten Texte vor, die er in seinem kleinen Buchladen »Wort und Sein« finden kann. Nach Wochen erwacht Eva endlich – doch ohne jemals wieder sprechen zu können. Und dann wird sie in ein weit entferntes Sanatorium verlegt.

01/1522/01/L

PIPER

Martin Fahrner

Die Hand in der Luft

Roman. Aus dem Tschechischen von Mirko Kraetsch.
224 Seiten. Gebunden

Als sich der Großvater damals, Zuckerwasser im Haar, beim Tanz in die Großmutter verliebt, steht ihr Glück auf wakkeligen Füßen: Ein deutscher Soldat und ein tschechisches Fräulein im besetzten Böhmen – wie soll das nur gutgehen? Doch der Großvater kämpft und es geht gut.
Und auch der Vater kämpft später: auf unzähligen Fußballplätzen für den Sportklub Kostelec, 1968 auf den Barrikaden gegen die Russen und tagtäglich gegen ihre sozialistische Partei. Gewappnet mit den Regeln des Fair-Play und seinem Dreß mit der Nummer sieben wagt er sich in jeden feindlichen Kessel, um für das Gute zu streiten. Sein Sohn allerdings, der schon als Säugling auf die Auswechselbank darf, wo er anfängt zu schreien, sobald die Fans gegen die Banden donnern, hat später große Angst vor dem Ball und muß sich daher ein anderes, eigenes Spielfeld suchen …

»Die Hand in der Luft« ist ein tschechischer Familienroman voller Humor und Melancholie über die tragischen und die glücklichen Augenblicke des Lebens, über das Schicksal dreier Generationen zwischen Zweitem Weltkrieg, Prager Frühling und Samtener Revolution.

01/1519/01/R